ヤマケイ文庫

白き嶺の男

Tani Koushu

谷 甲州

Yamakei Library

目次

装丁＝松澤政昭
本文組版・地図製作＝渡邊 怜

白き嶺の男

1

暖房のきいたバスを降りたとたんに、身を切るような寒気がおしよせてきた。

田嶋芳春《たじまよしはる》は無意識のうちにジャケットの前をかきあわせ、顔をしかめてバスが去るのを待った。道路の中央部分は除雪されているが、積雪の大部分は道ばたに寄せられたままだった。バスが走り出さなければ、歩きだす準備さえできなかったのだ。

スキー客を満載したバスは、田嶋たちを降ろすとすぐに走り去った。バス停といっても標識があるだけで、付近に人家はみあたらない。季節はずれのいまは他の登山客の姿もなく、山小屋も閉鎖されていた。

雪上のザックに腰をおろした田嶋は、手ばやく足ごしらえをととのえた。靴紐《くつひも》をしめ直してロングスパッツを装着し、アイスアックスのプロテクターをザックにしまう。滞留していた排気ガスが散ったあとには、山地特有の清澄な空気がもどっていた。満員のバスに長時間ゆられていたせいか、いまでは早朝の冷気がかえって心地よかった。

準備をととのえながら、田嶋は空模様をたしかめた。雲の密度と動きから、山行中の天候を予測する。

空全体に厚い雲がひろがっていたが、雲の底はたかく主稜線《しゅりょうせん》あたりまで充分にみとおせた。稜線に雪煙の吹き出しは認められず、上空の風はそれほど強くないのがわかった。その様子をみるかぎり、今日一日はおだやかな天候が期待できそうだ。

気になる兆候がないわけではなかった。出発前にみた天気図によれば、黄海《こうかい》付近に弱い低気圧が発生していた。その低気圧が日本付近に移動してくれば、このあたりでも天候は崩れるだろう。ただし縦走中に悪天に遭遇する可能性は、それほどないと田嶋は考えていた。おそらく低気圧の通過は、明日の夜以降になるのではないか。集結地の赤岳《あかだけ》鉱泉には、天候の崩れる前に到着できるはずだ。

むしろ気になるのは、低気圧が通過したあとの気圧配置だった。古い山仲間の一人が、剣岳《つるぎだけ》東面で長期の山行をおこなっているのだ。大陸には優勢な高気圧が居座《いすわ》っているから、低気圧が東に去れば季節風の吹き出しがはじまる。気温は急降下し、稜線では強烈な風が吹き荒れるだろう。

中部山岳地帯でももっとも日本海よりに位置する剣岳付近では、冬型の気圧配置はそのまま悪天の連続を意味する。際限なくつづく暴風雪で、下山できないまま何日も閉じこめられることはめずらしくない。そして山仲間の下山予定日は、低気圧の通過時期とほぼかさなっていた。

これに対して田嶋たちのいる八《やつ》ガ岳《たけ》付近では、冬型の気圧配置はかならずしも悪天につながらない。一般に太平洋側の中部山岳地帯では、季節風の吹き出しは降雪をともなわないからだ。北アルプスが厚い雲でおおわれているときでも、このあたりでは晴れているのが普通だった。稜線上は強風が吹き荒れるが、殺人的な風の吹く南アルプスほどではない。

——いずれにしても、天候のことは気にしなくてもよさそうだ。

そう田嶋は結論をだした。かりに天候が崩れたとしても、縦走を中断して下山すればいいだけだ。しかしこの様子なら、そこまで崩れることはないだろう。充分な冬山経験のある田嶋にとっては、かえって拍子ぬけすることになった。

新人の訓練としては、少し物足りない気がしたのだ。ビギナーに冬山の厳しさを体験させるには、ある程度は崩れてくれた方がいいほどだ。登山者にとって天候の安定は喜ぶべきだが、同行する新人がこれで冬山をわかった気になるのはこまる。

準備をととのえた田嶋は、加藤武郎《かとうたけろう》をうながして歩きはじめた。最初は風の冷たさが身にしみたが、すぐに体が順応して寒さを感じなくなった。適度な寒さのせいで体

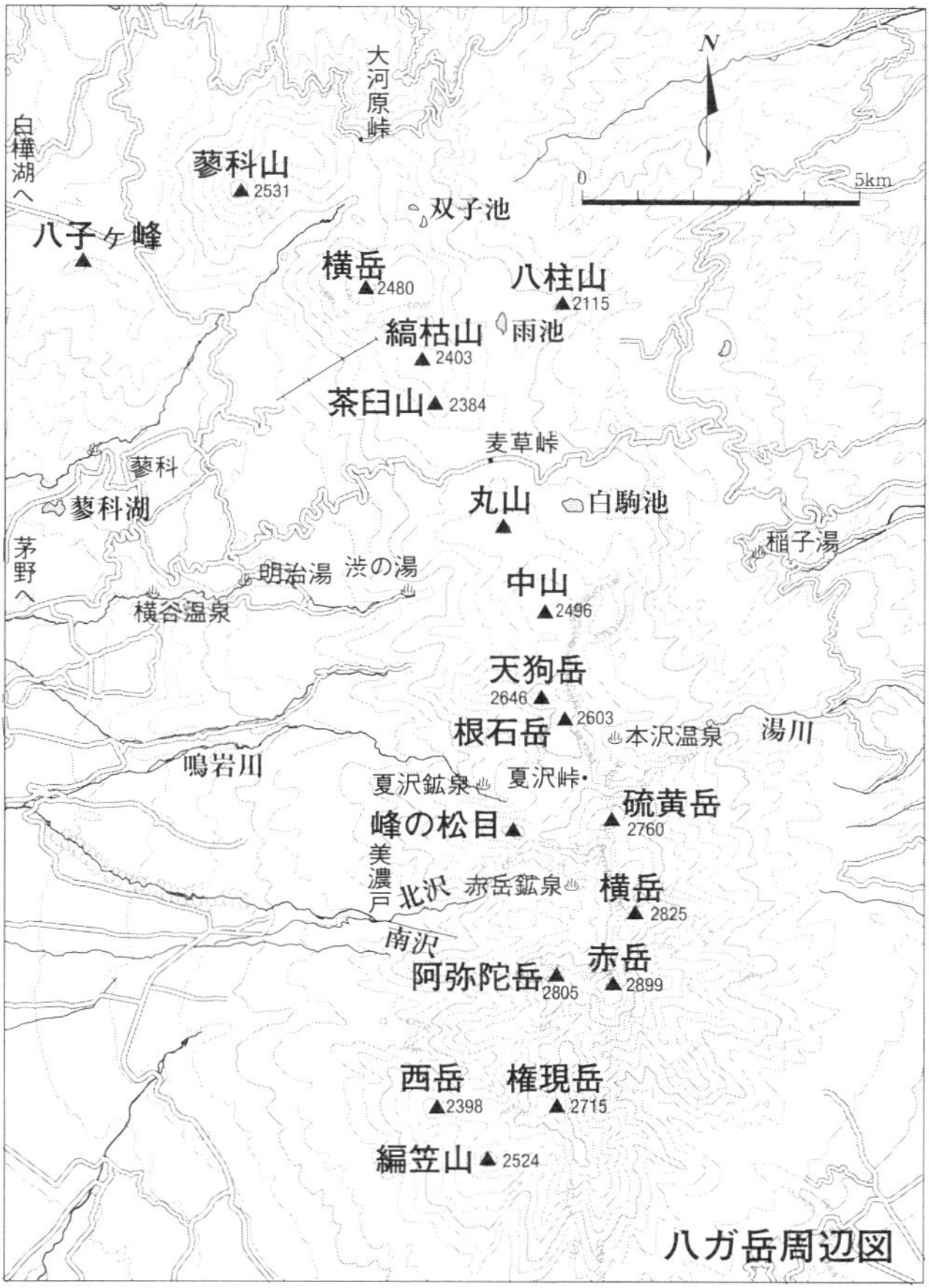

大河原峠
白樺湖へ
蓼科山
2531
双子池
八子ヶ峰
横岳
2480
八柱山
2115
縞枯山
2403
雨池
茶臼山
2384
麦草峠
蓼科
蓼科湖
丸山
白駒池
茅野へ
稲子湯
明治湯
渋の湯
横谷温泉
中山
2496
天狗岳
2646
2603
根石岳
本沢温泉
湯川
鳴岩川
夏沢鉱泉
夏沢峠
硫黄岳
2760
峰の松目
美濃戸
北沢
赤岳鉱泉
横岳
2825
南沢
赤岳
阿弥陀岳
2805
2899
西岳
権現岳
2398
2715
編笠山
2524
N
0
5km
八ガ岳周辺図

が引きしまり、全身に気合が満ちていくかのようだ。

凍結した路上には、氷まじりの風が渦をまいていた。道路わきの積雪に足跡はなく、彼らの他に登山者の姿はなかった。おそらく蓼科山《たてしなやま》までは、ほかの登山者に出会うこともないだろう。決して人気《にんき》のない山ではないが、冬期に蓼科山の南西稜を登るものは多くない。冬は横岳《よこだけ》のロープウエイを利用するのが一般的だが、それでは新人訓練の意味がなかった。

登り口にむけて歩きながら、田嶋はそれとなく加藤武郎の様子をうかがった。加藤は田嶋らの山岳会に入会したばかりの新人で、二人がチームを組むのはこれがはじめてだった。最初の予定では新人がもう一人参加するはずだったが、直前になって休暇がとれなくなった。社会人の山岳会にはありがちなことだが、結果的に田嶋と加藤の二人だけで縦走をおこなうことになった。

田嶋がもっとも心配しているのは、加藤が体の不調を口にだせないまま無理をすることだった。加藤にとって田嶋は古参の会員だから、それほど気楽に話せる相手ではない。それに加藤はもともと無口で、会の中ではあまりめだたない存在だった。ほかに新人がいればそうでもないが、二人だけでは意思の疎通が不充分になるおそれがある。場合によっては、それが原因で事故が発生する可能性もあった。そんなことを考えていたものだから、合流したときから加藤の動きが気になっていたのだ。

それとなく様子をうかがったが、加藤は顔色もよく足どりも安定していた。凍結した路面での足の運びにも、まったく危なげがない。まだ本格的な登攀《とうはん》にはかかっていないが、この分なら問題はないだろう。

ただ、気になる点がないではなかった。ときおり歩度をゆるめては、不安そうな眼《め》で空をみている。田嶋にはそれが、ひどく弱気なものに思えた。

――やはりはじめての経験で、緊張しているのだろう。

加藤のみせた表情の変化を、田嶋はそう解釈した。だがそれも無理のないことだった。入会前は我流で単独登山をやっていたというが、冬の山行はもっぱら二〇〇〇メートル以下の中級山岳にかぎられていたらしい。だが厳冬期における山の様相は、森林限界の上下で大きく変化する。二〇〇〇メートル程度では本格的な冬山経験があるとはいえない。

その冬山ビギナーともいうべき加藤が、三〇〇〇メートルちかい山稜を不時露営《ビバーク》主体で縦走しようというのだ。計画では蓼科山から赤岳の先まで二日かけて縦走したあと、その日の午後遅くには赤岳鉱泉に到着するはずだった。

もちろんビバークなのだから、夜はテントやスリーピング・バッグなしでこすことになる。加藤にとって精神的なプレッシャーは、相当なものになるはずだ。田嶋自身にも経験があるだけに、加藤の感じる恐怖は充分に理解できる。新人強化のための合宿とはいえ、これは無謀と紙一重の計画だった。

だが田嶋をふくめた会の中堅メンバーは、ほとんどがこの縦走を経験していた。この形態の冬季八ガ岳縦走が、一種の通過儀礼になっていたからだ。あるいは新人の力量をはかる目安とも考えられていた。より苛酷な冬季の登攀などは、縦走の経験がなければ参加できないとされていたほどだ。

もっともルート自体は、それほど危険なものではない。行程の大部分をしめる北八ガ岳は山容が女性的で、稜線ちかくまで樹林におおわれている。岩と氷に閉ざされた峻険な八ガ岳南部とちがって、稜線上で風雪にたたかれる可能性もすくない。

それに正月は営業している山小屋も多く、登山路はラッセルの必要もないほど踏みかためられている。田嶋自身このルートは過去に何度も踏破しているが、天候さえ崩れなければむしろ縦走は快適なものになるはずだ。

その冬山ビギナーのためのルートを、より困難な方法で踏破する——それがこの計画の主眼だった。蓼科山を縦走の起点としたのも、易から難へとルートを設定するという趣旨にそったものだ。もしも北八ガ岳の縦走中に加藤の力量が不充分と判定されれば、縦走の最後の部分——横岳から赤岳を経由して阿弥陀岳《あみだだけ》にいたるルートはカットされる。

そして彼らは、硫黄岳《いおうだけ》から赤岳鉱泉に直接くだることになる。樹林帯をぬけるその道は、厳冬期であってもそれほど危険はない。蓼科山からの長期縦走をこなしてきた新人にとって、南八ガ岳核心部の縦走はかなりの難所であるはずだ。

だが加藤は、この縦走を完成させるだろう——加藤の様子をみながら、田嶋はそう考えていた。おそらく二日間の縦走がおわるころには、加藤は自信に満ちたクライマーになっているはずだ。田嶋にはそんな確信があった。

2

蓼科山への登りは、樹林の中の平坦《へいたん》な道からはじまった。正月とはいえ、この方面からの入山者はすくないようだ。かすかに踏み跡《トレイル》は残っているものの、風の通り道ではそれも消えかけていた。

しかも今日は一月の四日だから、ほとんどの登山者は下山をはじめている。縦走にはいったとしても、あまり人と会うことはないだろう。

すぐに道は登りになった。彼らはクランポンを装着しないまま歩きつづけた。雪の質は軽く、歩くたびに新雪が小気味のいい音をたてた。

先にたった加藤は、はやいペースで歩いていった。踝《くるぶし》までの積雪を靴先で蹴飛《けと》ばすようにして、どんどん飛ばしていく。その様子をみた田嶋は、少しばかり心配になってきた。先頭を歩くとどうしても速度があがるものだが、これは少し飛ばしすぎではないか。一日の行程がながいときなどは、むしろ最初はおさえ気味の方がいいのだ。

注意しようかとも思ったが、すぐに田嶋は思いとどまった。ペース配分を誤って途中で顎《あご》をだすことも、新人にとっては有用な経験になる。天候が安定しているのだから、日没後の行動にも支障はない。ここは加藤の思うとおりに歩かせるべきだろう。そう結論をだした。

そのようなやり方は、会の方針でもあった。新人の育成にはきめの細かい配慮が必要だが、それは懇切丁寧な指導をするという意味ではない。大事なのは、彼ら自身が自分で判断できる能力を身につけさせることだ。だから場合によっては、わざと新人に失敗させることもある。事故につながる危険がないかぎり、そのような方法がいちばん効果があることは経験からもわかっていた。

それほど伝統があるわけではないが、彼らの山岳会は新人の育成に力をいれていた。

会がそれなりの実績を残せたのは、新人の育成に成功したからだ。それが伝統や記録となって残り、さらに有望な新人の入会につながったのだ。

だから新人の訓練は会の大事な行事なのだが、この一年間はそれも思うにまかせなかった。会として計画したはじめての海外遠征が、この春にひかえていたからだ。その結果、会の年次計画は変則的なものになり、例会山行は新人の訓練より遠征の準備に重点がおかれることになった。

もちろん正月合宿も例外ではなかった。年末年始の休暇は遠征物資の梱包《こんぽう》と発送にあてられ、作業の合間をぬって散発的な山行がおこなわれるにとどまった。合宿場所はアプローチの容易さから八ガ岳全域と決められ、赤岳鉱泉に設営したベースを拠点に小規模な登攀がいくつも実施されることになった。遠征に参加する会員は氷瀑や岩壁の登攀で最後の調整をおこない、加藤ら新人は赤岳鉱泉を拠点に定着合宿や縦走をおこなうことになる。

ただし田嶋たちのような縦走隊は、遠征隊員の登攀と日程をずらして入山するしかなかった。充分な幕営装備をもたない縦走隊と登攀隊を、同時に収容できるほどベースの規模を大きくできなかったのだ。計画では彼らは赤岳鉱泉に到着したあと、ほかの会員と共同でベースを撤収することになっていた。

彼らの会にはめずらしく新人訓練は不充分なものになったが、実際にはこれが限界だった。実は遠征の計画が本決まりになったとき、今年にかぎって新人募集をみあわせたいという意見さえあったのだ。新人の訓練にまで手がまわらないから、というのがその理由だった。

だが田嶋は、そんな意見に猛反対した。ただ一回の遠征が、彼らの最終目標ではないのだ。むしろこんなときこそ、新人の育成に力をそそぐべきだ。もしも新人の入会を認めなければ、会の活動が先細りになるかもしれない。そう主張して、仲間の同意をもとめた。

最終的には田嶋の意見がとおったが、実際に訓練を担当できる人間はかぎられていた。だれもが遠征の準備に忙殺されていたから、それどころではなかったのだ。その結果、勤務の都合で遠征に参加できない田嶋が、新人の訓練を担当することになった。

正直いってこれは、損な役まわりだった。三〇代の前半という年齢は、体力と経験のバランスがもっともよくとれた時期だった。自分のクライミングがやりたくてたまらない時期だったし、会の中堅クライマーとして遠征で活躍できる自信もあった。それなのに年末から赤岳鉱泉に常駐して、ビギナーむけのルートばかりをこなさなければならないのだ。

だが田嶋に不服はなかった。この年に入会した新人をはじめ、会の若手の実力をつぶさに観察できるからだ。そして合宿の最後にチームを組む加藤は、田嶋が興味をもっている会員の一人だった。

雪道にそって高度をあげるにつれて、次第に傾斜がきつくなりはじめた。ただし雪面の状態は良好で、クランポンをつけるほどではない。靴先を蹴りこむだけで、充分に体重をささえることができた。それでも通過に不安を感じる場所が、いくつかあらわれるようになった。アイスアックスは使用しているものの、クランポンなしで登行をつづけるのは危険な気がした。

田嶋は足をとめると、先行する加藤に声をかけた。

「その木のわきにザックを降ろせ。クランポンをつける」

すこしはやい気もするが、新人を同行しているのだから妥当な処置だろう。それに指示した場所は、ちょっとした窪地《くぼち》になっている。風をさけることもできるし、足まわりをととのえるには手頃《てごろ》な場所だった。

だが加藤は田嶋の言葉をきいても、足をとめようとしなかった。それどころか上部に眼をむけたまま、快活な声でいった。

「まだ大丈夫みたいですよ。クランポンなしでも。この分なら、頂上直下まで必要ないんじゃないかな」

予想外の言葉に、田嶋はしばらく茫然としていた。いわれたことの意味が、すぐには理解できなかったのだ。どう考えてもこれは、入会したばかりの新人がいう言葉ではない。気がついたときには、我をわすれて怒鳴りつけていた。

「いわれたとおりにせんか！　必要かそうでないかは、俺《おれ》が決める！」

自分では意識していなかったが、長期にわたる合宿で疲れがでていたようだ。あるいは自分を殺して新人の訓練を担当していた不満が、一気に噴出したのかもしれない。裏切られたという気さえしていた。

ところが加藤の反応は、今度も予想外だった。ほんの一瞬、田嶋を見返したあと、困ったような顔になって視線をそらした。照れかくしのつもりなのか、わずかに唇を横に引いている。それが光線の具合で、微笑しているようにもみえた。

田嶋は不思議な気分になった。加藤の笑うところをみたのに、馬鹿《ばか》にされたような気がしないのだ。ごく自然に、笑《え》みがこぼれてきたかにみえる。もしかすると加藤には、天性の人のよさがあるのかもしれない。そうなると妙なもので、加藤の方が正しいような気がしてきた。加藤はおろしたザックに腰をかけて、クランポンを装着している。

なんとなく気勢をそがれて、田嶋は黙りこんでいた。今後のために注意するつもりだったのだが、言葉がつづかなくなってしまったのだ。それどころか、叱《しか》ったことに自信をもてなくなっていた。

だが、ここで気を抜くわけにはいかなかった。山ではリーダーの判断は絶対なのだ。たとえそれがまちがっていても、自信を失うべきではない。それに縦走ははじまったばかりではないか。自信の喪失が、事故につながることもあるのだ。

ことさら不機嫌な顔で、田嶋はザックを放り出した。加藤とならんで腰をおろしながら、自分も手ばやくクランポンをつける。リーダーとしての権威を保とうとするあまり、どうしても表情がかたいものになっていた。それでも加藤の動きだけは、しっかりと観察していた。

我流とはいえ、加藤の動作には無駄がなかった。クランポンは最近ではめずらしい一本バンド式だが、それほど装着に時間はかからなかった。新人にはありがちなバンドのはみ出しもなく、要領のいい締め方をしていた。

そのことで、さきほどの加藤の態度が理解できた。積雪期の低山歩きは何度も経験しているために、つい自分の意見をいってしまったのだろう。やりにくい新人ではあるが、素直なのは認めるべきかもしれない。理屈の多い新人にくらべれば、かえって技術の習得ははやいはずだ。

そういえば加藤が入会した動機は、単独行に限界を感じたからだという。シーズン前の訓練に同行した仲間によれば、雪上歩行の技術は我流のひどいものだったらしい。とはいえ体力的には抜群というから、鍛えようによっては会の有力なメンバーになるはずだ。楽しみな新人ではあるが、訓練の方法をまちがえると妙な癖がつくかもしれない。そんなことを田嶋は考えていた。

クランポンの装着を終えた加藤は、田嶋の準備がととのったのを確認するともう歩きだしていた。意表をつかれた思いで、田嶋もいそいであとを追った。たしかに休息するほど荷は重くないし、時間を無駄にはできない。だから休むことなく、そのまま登りつづけるつもりだった。その田嶋の思いを読みとったかのように、加藤はさっきとかわらないペースで登行を再開した。

——これではまるで、加藤がリーダーのようだ。

加藤の後方を歩きながら、田嶋はそんなことを考えていた。気分を害したのではない。相談なしに歩きだした加藤の行動に、危険なものを感じていたのだ。過酷な冬山登山では、わずかなきっかけでチームワークが乱れることがある。二人だけの小規模な隊ならそれほどではないが、より大規模な遠征などではわずかな齟齬《そご》が感情的な対立にまで発展することが多い。

——のびる可能性はあるが、彼の個性は要注意かもしれない。

そんなことも考えた。ながく単独行をつづけてきたものが、加藤のような行動をとることはめずらしくない。そしてそれが、単独行者の限界でもあるのだが。

加藤は疲れる様子もなく、一定のペースで登りつづけている。ただ闇雲《やみくも》に高度をあげるのではなく、ときおり田嶋をふりかえる余裕もみせている。もっとも、田嶋の意向をうかがっている様子はない。どちらかというと、田嶋の体を気づかっているようにみえた。田嶋には加藤の態度が、そうみえて仕方がなかった。

やがて二人は森林限界をぬけだした。すでに蓼科山頂の直下に達しており、風が一段とつよさをましていた。まともに吹きつける風が容赦なく彼らの体をたたき、ジャケットが風にあおられて激しく波うった。寒さはそれほど感じないが、露出した顔が妙に痛い。飛ばされた積雪が風にまじって、砂粒のように顔をうっていた。

露岩のめだつ山頂に到着したのは、昼すこし前だった。積雪量はそれほど多くない。もともと降雪量が少ない上に、つもった雪が風で飛ばされてしまうのだ。山頂をこえてからは足跡がめだちはじめたが、あいかわらず人影はみあたらない。

はやいペースで歩いたせいか、到着時刻は予定よりかなりはやかった。予定では山頂の周辺で昼食をとるつもりだった。もちろんそのことは、加藤も知っている。山頂をこえてしまえば、風をさける場所もみつかるだろう。ところが加藤は足をとめようとしなかった。そのまま縦走路に踏みこむと、以前にもましたペースで歩きつづけた。

最初のうちは、頂上直下にある小屋のかげで風を避けるのかと思った。ところが加藤は停止する気配をみせず、どんどん先の方へ歩いていく。たまりかねた田嶋は声をかけた。

「おい！　どこまでいく気だ。飯にしよう」

加藤は急停止した。それから、ゆっくりとふりかえった。田嶋は当惑した。加藤はぽかんとした顔で田嶋をみている。まるで田嶋の言葉が理解できないかのように。

加藤はおずおずといった。

「先にすすんだ方が、いいと思います……。腰をおろしているうちに、天候が悪化しそうだし……。それに停止すれば、体温をうばわれます。歩きながらビスケットでも食った方が、疲れずにすむと思いますが」

田嶋は絶句した。それから、あわてて空をみた。いつの間にか低くなった空に、わずかな量の粉雪が舞っていた。すでに天候は悪化するきざしをみせていた。

3

狼狽《ろうばい》からたちなおるのに、それほど時間はかからなかった。たしかに天候は悪化しはじめているが、まだ危機的な状況におちいったわけではない。それよりは周囲の状況を把握するのが先だった。

田嶋はあらためて風の動きや雲の形をたしかめた。たしかに悪天の徴候はあらわれている。雲の底が低くおりているし、風もかなり強さをましている。すると低気圧の移動速度が、予想外にはやまったのかもしれない。この分だと今夜のビバークはかなりつらいものになりそうだ。

みっともない話だった。積雪の状態にばかり気を取られて、天候悪化の徴候をみのがしていたのだ。しかもその事実を、新人である加藤に指摘されるまで気づかなかった。致命的な失策とはいえないが、リーダーとしてあまり褒められた話ではない。

もっとも天候の悪化そのものは、田嶋にとってそれほど深刻な事態ではなかった。むしろ山が荒れることによって、新人訓練の成果があがりそうなことを喜んでいたほどだ。田嶋にとって北八ガ岳はビギナーむけの山でしかなく、荒れたところでたいしたことはないという意識があったのだ。もちろんこの悪天が、遭難につながるとは考えもしなかった。

だから加藤のいうように、歩きながら行動食をとる気はなかった。田嶋自身も疲れていたし、食事時間をきりつめても到着時間に差はあまりない。もちろん「スピードは安全につながる」という原則からすれば加藤の方がただしいのだが、加藤に対する反発が田嶋を頑《かたく》なにしていた。

二人はならんで腰をおろしながら、あわただしく食事をとった。だが天候が気になるものだから、充分に時間をかけることはできなかった。バスに乗る直前に買った握り飯を、いそいでかじるだけだ。昨日の夜に東京をたった加藤は、ポケットにしのばせたビスケットをかじっている。バス停で出会うまでは別行動だったから、行動中の食事はどうしてもばらばらになる。

それでも田嶋は、すこし安心していた。加藤がなぜあんな行動をとったのか、その意味が理解できたからだ。はやいペースで歩きつづけたのは、加藤が悪天の接近を極度におそれていたからだ。おそらく単独行をしていたときに、天候でひどい目にあったのだろう。ビギナーにはありがちなことだが、加藤の場合は敏感というより臆病《おくびょう》な気もする。経験をつめば、自然と度胸もつくはずだが。

半分ほど握り飯を食べたところで、田嶋は出発をつげた。そのときにはもう、加藤は歩きはじめていた。あとの行動食は、歩きながらとるつもりなのだろう。のこした握り飯をザックにおしこんで、田嶋はそのあとを追った。

横岳方面に踏み跡《トレイル》をたどると、ふたたび道は樹林帯に入った。木立にさえぎられて、風が急に弱くなった。うっすらと新雪がつもりだしていたが、この程度なら踏み跡を見失うこともない。

あいかわらず加藤は、はやいペースで歩いていく。そのときになって田嶋は、妙なことに気づいた。下り道になると、加藤の歩き方が急にぎこちなくなったのだ。よくみると道の両側からつきだした草や木の枝をつかんでは、それを手がかりにして下っている。

上からその格好をみていると、つかんだ草木にふりまわされているようにみえた。草木を最後まではなさないものだから、体が回転してまるで遊んでいるかのようだ。手にしたアイスアックスは、まったく役にたっていなかった。むしろ邪魔になるのか、ときどき手放している。固定バンドで手首につながれたアックスは、ずるずると引きずられていた。

それればかりではなかった。傾斜が急になると、ついにアイスアックスをザックに挟みこんでしまった。そして後ろむきになって斜面とむきあい、両手で草木をつかみながら下ろうとした。さすがに気になって、田嶋は大声でいった。

「みっともない下り方をするな！　アイスアックスは飾りじゃないんだぞ！　なんのためにクランポンをつけてるんだ！」

加藤はおどろいて立ちどまった。そして例の顔で田嶋をみあげた。いわれたことが理解できずに、きょとんとしている。その反応が自然すぎて、田嶋は自信を失いそうになった。それでも加藤のそんな反応は、予想できないわけではなかった。田嶋は不機嫌さをかくそうともせずにいった。

「わからんのか！　アイスアックスを使えといってるんだ。そんな下り方をしたら、陽《ひ》がくれちまうだろうが！　雪上訓練の時に何を習ったんだ」

いっているうちに、だんだん腹立ちをおさえきれなくなっていた。基本以前の知識まで教えなければならないことに、苛立《いらだ》ちを感じていたのだ。アイスアックスを杖《つえ》がわりにつかうことなど、どんな新人でも自然と身につけるものだ。特別な訓練などしなくても、その程度の使い方はできる。ところが加藤には、そんな常識が通用しないようだ。

加藤は悪びれる様子もみせずにいった。

「木のあるところでも、こいつをつかうんですか?」

おそろしいことに、加藤は本気だった。ザックからアイスアックスをとりだして、同意をもとめるように田嶋をみている。田嶋は嘆息した。加藤が新人でなければ、馬鹿にされているのかと思ったかもしれない。加藤はおずおずといった。

「あの……。下るときに、木の枝をつかむなという意味でしょうか」

さすがに田嶋は返答する気力を失っていた。それから、加藤を叱るのは筋ちがいかもしれないと思いはじめていた。我流でながく山をつづけていた者ほど、自分のやり方から抜け出せないものだ。訓練がいきとどかなかった責任は、自分たちにあるといえないこともない。ここは辛抱づよく、教えていくしかない。

田嶋は息をととのえながらいった。

「いいか、斜面を下るときは、できるかぎり前をむけ。どうしても無理だと判断したら、後ろむきに下ってもいい。そのときのアイスアックスの使い方は……」

子供にいいきかせるような調子で、ゆっくりといった。とはいえ、さすがに自分でも馬鹿馬鹿しくなっていた。どう考えてもこれは、正月の山で教えることではない。

だが加藤は、すぐに田嶋の言葉を理解したようだ。陽気な声で彼はいった。

「わかりました。とにかく木のあるなしにかかわらず、こいつを使うわけですね」

そういってアイスアックスをかかげてみせた。田嶋は渋面をつくった。それから、うんざりしたようにいった。

「そうだ。とにかく、草木はつかむな。危険だし、それに自然破壊にもつながる。山を歩いているのは、お前一人だけじゃない。登山者は何万人も入山してるんだ。全員がおなじことをすれば、山は丸裸になる」

加藤はちょっと小首をかしげたが、何もいわずに黙りこんだ。田嶋にとっては、気になる反応だった。だが、そのことで議論している余裕はない。まだ先はながいのに、こんなところで時間を無駄にはできない。加藤をうながして、先を急ぐことにした。

斜面を下りきったところで、彼らは林をぬけだした。夏なら気持ちのいい草原だが、いまは吹きさらしの雪原になっている。風の通り道になっているせいか、踏み跡《トレイル》をみわけるのが困難になっていた。朝から通過したものはいないらしく、のっぺりした雪原にかすかな踏み跡がのこっているだけだ。

そのような光景をみていると、正月休みも終わりに近づいたことを実感させられた。もっともこのあたりは、最盛期でもそれほど人出の多いところではない。横岳をこえてロープウエイ駅あたりに近づけば、いやでもほかの登山者と出会うだろう。

雲底はかなり低くなったものの、まだ視界をさえぎるほどではなかった。それでも雪原をとりまく山々の、頂稜あたりはすでに雲の中にかくれている。モノクロ画のような風景の中で、雲が重苦しく頭上におおいかぶさっている。

目標のほとんどない雪原を、加藤は思い切りよく歩いていった。後ろに田嶋がいるという安心感からか、それとも地形の判読に自信があるのか足取りに迷いはなかった。かえって後ろを歩く田嶋の方が、踏み跡が消えかかっている場所で足をとめるほどだ。視界が悪化しつつあるいまは、地形のチェックには特に気をつかう。

やがて踏み跡はふたたび林に入った。倒木のめだつ林の中を、急な登りがつづく。ただ雪原の横断にくらべると、踏み跡を見失う心配だけはなかった。

道が登りになったことで、さすがに田嶋のペースが落ちはじめた。油断していると、前をいく加藤に置いていかれそうになる。加藤は疲れた様子もみせず、歩きはじめとおなじペースで先をいそいでいく。

これは田嶋にとって、あまり愉快な状態ではなかった。加藤はわき目もふらずに歩くだけでいいが、後方の田嶋はたえず地形を確認しなければならないのだ。もちろん加藤は、そのことに気づいていない。

だから田嶋としても、ペースを落とせとはいいにくかった。ほかに同行者がいればそんなこともないのだが、加藤一人が相手ではどうもやりにくい。意地をはっているわけではないが、後輩にゆっくり歩けなどとはいえないのだ。

だが、こんなペースが長つづきするとは思えなかった。どうせそのうちに、加藤はつぶれるだろう。それならいっそのこと、バテるまで歩かせた方がいい。そう考えて、あえて口をはさまないことにした。縦走のペース配分に関しては、今夜にでもじっくり話せばいい。行動中に苦い経験をしていれば、納得させるのも簡単だ。

周囲の樹林が、次第にまばらになっていった。さらに高度をあげればハイマツ帯にはいるのだが、まだ周辺には背のたかい木々がめだっている。やがて踏み跡をさえぎるようにして、倒木があらわれた。

ひとかかえほどもある倒木だった。積雪のせいで木の下の隙間《すきま》が埋まり、道を完全にふさいでいる。おそらく年末の積雪で、倒れたばかりなのだろう。これほど人の多い山域に、こんな巨木が道をふさいでいるのはめずらしい。

倒木の前に立った加藤は、逡巡《しゅんじゅん》するように左右をみている。そのまま乗りこえるか迂回《うかい》するか、迷っているようにみえた。そして田嶋が声をかけようとすると、加藤はいきなりクランポンの爪《つめ》を蹴りこんだ。

田嶋はおどろいた。乗りこえるための足場にしては、いかにもやり方が乱暴だったからだ。倒れて間もないその木には、まだ水分が残っていたようだ。そこにクランポンの爪を突き立てるものだから、生木をさくような音がして木肌が削り取られた。思わず田嶋は眼をそむけた。倒木とはいえ、少し前までは生きていた木なのだ。無意味に傷つけようとする神経が理解できなかった。倒木にのこった無惨な傷跡に、加藤はさらにクランポンを蹴りこもうとしている。

疲労と空腹で、虫の居所が悪かったのかもしれない。気づいたとき田嶋は、大声で加藤を叱りつけていた。

「何をやってるんだ！　木を傷《いた》めるなというのが、わからんのか！」

ほとんど逆上にちかかった。だが田嶋の感情のたかまりは、加藤には通じていなかった。怪訝《けげん》そうな顔でふりかえった加藤は、おどろいたようにいった。

「でも……もう倒れてしまった木ですよ、これ」

それからようやく、田嶋の剣幕に気づいたようだ。ばつの悪そうな顔で視線をそらすと、めくれた木肌をそのままにして倒木を乗りこえた。

——素直かもしれないが、この男の自然に対する態度は悪すぎる。

そう思った。だがそれよりも大きな問題は、加藤がそれを認識していないことだ。

——この男に自然の大切さを認識させるのは、登山技術を教えるよりも難しいのではないか。

田嶋は心底うんざりした気分になっていた。

4

横岳での出来事以来、二人はほとんど口をきくことがなくなっていた。加藤はあいかわらずはやいペースで、黙々と歩いていく。まるで一人で歩くことを楽しんでいるかのように、後方をふり返ることもなく行程をかせいでいる。その後ろ姿をみるだけで、田嶋は腹立たしい気分になった。

自分では気づいていなかったが、蓄積した疲労と空腹が田嶋を不機嫌にしていたようだ。数歩おくれてあとを追いながら、加藤の動きに神経をとがらせていた。また加藤が何か妙なことをしたら、今度こそ躊躇《ちゅうちょ》せずに怒鳴りつけるつもりだった。だが加藤は雪道になれたのか、もう不用意なことはしなくなっていた。

踏み跡が明瞭《めいりょう》になったせいで、歩行自体が容易になっていたのだ。そういえば横岳をすぎたあたりから、ほかの登山者をみかけることが急に多くなった。迷いやすい場所には赤旗やテープが散見されたし、道標までが雪の下から掘り起こされている。これでは夏山の縦走とかわりがない。

すれちがう登山者の多さは、田嶋を別の意味で困惑させた。登山者の視線が気になって、加藤のように歩きながら行動食をとることができないのだ。加藤はポケットにチョコレートやビスケットを忍ばせているようだが、田嶋には握り飯ののこりがあるだけだ。どこかで休息できればいいのだが、ぎこちない雰囲気のせいで停止を命じることもできない。

田嶋が二度めの行動食をとったのは、縞枯山《しまがれやま》をすぎたあたりだった。このあたりまでくると、さすがに登山者の数も少なくなっていた。あわただしくザックをおろして握り飯をとりだし、加藤のあとを追いかけながらそれを頬張《ほおば》った。喉《のど》がつまりかけたが、芯まで凍りかけた握り飯を少量の雪とともにのみこむ。テルモスには湯を用意しておいたのだが、それを飲む余裕などなかった。そのことで、田嶋の苛立ちはさらにつのった。

やっと握り飯を食いおわったころには、かなり周囲が薄暗くなっていた。だが、まだ日没の時間ではない。気づかないうちに、空に舞う雪の量が多くなっていたようだ。それほどつよい降りではないが、空はどんよりと重い雲でおおわれている。

だが田嶋は、天候を予測することが億劫《おっくう》になっていた。明日の夕方までもてばいいと考えて、雲の状態を観察する努力を放棄していた。山小屋の中には天気図を掲示しているところもあるが、足をとめて小屋の番人に状況をたしかめるだけの余裕もなかった。

田嶋がそれほど天候に無頓着《むとんちゃく》でいられたのは、樹林帯の中にいることの安心感があったからだ。それだけに縦走路からの展望は悪く、天候の変化は把握しづらかった。だが仮に天候の急変に遭遇しても、それほど状況は悪くならないという読みはあった。さもなければ、疲労しきった状態で縦走をつづけられるものではない。

その日の午後いっぱい二人は無言のまま歩きつづけた。

そして予定より一時間以上はやく、野営予定地に到着した。思ったほど時間を短縮できなかったのは、知らず知らずのうちにペースが落ちていたせいだ。適度に休息をとっていれば、もっとはやく到着できたかもしれない。

一日の行程を終えたことで、田嶋の心にもようやく余裕がうまれた。予想外にきつい縦走になったが、加藤の頑張りはなかなかのものだった。問題がないわけではないが、有望な新人という最初の評価にかわりはなかった。

ビバーク地をさがすつもりで、田嶋は林の端で立ちどまった。すぐ先の麦草峠《むぎくさとうげ》は、一面の雪原になっている。峠には県道が通じているはずだが、いまは雪に埋もれて所在さえ判然としなかった。佐久《さく》盆地の方から飛雪まじりのつよい風が吹いており、峠の周辺では地吹雪が発生している。

その様子をみた田嶋は、付近の林でビバークすることを決めた。風向きと木々の状態から、ほかに適当な場所はみあたらなかった。ところが加藤は、足もとめずに峠の方へくだっていく。おそらく雪原をこえて、その先の樹林帯までいくつもりなのだろう。だが野営の場所としては、この近くの方が数倍すぐれている。これまでの経験から、田嶋にはそれがわかった。

田嶋はいそいで加藤を呼びとめた。声をかけたのは、ほとんど半日ぶりだった。声に気づいた加藤は、ほんのすこし首をかしげてふりかえった。その顔をみたとき、いやな予感がした。また何か、面倒なことをいいだしそうな気がしたのだ。自信ありげな加藤の足取りも、そのことを裏づけている。

田嶋は黙ったまま、ビバーク地と決めた林に眼をむけた。普通の人間なら、それで充分に意思は通じるはずだった。ところが加藤は、怪訝そうに田嶋を見返していった。

「こんなところで、ビバークするんですか？　まだ一時間半は歩けますよ」

その言葉をきいたとたんに、田嶋は癇癪《かんしゃく》を爆発させた。

「いわれた通りにせんか！　勝手な計画変更はゆるさんぞ！」

冷静になろうとする意思に反して、田嶋はむきになっていた。もしも加藤が下手《したて》にでていたら、頭ごなしに怒鳴ることはなかったはずだ。相手が経験のない新人であっても、冷静に話をきくだけの度量はあった。ところが加藤は自分の意見に疑いをもたず、それを当然のように口にした。それが田嶋には、ひどく生意気な態度に思えた。どこかでずれはじめた歯車が、田嶋の行動を狂わせていた。実をいうと加藤の主張には、充分な根拠があった。日没までに行程をかせいでおけば、明日以降の行動がずっと安全になる。それがわかっているのに、同意することができなかった。こうなった以上、自分の主張を押し通す以外にない。

加藤は当惑したように、その場に立ちつくしていた。さらに怒鳴りつけようとするのを、なんとか田嶋は思いとどまった。さすがに自分でも、大人げないと思いはじめていた。

なかば照れかくしのつもりで、目をつけておいたビバーク地に歩いていった。加藤は素直にしたがった。黙ったまま二人で林にわけいり、手ごろな場所を物色する。風のあたらない適当な平地がみつかった。田嶋はザックとアイスアックスを放り出すと、周囲の雪を踏みかためる作業にうつった。

加藤が口を開いたのは、整地をほとんど終えたときだった。彼はおずおずといった。

「あの……さっきは申し訳ありませんでした。ビバーク山行というくらいだから、てっきり暗くなるまで歩きつづけるのだと思っていたので……。勝手なことをして、本当にすみませんでした」

その言葉で、緊張が一度にとけた。同時に加藤に対する反感が、急にうすれていくような気がした。加藤に当たり散らすのは、どう考えても筋ちがいなのだ。変則的な形態をとらざるをえなかった新人訓練のやり方が、加藤との間に溝をつくっただけだ。田嶋はそんなことを考えていた。

さっきまでの腹立ちが、嘘《うそ》のように消えていた。寒さで引きつっていた顔までが、ゆるんでいくような気がした。田嶋は息をついていった。

「わかればいいんだ……。わかればな……」

そういってから、昼間のことを話すべきかどうか少し迷った。チームを組むときの注意点や、自然を傷つけずに歩くことの重要性をだ。

だが急速に下がりだした気温が、決心をにぶらせた。とにかくいまは、夜を越す態勢をととのえるのが先だ。作業を終わってからすごす夜は、いやというほどながい。

加藤はすでにクランポンをはずし、ザックの中味を取り出していた。どこで習ったのか、雪面に突き立てたアイスアックスにザックを引っかけている。芸の細かいことをすると田嶋は思った。粉雪がザックに入りこまないし、残雪期にはザックの中味を濡《ぬ》らさないいい方法だ。しかもアイスアックスは、乾いてもろい雪面にしっかりと突き立ててある。

彼が単独でやってきた実績については、認めざるをえないだろう。無駄のない加藤の動きをみながら、田嶋はそう判断をくだした。だが田嶋の評価は、加藤がザックからとりだしたものをみて吹き飛んだ。それは樵《きこり》が山仕事に使うような、幅広の鉈《なた》だった。加藤は屈託のない調子でいった。

「薪《たきぎ》を切り出してきます。焚火《たきび》の用意を、お願いします」

田嶋は絶句した。いったい何を考えているのだ、この男は。キャンプファイアでもやるつもりなのか、この雪の中で。

5

田嶋は無言のまま、ガスコンロの炎をみていた。

何か話そうとするのだが、言葉にならないのだ。何から話していいのか、見当もつかない。この男とは、まともな会話が成立しないのではないか——そんなことさえ考えた。そのせいで、ますます口が重くなった。

重苦しい気分のまま、田嶋は手にした鍋《なべ》をコンロにのせた。ときおり様子をみてやらないと、炎はすぐに小さくなってしまう。事前の点検では問題がなかったのに、コンロの調子はあまりよくない。

小ぶりの鍋の中では、半分とけかけた雪がゆっくりと回転している。たまに雪をつぎたすのと、手にしたナイフで雪に切れ目をいれる以外にすることはなかった。

風がひどい音をたてていた。うなりをあげるたびにツエルトは激しく波うち、ただでさえたよりないコンロの炎をふるわせた。

ツエルトの中は、せまくて息苦しかった。換気には気をつけているつもりだったが、油断するとすぐに胸が苦しくなってくる。ツエルトは紙のようにうすい布一枚だが、それでもなんとか体温を保つことはできた。ツエルトのつくる窮屈な空間で、田嶋と加藤は膝《ひざ》を触れあうようにしてうずくまっている。

夜になってから、気温は急激に下降した。温度計はないが、冷えこみのきつさは充分に実感できる。尻《しり》にしいたザックをとおして、寒気がじわじわとはいのぼってくる。羽毛服を着こんでいるのに、切り裂くような冷気が肌をさした。ツエルトの隙間からは、体を動かすたびに冷気が流れこんでくる。ザックからはみだした足の先が、ツエルトの床布にふれて凍りつくように冷たい。

何かが妙だった。雪が断続的に降りつづいているときは、むしろ気温がゆるむはずなのだ。風のつよさといい、何もかもが狂っているような気がした。だが田嶋には、そのことを考える余裕もなかった。すぐ近くに営業中の山小屋があるという事実が、危機感をうすれさせていたのかもしれない。

ながい時間をかけて、ちいさな鍋一杯分の湯ができた。用意しておいた乾燥食品をそれに放りこみ、割った餅《もち》をいれてナイフでかき回す。熱を逃がさないよう注意しながら、餅が煮えるのを待った。できあがった雑炊《ぞうすい》の半分をマグカップにとりわけ、加藤に手わたした。田嶋自身は鍋を直接かかえこんだ。もっとも鍋の大きさは、マグカップと大差ない。

二人は黙ったまま食事をとった。真っ白い息を吐きながら、音をたてて雑炊を喉に流しこむ。体は芯まで冷えきっていたが、それでなんとか人心地がついた。腹に落ちた餅が、かかえこんだ懐炉のように温かい。

ほとんど同時に、二人は食事をおえた。深々とため息をつくものだから、ツエルトの内部が霧で真っ白になっていた。帽子からはみ出した髪に露が付着し、時間とともに滴《しずく》となって落ちた。ツエルト内部の空気はじっとりと湿っていたが、それもいまは気にならなかった。

「お前が山をはじめたのは……いつごろからなんだ」

腹がくちくなったせいか、そうきく余裕がでてきた。加藤は少しはにかんだような笑みをみせていった。

「山をはじめる……というほどではないですが、子供のころは祖父にくっついて山歩きをしていました」

田嶋は少しばかり興味をおぼえた。つまり加藤の登山技術は、その祖父ゆずりということになる。それにしては、乱暴な登り方があったものだ。だが、実際はそんなものかもしれない。近代登山の黎明期《れいめいき》には、環境保護に対する配慮はあまりなかったともきいている。そう考えて、田嶋はたずねた。

「お前のじいさんというのは、何歳ぐらいなんだ」

「三年前に死にましたよ。八五歳で。死ぬ直前まで、矍鑠《かくしゃく》としてましたが」

田嶋は素ばやく計算した。

「するとじいさんが現役で登ってたのは、昭和のはじめごろになるのか。どこかの大学の、山岳部にでもいたのか？」

加藤は、かすかに笑っていった。

「じいさまは、登山家なんかじゃありません。ただの樵です。もっとも、小規模ながら山林地主でもありますが……。田舎の家は、代々山をもっていたんです。山の手入れをするときに、よくつれてってもらいました。

高校生のころには、伐採の手伝いもやってました。もちろん家の山のじゃなくて、頼まれ仕事です。私の田舎では、雪の残ってるころにやりました。林道が整備されてないから、切りだした材木を橇《そり》で引きずってね……」

そういって笑った。だが田嶋は、その言葉に引っかかるものを感じていた。加藤の言葉で、ようやく理解できたのだ。加藤の自然に対する思いやりのなさは、そのあたりが原因なのだろう。加藤は意識していないようだが、日本式の林業は自然破壊の典型のようなものだ。原生林を伐採して杉の植林をおこない、日本中を人工林だらけにしてしまう——そんなやり方が加藤の感性を狂わせてしまったのだろう。

別に説教をするつもりはなかった。「次の世代の子供たちに大切な自然を残せ」とか「地球の環境保護は人類の義務」とかいう大げさな話ではない。きわめて常識的なルールを、加藤に守らせたいだけだ。自分たちが歩いた痕跡《こんせき》を、あとに残すなと。

田嶋は考えをまとめながらいった。

「登山の原点が山仕事じゃ仕方がないが、もう少し自然に親しむことも考えた方がいいぞ。俺は別にエコロジストじゃないが、お前のやり方は乱暴すぎる。

もう少し、その……ローインパクトというか、地球に対するやさしさというか、そんなものに気をつかってだな――」

田嶋は口ごもった。加藤がいつにない真剣な眼をむけていた。彼はいった。

「クランポンを装着すれば、自然に親しむことになるんですか？　アイスアックスを雪面に突き立てて、それがローインパクトなんですか」

田嶋はおどろいて加藤の眼をみた。それから、力なく視線をそらせた。なんとなく、疲れた気分になった。加藤のいい分は屁理屈《へりくつ》でさえない。少なくともクランポンで倒木を蹴りつけた人間のいう言葉ではなかった。

田嶋は大きくため息をついた。

「わかった。そのことは、いずれゆっくりと話そう。二人だけで話しても、結論がでるとは思えない」

すでに田嶋は説得をあきらめていた。こんな相手には、常識など通じないものだ。それなら自分が少数派だということを、時間をかけて認識させるしかない。明日は会の仲間と会えるのだから、そのときにでもまた話せばいい。そう思った。

加藤は何もいわなかった。何かいいたそうな、悲しそうな眼をしていたが、無視することにした。田嶋は話題をかえた。

「忘れんうちにいっておくが、歩くペースをもうちょっと考えろ。二人だけのときならいいが、ほかのメンバーがいるときは隊列がばらばらになるぞ。あんな無茶な飛ばし方をすると。今回はお前のための訓練だからいいが、この次はもう少し加減しろ。わかったら、もう寝るぞ。明日は今日以上の強行軍だ」

それだけいって、田嶋はコンロの火を消した。だが加藤は、田嶋に眼をむけたまま口ごもっている。田嶋は鼻をならしていった。

「なんだ。いいたいことがあれば、はやくいえ」

それでも加藤は、まだもじもじしていた。それから、意を決したようにいった。

「この天気、気になりませんか。私はこの山のことをよく知らないんですが、今夜中にかなり積もりそうな気がします。気温もどんどん低下しているし、明日はきっと大荒れになります。だから今日中に、できるだけ先にすすんだ方がいいと思ったんですが……」

それをきいた田嶋は、すこしだけ笑ってみせた。加藤を安心させるためだ。加藤の心配がビギナーに特有のものだったことが、田嶋自身を安心させていた。おそらく加藤は、高所に足を踏みいれた不安から必死で歩いたのだろう。田嶋はいった。

「心配しなくても、明日はそんなに荒れたりしない。北八ガ岳で行動できないほどの猛吹雪にみまわれることは、これまでなかったんだ。よほど悪いようなら、横岳以南の縦走は中止する」

峠の方で、またひどい風音が鳴った。加藤は眉《まゆ》をひそめていった。

「おかしいとは思いませんか……。この時期の季節風なら、諏訪《すわ》側から吹くはずだ。佐久の方から吹くなんて、方角が逆じゃないですか。冬に吹く東風は、悪天の前兆だといいます……」

だが田嶋はそれ以上、加藤の心配につきあう気はなかった。ゆるめていた靴紐をといて、重い靴をぬいだ。それをスパッツでくるんで、足の下あたりに敷いた。それで、寝る準備は終わりだった。

寝袋もないビバークでは、夜半までが勝負だった。明け方になると、寒くてとても寝られなくなる。気温の下がりきらないうちに、少しでも眠っておくしかない。

田嶋は体を海老《えび》のように曲げて横になった。加藤も寝る用意はととのえたが、まだ口を閉じようとしなかった。

「あのときの倒木ですが……内部が完全に凍りついてました。倒れたばかりで生木とかわりませんでしたが、あんなに急な冷えこみははじめてです。相当に強力な寒気団が、接近しつつあるとしか思えません……」

田嶋は生欠伸《なまあくび》をした。加藤の言葉を、ききとることさえ億劫になっていた。昼間の疲れのせいで、眼を開けていられないほど眠かった。加藤がかすかにため息をついたが、それも田嶋には遠くできこえただけだ。そして田嶋は、眠りに落ちていった。

6

次の日は、夜明けのかなり前に眼がさめた。

ひどい寒さで、それ以上はとても眠れなかったのだ。まだ起きるには早いと思ったが、寒さのせいで横になっていることさえ苦痛だった。じっとしていると胴震いがとまらず、そのまま地面に凍りつきそうなのだ。暗闇《くらやみ》の中で時計をみると、まだ午前二時だった。

そっと加藤の様子をうかがったが、やはり半覚醒《はんかくせい》状態らしくしきりに寝返りをうっていた。吐き出される白い息が、闇の中を流れていくのがかすかにわかる。

寒さをこらえきれないまま、思いきって起きあがった。ライトをつけてみると、ツエルトの内側にはびっしりと白い霜がはりついていた。午前二時でこれだから、夜明け前の寒さは想像もできないほどだ。

ただでさえ狭いツエルトは、寝る前の半分ほどの大きさになっていた。夜の間につもった雪が、ツエルトを押しつぶしてしまったのだ。下半身が異様に冷たいと思ったら、つぶれたツエルトごと雪の下に埋まっていた。

両足を雪の下から引き出し、窮屈な姿勢のままコンロに火をつけようとした。ところが厳寒の中でも簡単に火のつくはずのコンロが、なかなか点火できない。そのうちに指先がふるえて、ライターの火が消えてしまった。凍える指先を口にふくみ、何度も息を吹きかけては温めた。それでもコンロには、どうしても点火できなかった。

何度もおなじことをくり返すうちに、今度はライターが動かなくなった。火打ち石に霜でもつまったのか、火花さえ散らない。冷えきったライターを手にしていると、指の関節がちぎれそうに痛む。

仕方なく予備のライターをさがして、ザックの中をかきまわした。気配に気づいて加藤が起き出してきた。寒さのせいで、ライトの光が薄暗くなっていた。それでも帽子からはみ出した髪に、びっしりと霜がついているのがわかる。

「ライターかマッチ、もってないか」

歯の根もあわない状態で、やっとそれだけいった。加藤は荒い息を吐きながら、腰のまわりをさぐっている。引っ張りだしたのは、ザックではなくて靴だった。凍りついた靴を力まかせに押しひろげながら、加藤はいった。

「とにかく、ツエルトの周囲を除雪してきます。このままだと、二人とも埋められてしまいそうだ。それ以前に、酸欠で死ぬかもしれない」

加藤のいうとおりだった。起きたときから、田嶋もそれには気づいていた。だが、この寒さの中にでていく勇気がなかったのだ。とりあえずコンロに火をつけて、暖をとってからと考えていた。

だが加藤は躊躇しなかった。凍って変形した靴に無理矢理足をいれ、針金のように凍りついた靴紐を指でもみしだいて結びつけた。そして思い切りよく、ツエルトの入り口を引き開けた。

開いた入り口から、ぞっとする寒気と大量の雪が流れこんできた。ただでさえ狭いツエルトの中が、それでますます狭くなった。おどろいたことに、雪の深さはツエルトのなかばをこえていた。加藤はもがきながら外にはいだし、田嶋に指示して入り口を閉じさせた。

崩れだした雪のせいで、ツエルトを閉じるのはかなり苦しかった。なんとか雪を外にかきだして、ようやく閉じることができた。

それから田嶋は、いそいで小物をザックにつっこんだ。こんな状態でコンロが雪の下に埋まったりしたら、目もあてられない。

加藤はツエルトのまわりを歩きながら、強引に除雪をつづけた。雪洞《せつどう》を掘ることを考えて簡易スコップをもってきたのだが、ブレード面が小さすぎて効率はかなり悪いようだ。ところがそう考えた矢先に、急に雪をかく音がかわった。加藤が両腕を雪面につっこんで、ツエルトを掘り出しているのだ。その作業を想像するだけで、田嶋は背筋が凍りつきそうな思いがした。

加藤の努力にむくいるためにも、はやくコンロに火をつけたかった。ゆれるツエルトに注意しながら片手でコンロをかかえ、みつけた別のライターで火をつけようとした。今度はうまくいった。少しずつガスを噴出させて、炎を大きくする。ともされた炎は、太陽のようにまぶしかった。

そのころになると、周囲の除雪はほぼ終わっていた。だが加藤は、まだ中にはいる気配をみせなかった。どうやらツエルトの周囲に、雪よけのブロックをつんでいるようだ。ろくに道具もないものだから、雪の壁に体当たりをして固めているだけだ。そしてそれを終えたあと、雪達磨《ゆきだるま》のようになった加藤が転がりこんできた。

ひどい格好だった。顔は死人のように青ざめ、唇は紫色をとおりこしてどす黒く変色していた。手足の関節は妙な具合に曲がったままで、身動きもできない状態で転がっていた。その眼の前に、田嶋はコンロを差し出した。

ツエルトの内部が広くなったせいで、なんとか二人がむかいあう空間ができた。床にはまだ流れこんだ雪が残っているが、これを全部かき出すのは無理だろう。加藤は鼻先を焦がさんばかりにコンロに近づき、ふるえながら両手をかざしている。

「できるだけはやい時間に、出発した方がいいと思います。雪のやむ気配が全然ないですから。時間がたてばたつほど、ラッセルは困難になるでしょう。このままだと、身動きができなくなるかもしれない」

加藤のいうとおりだった。実は田嶋も、おなじことを考えていた。今日はもう五日だから、登山者の数はかなり減っている。正月の最中なら他人の踏み跡《トレイル》を期待できるが、この天候ではそれも無理だろう。縦走を中断することも考えたが、加藤がまだやる気なのだから下山はすべきではない。小屋に逃げこむなど問題外だった。

とにかく朝飯を用意して、暖をとろうとした。ところが用意をはじめたときから、コンロの炎が次第に小さくなっていった。完全に消えることはなかったが、火力はもとにもどらなかった。

結局、雪をとかして二袋のラーメンと餅を煮るだけで、二時間ちかくもかかってしまった。幸いなことに、ガス・カートリッジは予備を持ってきていた。コンロをつけたままにしておいたことで、夜明けのひどい寒さからはまぬがれることができた。それでなんとか、彼らは精神的な余裕をとりもどした。

準備をする間も雪は間断なく降りつづいていた。防風ブロックとツエルトの間には容赦なく雪が吹きこんだが、二度めの除雪は田嶋がおこなった。すでに彼らの間には、先輩と後輩の区別はなくなっていた。縦走を完成させるという目的の前には、昨夜のいきがかりなど消し飛んでしまった。田嶋自身にも、これが訓練という意識はなくなっていた。

アクシデントが発生したのは、出発の直前だった。コンロのジョイント部分から、いきなり火が噴き出したのだ。あっと思ったときには、眼の前がオレンジ色の炎で満たされていた。悪いことが重なった。持ちこんだツエルトは旧式で、可燃性だった。すでにツエルトは燃えあがっており、衣服にまで火がうつっていた。彼らはあわててツエルトから飛び出した。雪の上を転げまわって、なんとか火を消した。

出発の直前だったのが、不幸中の幸いだった。二人ともすでに足ごしらえをととのえており、ジャケットが焼け焦げただけで火傷《やけど》も負わなかった。ツエルトは燃えてしまったが、今日は赤岳鉱泉のベースに泊まるのだから必要ない。つまり縦走をつづけるのに、何の支障もなかった。田嶋の意気を、ひどく消沈させただけだ。

とにかく歩きだすしかなかった。じっとしていると、胴震いがとまらないのだ。そして歩きだしたとたんに、彼らは猛烈なラッセルを強いられることになった。林の中が吹きだまりになっていて、場所によっては雪の深さが胸まで達した。ある程度は予想していたが、先行きを考えるとさすがにうんざりした。

それでも昨日の踏み跡にもどると、ラッセルはいくらかましになった。昨日までの踏み跡が、積雪の下にのこっていたのだ。夜明けには程遠かったが、彼らは南にむかって縦走を再開した。

踏み跡はのこっていたものの、深雪から解放されたわけではない。浅いところでも膝までの積雪で、歩くだけでもかなりの体力を消耗した。踏み跡を外すと、たちまち足をとられて転倒しそうになった。装備を切り詰めて輪《わ》カン（輪樏《わかんじき》）をもってこなかったものだから、深雪の中をもがきながら進むしかない。アイスアックスを水平にかまえ、眼の前の雪を押しかためながら小刻みに前進をつづけた。

時間は容赦なくすぎていった。歩きつづける体力はあるものの、行程は遅々としてはかどらない。昨日までの踏み跡《トレイル》が消えているものだから、油断すると方向を見失いそうになる。あいかわらず雪は深く、胸まで没する深雪に足をとられることも何度かあった。

積雪量の比較的少ない八ガ岳では、記録的な降雪といってよかった。しかも雪は、歩きだしてからもやむ気配をみせなかった。彼らは交代で先頭にたち、ひたすら雪をかき分けてすすんだ。

変化があらわれたのは、あたりが明るくなってからだった。小屋の周辺を中心に、あらたな踏み跡をみるようになった。今朝になってから登山者や小屋番が下山したらしく、里への道に足跡がのびている。ただし、縦走路にあらたな踏み跡はみあたらなかった。ほとんどの登山者が昨日からの降雪をみて、下山を決めたのだろう。

それでも天狗岳《てんぐだけ》あたりまで近づくと、かなり明瞭な踏み跡があらわれだした。数はあまり多くないが、赤岳方面への縦走を強行する登山者がいたのだろう。吹きさらしの稜線にでると、風のせいで降雪がほとんどみられない所もあった。そんな場所では、夏道なみに行程がはかどった。

そのことで田嶋は、ようやく安心することができた。歩きだしたときは縦走の完成どころか、硫黄岳までの縦走さえむつかしいと考えていた。だがこの分なら、予定どおり縦走できそうだと思いはじめていた。あいかわらず天候は悪いが、これなら何とかなるかもしれない。そしてその安心感が、油断をさそっていた。

この日二度めのアクシデントは、夏沢峠《なつざわとうげ》への下りで発生した。

7

普通なら、事故などおこりようのない下りだった。

傾斜はそれほどきつくないし、視界をさえぎるものもない。稜線の片側は急峻《きゅうしゅん》な崖《がけ》になっていたが、注意していればそれほど危険な場所ではなかった。

ただ彼らが通過したとき、付近の視界はかなり悪かった。佐久側から吹きあげてくる強風が、上昇気流となって雲の塊を発生させていた。稜線の佐久側はすっぱりと切れ落ちていたが、その向こうの空間がわきあがる雲によって埋められていた。

これに対して諏訪側は、比較的ゆるやかな斜面がひろがっていた。稜線をわずかにくだったあたりから、背の低い針葉樹林がつづいている。踏み跡は針葉樹林の端をつたいながら、峠にむかってくだっていた。視界もそれほど悪くなく、踏み跡をたどってさえいれば危険はないはずだった。

飛雪をともなった風が、断続的に眼の前を通過していた。踏み跡は明瞭だったが、わきあがる雲でときおり視界が閉ざされた。ひどいときにはホワイトアウトの状態になって、すぐ先をいく加藤の姿がみえないことがあった。

しかしそんなときでも、田嶋は足をとめなかった。どうせ視界はすぐに回復するし、足もとの踏み跡は明瞭にみえている。むしろ立ちどまっているうちに、加藤を見失うおそれがあった。踏み跡さえはずさなければ、すぐに追いつけるはずだった。

ところがそのときにかぎって、加藤の姿はなかなかみえてこなかった。さすがにおかしいと感じたが、足をとめて周囲の様子をたしかめる余裕もなかった。夏沢峠をこえて登り返せば、硫黄岳はすぐ目と鼻の先なのだ。その思いが、自然と足をはやめさせていた。そして、足もとの雪が崩壊した。

その瞬間、体が重さを失ったようなたよりなさを感じた。崖から転げ落ちたという感覚はなかった。ただ背中や腕にあたる雪の感覚が、転倒したときとはちがうように思った。あまりに視界が悪すぎて、墜落したことにも気づかなかったのだ。

最初の衝撃は、ザックにきた。田嶋の体は振りまわされ、強引な力で反転した。そして次の瞬間、肩先に衝撃がきた。落ちたと感じたときには、自力では停止できないほど加速度がついていた。バンドで手首に固定していたアイスアックスは、落下の衝撃で飛ばされたようだ。田嶋の体は、石のように凍りついた斜面を滑落していた。

すぐ眼の前を、氷の斜面がおそろしい勢いで通りすぎていった。落下をとめるどころか、体勢をととのえることもできなかった。斜面の突角に衝突しているらしく、そのたびに体が振りまわされる。視界がめまぐるしくいれかわり、落下速度はさらにましていった。

そして最後の衝撃がきた。手足が引き抜かれそうなほど、ひどい衝撃だった。やがて暗闇が田嶋をつつみこみ、そのまま記憶は途切れた。

気がついたとき、田嶋は吹きだまりの中に半身を突っこんで倒れていた。それほど時間はたっていないはずだが、体が完全に冷え切っていた。ひどい寒さでふるえがとまらないのに、右足の感覚がまるでない。おそるおそるそちらに眼をむけると、奇妙な形にねじ曲がっていた。骨折したのかもしれない。

さすがに田嶋は青ざめた。下山の心配をしたのではない。もしかすると自分は、もう山に登れないかもしれない——そんなことを考えて、暗澹《あんたん》とした気分になったのだ。このときにはまだ、田嶋は事態を深刻にとらえていなかった。この吹雪の中で下山できるのか、それどころか無事に夜を越せるのかということは、考えもしなかった。

とにかく右足を固定しようとして、体を起こしかけた。だがその瞬間、怪我《けが》をした足に激痛がはしった。とても体を起こすどころではない。不安定な姿勢のまま、うなり声をあげるだけだ。しばらくその姿勢をたもったあと、そろそろと雪の上に体を横たえた。

そのあとは、しばらく失神していたのかもしれない。いつの間にか降雪が激しさをまして、体の上に雪が積もっていた。そうなると、今度は別の心配がでてきた。もしもこのまま動けなくなったら、雪の下にかくれた自分を発見するのは容易ではないだろう。

恐怖にとらわれて、田嶋は周囲の様子をうかがった。だがあたりの視界は、ほんの一〇メートルほど先で途切れていた。加藤の姿どころか、頭上にあるはずの稜線もみえない。視界が回復する兆候もなく、雪は間断なく降りしきっている。

そのことで田嶋は、ようやく事態の深刻さに気づいた。このまま状況がかわらなければ、ここで死ぬことになるかもしれない。たとえ加藤が田嶋を発見しても、救出することなどできないだろう。氷雪技術の未熟さ以前に、一人ではどうしようもなかった。人を呼びにやらせるとしても、この付近にある山小屋は三軒とも冬期は無人のはずだ。ほかの登山者と出会う可能性も少ないから、赤岳鉱泉まで仲間を呼びにやらせるしかない。

だがビギナーでしかない加藤に、そこまでやらせるのは無理な気がした。下手《へた》をすれば、加藤まで身動きがとれなくなる。それくらいなら無人の小屋に避難させて、天候が回復するまで待機させる方がいい。せめて加藤一人だけでも、生還してほしかった。

朦朧《もうろう》とした意識の奥で、田嶋はそんなことを考えていた。あるいは何度か失神と覚醒を、くりかえしていたのかもしれない。次に気がついたとき、すでにあたりは暗くなっていた。

気配に気づいて、田嶋は足もとに眼をむけた。そちらの方で、何かが動いていた。だが、暗くてよくわからない。山犬でもやってきて、足をかじっているのかもしれない。そんなことを考えながら、さらに同じ方をみつづけた。それでようやくわかった。そこにいたのは加藤だった。加藤は拍子ぬけするほど明るい声でいった。

「動かないでください。足を固定したら、とにかく安全な場所まで運びます。じっとして、体を楽にしてください」

――あの斜面を降りてきたのか。無茶をする奴《やつ》だ。

そう思った。それから加藤は、田嶋の体を乱暴に引き起こした。痛さに顔をしかめていると、加藤は軽々と田嶋を背負った。体に積もっていた雪が、それでばらばらと落ちた。加藤に背負われたことで、風の冷たさが急に身にしみた。加藤はそのまま、斜面を横断していく。

そのときになって、ようやく周囲の状況をみることができた。そこはガレ場に雪が積もった不安定な場所だった。加藤は斜面を抜け出し、その先にみえていた樹林帯に足を踏みいれた。そして木の枝をつかみながら、上部に登りだした。

「申し訳ないですが、今回にかぎって木の枝をつかむことにします。引っ張るのは枝ののびている方向ですから、自然を傷つけることにはなりません。これで結構、荷重をささえられるんです。便利ですよ」

そういいながら加藤は、両手でバランスをとって器用に登っていった。田嶋の体は、ザックにロープで固定してあるようだ。

——妙だな。ロープは装備の中にはいってなかったと思うが。

不審に思いながら、田嶋は体に食いこむロープの感触をたしかめた。そちらの方にも眼をむけたが、どうもよくわからない。

斜面を登りきったところが、わずかに平坦な空き地になっていた。稜線まで登り返したのではなく、崖の中腹らしい。加藤はそっと田嶋の体を降ろした。それでやっとわかった。体を固定していたのは、ロープではなくて木の蔓《つる》だった。よくみると足にそえられた副木《そえぎ》も、木の蔓で固定してある。

また時間がすぎたらしい。いつの間にか近くで、焚火が燃えあがっていた。どんな方法を使ったのか、まるでキャンプファイアのように派手な焚火だった。加藤は次々と薪を火の中に放りこんでいる。田嶋がみているのに気づいて、笑いながらいった。

「燃やしているのは、立ち枯れの木や枝ばかりです。あと、焚きつけに木の皮もつかいました。でも、来年になったら木はもとどおりになりますよ。ローインパクト、というんですかね。禁止されていることは、わかっているんですが……。

焚火はいいです。ガスコンロみたいに故障しないし、火力も充分です。なにより、火をみていると落ちつく……」

「寒いな……。俺の方まで、熱がこないみたいだぞ」

「……もう少し待ってください。すぐに熾火《おきび》いりの寝床を用意します。それがおわったら、赤岳鉱泉までみんなを呼びにいってきます。そこに見える岩室なら、大雪が降っても大丈夫でしょう。なんなら、何か食べるものを用意しておきます」

そういって、平地の端にある大岩に眼をむけた。その大岩は平地の上に張り出して、天然の岩小屋になっていた。

——この野郎。俺の怪我をダシにして、自分の主張を認めさせやがった。

田嶋は苦笑いをした。それから急に、昨夜《ゆうべ》のやりとりを思い出した。いちど加藤に焚火のやり方を習うのも悪くない。この次はどこかの低山で、焚火と雪洞を積極的に利用した縦走を企画しようかとも考えた。

気のせいか焚火をみる加藤の顔が、さっきよりずっと温かく感じられた。

沢の音

1

久住浩志《くずみひろし》が林道の入り口でバスを降りたのは、土曜日の早朝だった。前夜は駅舎で仮眠し、早朝に起き出して始発のバスにのったのだ。

おなじバスに乗りあわせた登山者の数は、それほど多くなかった。九月下旬の週末で、連休とつなげるには無理があるからだろう。この分なら、予想どおりしずかな山行を楽しめそうだった。

それとなく他の客の様子をうかがったが、久住のように渓谷入りを目的とした登山者はいなかった。ただでさえアプローチのながい南アルプス西面に、わざわざ渓谷登《と》攀《はん》のためだけにおとずれる物好きがいるとも思えない。おそらく彼らのほとんどは、聖《ひじり》岳《だけ》か赤石岳《あかいしだけ》方面にむかうのだろう。

バスが停車する前に足ごしらえを確認し、降りると同時に歩きはじめた。久住にとっては、歩きなれた林道だった。この一年の間に、積雪期をふくめて二〇回以上も歩いている。左右から流れこむ沢の形状はもちろん、林道わきに転がった石の位置まで知りつくしている。バスを降りてから、あらためて準備をする必要はなかった。

それにほかの登山者と、顔をあわせたくないのが本音だった。伊那《いな》側から赤石岳と聖岳をつなぐ稜線《りようせん》にでようとすれば、この林道歩きはかなり一般的なルートになる。バス利用の登山者ばかりではなく、タクシーやマイカーで入山する者も多い。林道歩きは苦にならないが、自動車に乗った登山者に追い越されるのは癪《しやく》だった。

津播倉川《つばくらがわ》にそった林道を、久住は黙々と歩いていった。入渓を予定している薙羅沢《なぎらさわ》の出合までは、一〇キロあまりの林道歩きがつづく。いつものペースなら、二時間弱で到着するはずだった。

もちろんタクシーを利用すれば時間を短縮できるのだが、毎週のように入山する彼にとってそれは贅沢《ぜいたく》すぎる手段だった。交通費は少しでも切り詰めたいし、単独行が普通の彼にはタクシーの利用など無縁だった。

どのみち一〇キロあまりの林道は、彼にとってたいした距離ではない。入渓前のウォーミングアップと考えて、思いきり飛ばせばいいのだ。そう考えて、単調な川ぞいの道をわき目もふらずに歩いていった。

登山者の存在に気づいたのは、林道の分岐点に到着したときだった。そのあたりで津播倉川は大きく屈曲し、最大の支流である北又沢を右岸からあわせていた。それまで川すじを忠実にたどってきた林道は、一時的に高度をあげて屈曲部を形成する小尾根を乗りこえていた。

林道は分岐をこえてさらに奥までのびているが、川すじをはなれて高度をあげる場所はここだけだった。小尾根をこしたあと林道はすぐに津播倉川まで下降し、最奥点までふたたび高度をあげることはない。いわばここは林道の中でただ一カ所、谷を俯《ふ》瞰《かん》できる場所だった。

その登山者は久住がさっき通過した場所を、みえかくれしながらやってきた。久住は眉《まゆ》をひそめた。バスの中にその登山者がいたかどうか、記憶にはなかった。もしかすると、最後尾の座席にいた単独行者なのかもしれない。

それはいいのだが、気になったのはその登山者の足もとだった。距離が遠くて判然としないが、登山靴をはいているようにはみえなかった。渓流足袋《たび》か、あるいは地下足袋のようだ。つまり彼とおなじように、渓谷登攀をおこなおうとしているのだ。

それがわかると、なんとなく憂鬱《ゆううつ》な気分になった。津播倉川の流域は、昨年の夏ごろから彼が意識して研究しているフィールドだった。まったく手つかずの地域というわけではないが、彼が足を踏みいれたときにはほとんど記録が残されていなかった。

その支沢のひとつひとつを自分の足で丹念に踏査し、時間をかけて成果をまとめた経緯がある。だからどの沢にも、それなりの思い入れがあった。本心をいうと他の登山者には、足を踏みいれてほしくなかったのだ。

もちろん久住には、縄張り根性をあらわにして他の登山者をしめだすつもりはなかった。それに遡行《そこう》の記録を雑誌に発表したこともあるから、他人の入渓に文句をいえる筋合いではない。しかしそうは思っても、釈然としないものが残った。

それに今日の遡行は、普通とはちがっていた。これから遡行しようとしているのは、津播倉川流域で最後まで残しておいた沢だった。

つまり流域調査の、最後のしめくくりになるはずだ。他の日ならともかく、今日だけは沢の中で他の登山者とは顔をあわせたくなかった。そう考えて、わざわざ人出の少なそうな日をえらんでやってきたのだ。

林道をみおろす峠の上で、ほんの少し久住はたちどまった。その登山者の動きを、たしかめてみたかったのだ。目的地がどこなのか、どの沢を遡行するつもりなのか、と。まさか自分とおなじ沢に入るのではないだろうが、それにしても行き先が気になった。

だが、その考えはすぐに捨てた。あまりにも馬鹿《ばか》げているし、子供じみた行為でしかない。

それに確率からいうと、その登山者が久住とおなじ沢にはいる可能性はひくい。むしろ、ほとんどないと考えた方がいい。それくらいなら、わざわざ目的地を確認することはない。知らなくても苦にはならないが、知っているとよけいに気になるからだ。だいたいその人物が、登山者と決まったわけでもない。山菜か茸《きのこ》をとりにきたのかもしれないし、釣り人という可能性もある。

むしろそう考えた方が、自然だった。このあたりの遊漁期間はよく知らないが、時期的にいってまだ禁漁にはなっていないはずだ。林道ちかくの川原にテントを張って、渓流釣りを楽しむつもりなのかもしれない。

そう考えて、登山者のことを忘れようとした。久住は急ぎ足で林道を下った。後方をふりかえらないようにしながら、前にもました速度で林道を歩いていく。周囲はうっそうとした樹林帯がつづき、晴れているにもかかわらず道は薄暗かった。

薙羅沢の出合に到着したのは、それから三〇分後だった。林道のつけられた右岸ぞいの山腹を、えぐるようにして薙羅沢は流入していた。沢をまたいでいる橋梁《きょうりょう》の基礎部分をつたいながら、沢まで下降する。ようやくそれで、山にきた気分になった。

最初のうちは藪沢《やぶさわ》にちかいが、気にせずそのまま上流にむかった。すぐに沢は、明るくひらけた川原になった。

沢の水量は、それほど多くなかった。前の日の夕方にみた天気予報では、弱い気圧の谷が接近していた。遡行の途中で天候がくずれる可能性もあったが、それほど不安はない。むしろ曇っていた方が、暑さを感じずにすむ。

荷物を軽くするために、ラジオは持ちこまなかった。山の中で天気図をとるつもりは、最初からなかった。そのかわり出発までの数日間、おなじ時刻の天気図をとって比較検討していた。一日や二日ほどのみじかい山行で、しかも局地的な予報をたてるだけなら、こんなやり方でも充分に間に合った。

その結果、沢にいる間はそれほどはげしい降雨はないだろうと判断した。前に遡行したときは長時間の降雨をみたが、増水はほとんどなかった。おそらく上流部の森林に、かなりの保水能力があるせいだろう。天候に関しては、それほど心配していなかった。

一年ぶりの薙羅沢だったが、沢の状況は前のときとほとんどかわっていなかった。今月のはじめにかなり大型の台風が通過したはずだが、沢がそれほど荒れた様子はない。今回もいつものように、面白い登攀が楽しめそうだ。

久住にとって、薙羅沢本流の遡行は二度めだった。前のときは本流を忠実にたどり、主稜線までの完全遡行に成功した。今回は途中の二俣《ふたまた》から支沢に入りこんで、別ルートからの遡行をめざすつもりだった。

ただし遡行を終えてもブッシュの密生した支尾根にでるだけで、そこに登山道があるわけではない。本流の遡行なら縦走路に出られるのだが、今回は稜線に到達した時点でおなじルートを下降するしかない。二俣あたりをベースキャンプにして、稜線までの往復ということになるだろう。

もっとも、どうせ縦走路にでたところで日程が短縮できるわけではない。ブッシュの通過にかえって手間どるほどだ。沢の踏破が目的なのだから、二俣からの往復で充分だろう。

津播倉川の流域はどの沢も変化にとんでいて、遡行の対象としては興味ぶかかった。だがアプローチがながいせいか、入渓者の数はいつも少なかった。以前に雑誌で紹介されたことのある津播倉川本流でさえ、遡行時に人と会うことはまれだった。

まして薙羅沢のような支沢になると、遡行の記録は極端に少なくなる。地元の山岳会でさえ、全貌《ぜんぼう》を把握していないほどだった。これから遡行しようとしている薙羅沢のそのまた支沢など、ほとんど人跡未踏といっていいほどだった。

だが久住にとって薙羅沢は、思いいれのある沢だった。あまり交通の便がいいとはいえないこの山域に、何度も足をはこぶようになったきっかけが昨年夏の本流遡行だった。それ以来、支沢を次々に遡行しながら、いつの間にか一年がすぎていた。もちろん遡行は無雪期ばかりではなく、積雪期にもおこなった。登攀のできる氷瀑をもとめて、沢を歩いたのだ。

そのようにしてつづけてきた津播倉川の遡行も、今回ですべて終了する。薙羅沢左俣と仮に呼んでいるその沢が、彼にとって最後にのこされた課題だった。もちろんこれで津播倉川の登攀を終わりにするつもりはないが、来年からは別の山域にも足をむけることになるだろう。

最初のうち平坦な川原だった沢は、次第に岩のつみかさなったゴーロ状となった。そしてさらに高度をあげるにつれて、小規模な滝の連続する渓流へと変化していった。ごく普通の平凡な川が、次第に個性をもった渓流にかわっていく。この瞬間が、久住はたまらなく好きだった。

軽快な足のはこびで流れをこえながら、久住はいつか沢の遡行に没頭していった。

2

久住がつかれたように単独登攀をはじめるようになったのは、この山域に足を踏みいれる少し前だった。山をはじめて三年めのことで、自分なりの登り方にこだわりを持ちはじめた時期でもあった。

彼のいた山岳会は組織的にもしっかりしており、会員数も多かった。だがそれだけに、会員としての義務も多かった。そのうち集団行動を優先するパーティ山行に限界を感じるようになり、いつの間にか活動の中心から身を引いていた。

彼自身のスタイルにあった登攀とは、完全な形の単独行だった。もともと登山というスポーツは、単独でおこなうのが基本のはずだ。チームを組むことこそ邪道なので、個人がこなせない山行は本来してはならないのではないか——そんなことさえ考えるようになった。

そんな時期に、久住ははじめて津播倉川の薙羅沢に入った。地元の山岳会のだしている会報で、この沢の記録を読んだのがきっかけだった。渓谷の単独登攀が危険なことは承知していたが、自分のクライミングセンスには自信があった。ほとんど人の入らない山域だということも、魅力があった。

結果は、彼の登攀スタイルを確立させるきっかけになった。彼は渓谷登攀の魅力にとりつかれ、休日のたびにこの山域をおとずれるようになった。そして津播倉川の支沢を、ことごとく歩いてみたいと考えるようになった。

若さによる気楽さも手伝って、休暇と収入のほとんどを山につぎ込むようになった。この山域に入りやすくするために、勤務先も住居もかえた。そのことで山岳会とのつながりは、さらに希薄になった。

この一年の間に、ほかの山域に入らなかったわけではない。山岳会をやめたわけではなく、盆と正月の休みは定例合宿に参加していた。それでも合宿が終了したあと、その足で津播倉川に直行するということをくりかえしていた。

久住は足をとめた。すでに昼をすぎていた。いつの間にか谷の幅がせばまり、川原を歩くのが困難な地形になっていた。

そのあたりで沢は狭い廊下状になっており、両岸からおおいかぶさるようにのびた木の枝で空が閉ざされていた。ゴルジュと呼ぶほど極端なものではないが、両岸は高巻きができないほど切り立っている。

すでに遡行したことのある二俣までの区間では、この廊下が登攀の核心部となる。

久住は流れのなかに突出した岩の上に立って、沢の状態を観察した。ここ数日は好天がつづいたせいか、水量はそれほど多くない。

前のときは八月ということもあって、思い切りよく水流に飛びこんだ。ザックをかついだまま廊下を泳ぎきって、最上流の滝に直接とりついたのだ。はじめての沢で、しかも単独でそんなことをやったのだから、ずいぶんと無茶な話だった。

しかし今の状態なら、そこまですることもなさそうだった。水量が少ないために、以前は水面下にかくれていた岩がいくつか露出していたからだ。これなら、へつるのに苦労はないだろう。泳いで突破するのも不可能ではないが、季節的にいってさけた方が無難だった。

眼《め》で大ざっぱなルートをたしかめておいて、右岸づたいにへつりを開始した。この沢に入ってから、最初の本格的な登攀だった。横移動でしかないへつりを登攀というのも妙なものだが、久住はこの言葉を抵抗なくつかっていた。岩壁に挑む行為であるかぎり、下降でも横移動でも登攀と呼ぶべきなのだ。

足にぴったりとあった渓流用のシューズは、濡《ぬ》れた岩でも摩擦《フリクション》がきいて不安がなかった。水面下の細かなフットホールドにも、躊躇《ちゅうちょ》なく体重をかけることができる。この場で岩にとりつくのははじめてだが、手足が自然に動いて次のホールドをさがしていた。

すでにルートをどうするのか、考える必要もなくなっていた。眼でみた岩の状況がそのまま手足につたわり、次の動きとなってあらわれてくる。靴先にふれた岩角のフリクションを、爪先《つまさき》が瞬時に判断して体重のバランスを決定する。そのときにはもう、別の手足が次のムーブを開始していた。

岩壁の弱点にそってたくみな移動をつづけるうちに、久住は忘我の境地に入っていた。こんな状態のときには、恐怖はまったく感じない。

たとえ足もとで激流が渦をまいていても、眼の下に数百メートルの空間がぽっかりと開いていても、それはおなじことだ。そしてこの瞬間こそが、久住をとらえてはなさないクライミングの魅力だった。

久住が移動をやめたのは、廊下の出口である滝の飛沫がみえたときだった。その先で沢は右に折れ曲がり、水流をせき止めるようにして大岩が突き出している。へつりを開始したあたりではみえなかったが、大岩をまわりこんだ先が深い淵《ふち》になっていて、そこに数段にわかれた一〇メートルほどの滝が落ちこんでいるはずだ。

問題は、その大岩をどうこえるかだ。前のときは泳ぎだったから問題なかったが、へつるとなるとルートはかぎられる。大岩の上部にむけて斜上して、滝の落ち口までそのままトラバースしてしまうか、それともあっさりと沢に飛びこんで、前回とおなじく釜《かま》からの直登ルートをとるかだ。

最終的な決定を下さずにとりあえずへつってきたのだが、間近にみる大岩の表面には適当なホールドがみあたらなかった。空身《からみ》なら強引にとりつくことも考えられるが、ザックを背負っていてはそれもむつかしかった。バランスをくずして沢の中に落ちたのでは、目もあてられない。

考えた結果、斜上して大岩をこすことにした。滝の直登ができないのは残念だが、無理はしない方がいい。今回の目的は薙羅沢の遡行ではなくて、未踏の左俣なのだ。ここは体力を温存すべきだ。

そう考えて、大岩の上部にむけて移動を開始した。それまで水面にできるだけ近い場所をへつってきたために、やや不自然な体勢をとらざるをえなかった。それでも強引に登りつめると、大岩のすぐ上にでた。下からではそれほど感じなかったが、水面からの高度はかなりあった。滝の落ち口よりも、さらに高いほどだ。

そこまで高度をあげてしまうと、さすがに見通しはよくなった。以前は水面からしかみえなかった廊下の全貌が、今では手にとるようにわかる。それればかりではなく、これまで遡行したきた沢の下部も尾根ごしにみることができた。もう少し高度をあげれば、津播倉川の本流さえみえるはずだ。

ほんの少しもうけた気分になって、久住はトラバースをつづけようとした。そこで、沢の下部に動くものをみた。白っぽい何かが、沢の底を移動している。

それが何か気づいたとき、久住は声をあげそうになった。白いヘルメットをかぶった登山者が、この沢を遡行してくるのだ。

思わず舌打ちがでた。状況からして、林道でみかけた登山者にちがいない。しかも腹立たしいことに、その登山者は釣竿《つりざお》を手にしていた。

――登山者ではなくて、釣り人だったのか。

それがわかると、ますます気分が重くなった。最近の釣り人は装備がよくなって、中には登山者も顔負けの格好をしてくるものがいる。そして以前なら登山者の領域だった沢にまで入りこみ、源頭部ちかくまで遡行して釣りをはじめることもある。

釣り人というのは、久住にとってもっとも苦手な人種だった。渓谷というフィールドはおなじでも、彼らはクライミングに対してまるで興味をもっていなかった。彼らにとって滝やゴルジュは単なる自然の障害にすぎず、久住のように登攀の対象とみているわけではなかった。そのように認識のことなる釣り人と、軋轢《あつれき》がおこらないはずがない。

しかもこの一年の間に、沢を遡行する釣り人の数はずいぶんふえた。去年の今ごろには滅多に人と出会わなかった沢の奥にまで、どんどん釣り人は入りこんできた。この方面の交通事情が急によくなったのか、それとも渓流釣り自体がブームにでもなったのか、久住が気づかない理由によって人がふえだしていた。

そして釣り人がふえると、当然のようにトラブルが発生した。厄介なことに、面倒をおこす釣り人はたいてい集団でやってきた。

以前、滝を直登している久住のはるか上方を、釣り人たちが高巻きしていったことがあった。足場の悪いところを右往左往するものだから、落石が心配でクライミングどころではなかった。しかも彼らのうち数人は、高みに陣取って久住の登攀を見物しはじめた。それが久住にとってどれほど危険なことなのか、気づいてさえいないのだ。

彼らは久住が滝をこえたとき、すでに上流部で釣りをはじめていた。話しかけられるのがいやで、意識的に顔をそむけて足ばやに通りすぎようとしたら、いきなり怒鳴りつけられた。そんなところを歩く奴《やつ》があるか、あとからきたんだから、マナーをきちんと守れ、と。久住にとっては、寝耳に水の話だった。そのときは釣り人が何を怒っているのか、まったく理解できなかった。水際をあるくと岩魚《いわな》が逃げるからだとわかったのは、ずっとあとになってからだった。

そのようなトラブルは、数え切れないほどあった。沢の中で出会うのも困りものだが、彼らが残していくゴミの量にも閉口させられた。不必要な品物をわざわざ持ちこんだあげく、重さにたえかねて捨てていくらしい。あまりのひどさに注意したら、お前はどこの何者だと逆に問いつめられたことがあった。

それに釣り人の多くは、登山者とは活動の時間帯がことなっていた。ときには未明から行動を開始する登山者は、どうしても夜がはやくなる。ところが釣り人は、夜ふかしも平気だった。その結果、騒音公害が山の中にまで入りこんでくることになった。

車でやってきた釣り人が林道の終点で宴会をはじめるのはまだいい方で、ひどいときには沢のかなり奥までカラオケを持ちこむグループがあった。携帯用のマイクをかつぎあげたらしいが、あまりのやかましさに抗議する気も失《う》せてしまった。ちかくの川原でビバークしていた久住は、次の日ひどい睡眠不足に悩まされることになった。

岩にはりついたまま、久住はため息をついた。

眼下の沢にみえる登山者が、そのような釣り人だとは思いたくない。一人で沢にはいるくらいだから、登攀の技術もそれなりにあるのかもしれない。だからトラブルを起こす可能性は少ないが、できることなら顔をあわせたくなかった。釣り人というだけで、拒否反応にちかい反発が先にたってしまうのだ。

――今日のうちに、いけるところまで遡行した方がよさそうだ。ベースキャンプを予定よりも先につくれば、顔をあわせずにすむかもしれない。

そう考えた久住は、白いヘルメットから眼をそむけるようにして移動を再開した。

3

薙羅沢左俣との分岐である二俣には、午後二時すぎに到着した。釣り人をみかけた場所から、さらに一時間あまり遡行していた。そのあたりで沢は広くひらけており、川原から一段あがった台地は幕営に適していた。彼の知るかぎり薙羅沢の中でテントをはれるのは、ここ一カ所だけだった。

計画ではここにベースキャンプをおいた上で、左俣を稜線まで往復するつもりだった。左俣にはこれまで足を踏みいれたことがなく、幕営地をみつけられるかどうか不安だった。だが人が一人くらいビバークできる平地は、いくらでもあるだろう。ここほどの快適さは望めないだろうが、それで人と出会わずにすむのなら我慢のしがいもあった。

気持ちのよさそうなキャンプ地を横目でみながら、久住は左俣に入った。このあたりの高度はまだ低く、二俣付近はちょっとした中州のようになっていた。左俣に入ってからも、しばらくは平地の小川のような風景がつづいた。

だが、いくらもいかないうちに沢は悪絶な様相をみせはじめた。それも登攀の困難な滝や淵があらわれるのではなく、登攀意欲をなくすような泥壁ばかりがめだちはじめたのだ。しかも川幅が次第にせばまったかと思うと、両岸に急峻《きゅうしゅん》な草つきが連続するようになった。登攀のために入渓した久住にとっては、うんざりするほど陰鬱《いんうつ》な渓相だった。

おなじように切り立った崖《がけ》でも、すっきりとした一枚岩なら登攀の意欲もわく。だが両岸からせまってくる崖は、土砂崩れのあとがみえる草つきの急斜面だった。高巻きをするには厄介だし、登攀をしようにも手がかりがない。だいたい草の生えた泥壁など、登って面白いはずもない。しかも水の流れはだんだんと細くなり、ついには薮《やぶ》の中を流れる細流になってしまった。両岸に生い茂る原生林のせいで沢は暗く、歩いているだけで気が滅入ってきた。

三〇分もたたないうちに、久住は左俣に入ったことを後悔しはじめていた。こんな陰気な沢に、わざわざ入りこんだのはまちがいだった。よほど二俣まで引き返して本流の遡行にきりかえようかとも思ったが、後方から登ってくる釣り人のことを考えるとそんな気も失せてしまった。

いつの間にか、足が重くなっていた。気がつくと、上流をみあげたまま立ちどまっていた。遡行をつづけようという気力はあるのだが、どうにも意気があがらなかった。それから、迷いをすてきれない自分が無性に腹立たしくなった。

ザックを岩の上に放り出して、どかりと腰を降ろした。眼を上流部にむけたまま、口にだしていった。迷うくらいなら、さっさと引き返せ。それができないのなら、腰をすえて遡行をつづけろ、と。

自分自身にそういいきかせたことで、なんとなく気分が落ちついた。ポケットから防水パックにいれた地図をとりだし、現在位置を確認する。それから左俣の地形を、あらためて検討した。出発前に何度もみた地図だったが、周辺の地形とてらしあわせればあらたな何かがみえてくることもある。そう考えながら、何度も地図と地形をみくらべた。

露岩のマークがめだつ薙羅沢本流にくらべると、左俣の地形は地味なものだった。少なくとも地図からは、登攀に適した岩壁があるようにはみえない。だが左俣と平行して走る小尾根上には、小さな露岩マークが点在していた。そして現在位置の上流部では、等高線の間隔がいくぶんつまっているようにみえる。そのあたりと小尾根上の露岩に、なんらかの関係がありそうだ。周囲の地形をみくらべると、それがいっそう確かなものに思えた。

——もしかすると上流部では、渓相がまったくことなるのかもしれない。

そんなことを考えた。未知の大滝とでくわすという幸運は無理にしても、かなり変化にとんだ登攀を楽しめるかもしれない。

現金なもので、そう考えると急に登行意欲がわいてきた。そしてこの沢とは、最後までつきあおうという気になった。もしも思惑がはずれても途中で引き返したりせず、最初の予定どおり遡行を完成させるのだ。そして結果が不本意なものになっても、後悔はするまいと考えた。

すぎていく時間に追い立てられるようにして、久住は歩きつづけた。そしていくらもいかないうちに、沢の様相がかわりはじめた。屈曲をくりかえすたびに沢の幅がひろがり、やがて明るくひらけた沢になった。それとともに水量も増大し、大量の水をたたえた淵が連続するようになった。沢の砂は花崗岩質《かこうがんしつ》だから、水流の少ないところでは伏流になっていたのだろう。しかも地図の読みとは逆に、沢の傾斜がゆるやかになっていた。

下流部とはずいぶんとことなる沢の様子に、久住は興奮をおさえきれずにいた。沢自体の傾斜がそれほどきつくないのだから、この先にとてつもない段差があらわれるのかもしれない——つまり未知の大滝と、遭遇する可能性もある。まだみえてこない沢の全貌に、期待はゆっくりとたかまっていった。

やがて沢の幅が、ふたたび狭くなりはじめた。両岸の切り立った廊下状からみあげると、空は帯のように細くみえた。沢全体の見通しはきかず、数十メートル先は屈曲部のむこうに消えていた。だがそのことが逆に、胸が苦しくなるほどの興奮をもたらした。一歩ごとに姿をあらわす上流部の景観が、たとえようもなくすばらしいものに思えた。

今では、たしかな予感があった。そしてその予感は的中しつつあった。沢の水音にまじって、さきほどから地響きのような水音がきこえている。いつの間にか気温が下がりはじめ、肌寒さを感じるほどの冷気が上流から降りてきた。そして屈曲部を曲がりきったとき、白い霧につつまれた壁が出現した。

最初にそれをみたとき、沢がそこで断ち切られているのかと思った。それほど壁の出現は唐突で、しかも規模は壮大だった。それまで帯状にみえていた空までが、そこで途切れていた。その壁が数段にわかれた滝だと理解するまで、しばらく時間がかかったほどだ。漠然と予想はしていたものの、これほどの滝に出会えるとは思ってもいなかった。美瀑《びばく》といってていいこの滝の存在が、どうしてこれまで報告されなかったのか不思議なほどだ。

落下する水の量はそれほど多くはないが、その高度差は圧倒的だった。再上部の落ち口が、視界におさまらないほどだ。念のために持参した四〇メートルのメインロープでも、とうてい足りない高さだった。おそらく二ピッチ（八〇メートル）は、優にあるはずだ。もしかすると、一〇〇メートルをこえているのかもしれない。下流部の陰鬱さをみてきただけに、滝を眼の前にしてさえまだ信じられなかった。

飛び散る飛沫が、霧のようにあたりをただよっている。久住はゆっくりと移動しながら、滝の形状を観察した。おそらくこの滝は、落下途中で別の支沢をあわせているのだろう。たぶん流入しているのは、地図にも記載されていない小さな支沢のはずだ。それでも側流の存在は、滝の形に大きな変化をもたらしていた。豊富な水流が壁から泥を洗い流し、磨きあげたような岩壁をつくりあげる結果になったのだ。そして分流と合流をくりかえす水流は、ときにはひろく分散してナメ滝のように岩壁《スラブ》状の壁を流れ落ち、別の場所では何段もつみかさねられた小滝となって落下していた。

滝の形状をみながら、久住は直登ルートを眼で追った。常識的に考えて、左側の岩壁よりに登攀するのがよさそうだ。ルートはいくつも考えられるが、最初はやはりオ

ーソドックスにやるべきだ。別ルートからの登攀は、この次のためにとっておけばい
い。これほどの滝なら、何度でもおとずれたかった。

　久住はザックを降ろすと、登攀道具をとりだした。ザックにくっつけたままだったヘルメットも、しっかりと装着する。ハーネスにメインロープを固定し、確保《ビレイ》用の短ロープもセットした。設定したルートを眼で追いながら、ビレイ点《ポイント》の位置を決める。最初の一ピッチはスラブの登攀になるが、ホールドは多そうだった。ロープなしのフリーで登れないことはないが、ザックをかついだままというのはやはりきつい。高度もあることだし、とりあえず空身で登ってロープをフィックスすることにした。

　そうはいっても、あまり人工の支点をつくりたくない。途中に手ごろなブッシュがあるから、それを利用すればかなり省略できるだろう。要領よくやれば、まったくピトンなしで通過できるはずだ。できればピトンは打ちたくないし、打ちこみと回収で時間をとられるのもいやだった。ピトンの残置など論外だった。

　水ぎわの大岩にもう一本の短ロープをセットしておいて、カラビナでまとめて支点とした。ききをたしかめたあと、支点にメインロープの一端を連結して登攀時のビレイにした。手ばやくロープをさばいて必要なロープをくりだし、中間点をハーネスに固定して残りを後方にわけた。それで、登攀の準備は終了した。

久住の体に、武者ぶるいが走った。ぞくぞくするほどの興奮を、おさえるのに苦労するほどだ。本当はもう少し岩をながめて、ゆっくりと検討したいところだ。だが、まだ先はながい。ここは手ばやく片づけるべきだ。

久住はもういちどルートを眼で追ったあと、空中に足を踏みだした。

4

予想したとおり、下部スラブの登攀は快適だった。岩はかたくてホールドもしっかりしており、靴先のフリクションも申し分なかった。悪いところがまったくないわけではないが、適度の緊張がかえって登攀に変化をあたえてくれた。

水量がそれほど多くないために、登攀中はほとんど体をぬらすことがなかった。これは滝の直登というより、岩壁を登攀しているのにちかかった。アプローチさえみじかければ、岩登りの手ごろな練習場《ゲレンデ》として人気をあつめそうな滝だった。

もちろん未知の滝の直登が、ゲレンデの登攀とくらべられるわけがない。予備知識なしで岩壁にとりつくのが、渓谷登攀の最大の魅力なのだ。ルートをさがしながら壁を突破するという楽しみが、ゲレンデの登攀にあるわけもない。次に何がでてくるかわからない、ルートを誤って墜落するかもしれないという緊張感がなければ、わざわざ渓谷に足を踏みいれたりしない。

最初に予定した地点で次々にビレイをとりながら、久住は着実に高度をあげていった。そして四〇メートルいっぱい登ったところで、滝の中段に到着した。ルートは取りつきから落ち口の方向にむけて、やや斜上ぎみにとってきた。その位置からみおろすと、ロープはほぼ直線にのびているのがわかった。この分なら、下降するにもザックをつり上げるにも問題はないだろう。

だがここから上は、そう簡単にいくとは思えない。中段の先で滝はしばらく傾斜を落とすが、やがて以前よりも悪絶な壁があらわれる。久住はビレイのロープをとくと、ナメ状になった中段のスラブを上部にむけて登っていった。

滝の上部は、さらに何段かにわかれていた。下部のようにひろいスラブはなく、水流は折れ曲がりながら流れ落ちている。下からではよくみえなかったが、こちら側の落ち口付近はかなり岩がかぶっていた。当然フリーは無理だし、人工で切り抜けるとしてもかなり時間がかかりそうだ。

かといってハングをさけて真下を斜上すれば、ルートは水流にのみこまれる。流れを横断して反対側にでれば多少はましだが、それでもフリーはかなり難しそうだ。もっとも、滝の水流を横断するのは不可能だろう。少なくとも、単独では。

そうなると、左上にみえるブッシュ帯に突っこむしか方法はなさそうだ。藪の中を強引にくぐりぬけて高巻きし、落ち口の上流に降りるのだ。あまりスマートなやり方ではないが、仕方がなかった。ハングを突破してあくまで直登にこだわるのは、この次の課題にしておこう。

そう決めたときだった。霧のような細かな水滴が、久住の顔にふれた。滝の飛沫ではなかった。そういえば、風が急に冷たくなったようだ。滝の冷気ではない。降雨が近づいたので、気温が下がりはじめているのだ。

久住は空をみあげた。それまで気づかなかったが、空が暗くなるほどの密度で雲が流れていた。ここからでは四角く区切られた空しかみえないが、おそらく全天を雨雲がおおいつくしているのだろう。時計をみると、午後五時にちかかった。それなのに眼にみえる風景は、日没直前のように暗く沈んでいる。

——おそらく一時的な降雨だろう。降るだけ降ったら、あとはやむはずだ。

そう判断した。そういえば、遠くの雷鳴をきいたような気がする。三〇分もしないうちに、雨が降りはじめるはずだ。

この先どうするか、ほんの少し迷った。登攀の続行はもう無理だった。今からザックを引き上げるとなると、滝上にでるのは日没後になる。しかも滝をこしたところで、幕営に適した場所がみつかるとはかぎらない。ここは素直に引き返し、のこりの登攀は明日にした方がよさそうだ。ロープをフィックスしたままにしておけば、明日は難なく滝をこえられる。

そう決めて、下降の体勢をとった。支点のスリングを回収しながら取りつきに降り立ち、手ばやく装備をまとめてザックに放りこんだ。だが彼は、まだ大事なことを決めていなかった。どの地点まで、後退するかということだ。

基本的にいって、この場所における沢の規模はそれほど大きくない。水量は多くないし、源頭までの距離も大したことがなかった。滝の規模だけは大きいが、これは源頭部の奥壁のようなものだ。だから連続した降雨にみまわれたとしても、それほど増水するとは思えなかった。

だからこの付近でビバークしても、増水で身動きがとれなくなるとは思えない。だが、沢の途中でみかけた崩壊のあとが気になった。降雨が土砂崩れを引きおこせば、沢が埋められて下降できなくなるかもしれない。勢力は弱いが、気圧の谷も接近しつつあるはずだ。完全遡行なら退路を気にすることはないが、今回は源頭まで往復するつもりだった。下降路が遮断される可能性は、いつも考慮しておく必要がある。

常識的には、二俣まで引き返すべきだった。こんな場所でビバークするとしても、横になる場所さえない。岩だらけの斜面に体を固定して、雨にぬれながら朝をまつだけだ。そんな場所であえてビバークするのは、いかにも馬鹿げている。ただ、釣り人のことだけが気になった。

閃光《せんこう》が空を走った。それから、雷鳴がきこえてきた。最初は細かだった雨滴が、今ではかなり大きくなっていた。本格的に降りはじめるまで、あといくらもかからないだろう。

雨滴の落下が、久住の迷いをふきとばした。かりに釣り人と顔をあわせても、知らん顔をしていればいいのだ。このままでは、会ったこともない人間のために危険をおかすことになる。そう思うと、一刻もはやく二俣にもどりたくなった。

一度かついだザックを、乱暴におろした。そして雨具をとりだすと、上衣だけを着こんだ。できるかぎり飛ばすつもりだったから、膝《ひざ》にまとわりつく雨ズボンはつけずにおいた。そして久住は、転げるように沢を下りはじめた。

本格的に雨が降りはじめたのは、その直後だった。落ちてくる雨粒に追い立てられるようにして、久住は左俣をかけ降りた。時間がたつにつれて雨はつよくなり、やがて豪雨といっていいほどの雨量になった。まだ暗くなる時間ではなかったが、すでに沢は夕闇《ゆうやみ》よりも暗くなっていた。

いくらもたたないうちに、二俣の川原が視界にはいった。だが、到着までにまだしばらくかかるだろう。たかい位置にいるものだから、沢どおしに二俣の川原がみえたというだけだ。釣り人の姿がみえないかと眼を凝らしたが、密度をました雨のせいで景色はにじんでいた。

何度か沢は屈曲し、そのたびに川原があらわれた。だが、全貌をみわたすことはできなかった。あきらめて足もとに眼をむけようとしたとき、久住は妙なものをみつけた。川原のあるあたりから、白い煙がたちのぼっていたのだ。

最初は霧が流れているのかと思った。だが、それにしては様子がおかしかった。そしてすぐに気がついた。川原の流木をあつめて焚火《たきび》をすれば、あんな煙がでるだろう。そしてその考えは、あたっていた。

二俣をわける小尾根の末端をまわりこんだとき、最初に飛びこんできたのはオレンジ色の炎だった。そして少しはなれた場所で、白いヘルメットの男が釣りをしていた。この雨の中で、悠然と岩かげに釣り糸を投げている。ツエルトらしいテントは、川原の上の台地にあった。

それをみた久住は、いやな気分になった。釣り人は川原の台地上に、ツエルトを張っていた。雨の日にこの川原で幕営しようとすれば、その場所以外に適地はない。水面ちかくだと、増水で流されるおそれがあるからだ。そしてあとからきた久住は、釣り人のとなりにテントを張るしかなかった。

よほど他の場所に、テントを張ろうかと思った。だが、それでは釣り人に追い出されたかのようで癪だった。その台地は、まだ充分に幕営のスペースがあった。

考えが決まらないまま歩いていたら、釣り人が久住に気づいて手をふった。そして釣竿をしまいながら、足ばやに近づいてきた。

いまさら引き返すことは、できなかった。こうなった以上、覚悟を決めるしかない。久住は舌打ちをして、その場に立ちどまった。

5

漠然と中年の男を想像していたのだが、その釣り人は二〇代の後半くらいにみえた。おそらく久住とは、いくらも年齢がちがわないだろう。

男は愛想のいい笑顔を浮かべながら、久住にいった。

「引き返してこられたんですか！　この場所にいないので、本流をつめたんだとばかり思っていたんだけど……」

そういったあと、久住のやってきた左俣の入り口をみながらつづけた。

「あちらの沢は、いい幕場がないからね……。もどってきたのは正解ですよ。ここなら焚火もできるし、増水した場合も背後の斜面に逃げられるから……」

久住は黙ったままだった。だが、内心では少しおどろいていた。ただの釣り人かと思ったら、左俣の奥にまで入りこんでいるようだ。しかもパーカがわりの雨具の下からは、スリングにかけた登攀具がのぞいていた。使いこんだ登攀具の色からして、この男はそれなりの経験をつんだクライマーでもあるようだ。

男は笑顔を絶やすことなくいった。

「とにかく、火にあたりませんか。このままじゃ、体が冷えきってしまうから」

そういって、煙をあげている焚火の方に眼をむけた。久住は対応にこまって、黙ったまま突ったっていた。だが男は気にすることなく、先にたって歩きだした。しかたなく久住も、それにしたがった。

加藤武郎と名乗ったその男は、手ぎわよく木の枝を焚火に放りこんだ。雨は沛然《はいぜん》と降りつづいているが、火勢はおとろえる様子もなかった。焚火のまわりにつみあげられた流木からは、もうもうと白煙があがっている。焚火の熱を利用して、燃料をかわかしているらしい。

おろしたザックに腰を降ろし、久住は茫然《ぼうぜん》とそれをみていた。手伝おうにも、焚火のやり方を知らないのだ。流木の豊富な渓谷では、焚火を積極的に利用できることは知っていた。だが久住は、その方法をためしたことがなかった。コンロ利用の方がすばやく行動できるし、重さも気にならなかったからだ。

だが加藤の手ぎわのよさをみていると、そんな考えもぐらつきだした。みたところ、加藤はコンロの類《たぐい》を持っていないようだ。焚火のまわりに炊事道具がならべられていたが、コンロだけはみあたらなかった。もっとも炊事道具といったところで、シンプルな深鍋がいくつかあるだけだ。

加藤の放りこんだ木の枝は、しばらく煙をあげたあと勢いよく燃え上がった。火力のつよくなったところで、炎の上にかけた生木の枝に深鍋をぶらさげた。蓋《ふた》に雨滴がたまらないよう角度を調整しながら、加藤はいった。

「この水系には、よくくるんですか。沢登りをしに」

いきなり話しかけられたので、久住は少しとまどった。実は久住も、おなじことをきこうとしていたのだ。加藤がこの沢にどれくらい通《かよ》っているのか、ということを。先をこされた格好の久住は、曖昧《あいまい》なこたえ方をした。

「まあ……。渓谷登攀は好きだから」

意識したわけではないが、なんとなく渓谷登攀、といういい方をしていた。沢登りという言葉に、どうしてもなじめなかったせいもある。そして心のどこかで、加藤に対する反発があったようだ。釣竿を沢に持ちこむようなクライマーとは、いっしょにしてほしくないという気持ちがあったのかもしれない。

だが加藤は、久住のいった言葉の意味に気づかなかったようだ。炎に眼をむけたま、ま、つぶやくようにいった。

「この雨は、まだしばらくつづきそうだね……。たまたま通過中の気圧の谷を、雷雨が刺激してしまったみたいだから。雨量はたいしたことがないと思うが、増水が心配だ……」

そういって、心配そうに流れの方をみた。このあたりは薙羅沢のなかでもかなりひらけた場所だったが、それでも渓谷の最大幅は三〇メートルに満たない。普段は中心部分に水流があるだけだが、増水がはじまればたちまち流れは渓谷いっぱいにひろがるだろう。しかし幅はその程度しかないのだから、水位の上昇はさけられない。

だが久住は、あまり心配していなかった。降りはじめてかなり時間がすぎていたが、まだ水位はそれほど上昇していない。上流部の保水能力が、充分にあるからだ。それは去年の夏の経験からもわかっていた。

「そんなに心配しなくても、水位はそんなにあがらないと思うよ……」

いくぶん揶揄《やゆ》するような口ぶりで、久住はいった。どうやら加藤は、増水を極度におそれているようだ。しかし久住からみれば、加藤のおそれ方は滑稽《こっけい》としかいいようがなかった。

さっき気がついたのだが、加藤は後ろの斜面に脱出用のロープをフィックスしていた。台地の高さまで水位が上昇したら、そのロープを伝って山腹に逃げようというのだろう。念のいったことに、ロープには握りやすくするための結び目までつくってあった。

たしかにこれは、登山の入門書にものっている正しい方法だった。だがこの沢については、そんなことまでする必要はないのだ。加藤の心配は単なる杞憂《きゆう》だといってやりたかったが、嫌みになりそうなのでやめにしておいた。それに、ロープがあっても邪魔になるわけではない。加藤がそれで安心するというのなら、文句をいう筋合いはなかった。

加藤は心配そうにいった。

「そうだといいんですがね……。もしも水位が上昇したら、ひどいことになりそうだから」

そういってから、さらに何かいいかけた。だが久住は、それをさえぎっていった。

「津播倉川には、よくくるのかい？」

手っとりばやくたしかめて、幕営の用意にかかりたかった。そろそろ暗くなるというのに、まだツエルトの設営さえやっていないのだ。できれば明るいうちに、夕食の用意もしておきたかった。

加藤はこともなげにいった。

「通いはじめて、もう四年ほどになるかな」

久住はおどろいて加藤の顔をみた。そうするとこの男は、久住がはじめて入渓する三年も前から、津播倉川に通いつめていたことになる。そのことでしらけた気分になったが、すぐに入渓の頻度はどの程度なのだろうと考え直した。

年に一度の入渓を四回くりかえしても、四年間通ったことにはかわりがない。自分はこの二シーズンで、あわせて二〇回以上も入渓している。単に多ければいいというものではないが、四年といっても単純に比較することはできない。

そこまで考えたところで、久住はなんとなくおかしくなった。馬鹿げた話だ。これではまるで、子供同士の自慢話ではないか。いったい何を、そんなにこだわっているのか。

だがそうは思ったものの、やはりたずねずにはいられなかった。久住はいった。

「津播倉川の沢を、あちこち登ったの？」

さすがに入渓の回数をきくのはためらわれたので、かわりに守備範囲をたしかめた。

加藤は淡々といった。

「いや、入るのはいつも薙羅沢本流だけだね。ほかの沢には入ってないよ」

久住は小さく嘆息した。それから、さらにたずねた。

「左俣に入ったことは？」

「入り口から三〇分くらいまでなら。そこから先には、あまり興味がもてなかったし……」

久住は考えていた。三〇分なら、あの大滝まではいっていないはずだ。よほど足のはやいクライマーなら別だが、この男にそれができるとは思えない。そのせいで、滝のことを教えるべきかどうか少し迷った。だが滝のことを口にするより先に、たしかめておくことがある。

「薙羅沢には、釣りが目的でくるのかい？　クライミングではなくて」

釣りが目的でくるのであれば、滝のことを知らせる必要はない。登山者の格好はしていても、彼は単なる釣り人だからだ。しかし登攀の片手間に釣りをやっているのなら、教えてもよさそうな気がした。

別に縄張り根性で、そんなことを思うわけではない。逆にあの滝のことを、だれかに話したくて仕方がなかったのだ。しかしそのためには、加藤にクライマーであってほしかった。かりに釣りが目的で入渓したのであっても、自分はクライマーであると主張してもらいたかった。そうでなければ、あの滝のことを知らせる意味がない。

本当のことをいうと、久住はひそかに期待していた。おそらく加藤はいうはずだ。自分はクライマーであって、釣り師などではない、と。そう考えるだけの、根拠もあった。

釣竿は手にしているものの、加藤が釣りを目的に入渓しているとは思えなかった。魚をつり上げた形跡が、まったくないからだ。たとえば釣り人が焚火をするとき、釣《ちょう》果《か》を誇示するかのように岩魚を焼くことがある。腰につるしたびくに、あふれんばかりの岩魚をつめこんでいた釣り人もいた。だが、加藤はそんな釣り人とはちがっていた。下流から釣竿を手にしていたのに、魚を釣った形跡がどこにもないのだ。いくら腕がわるくても、一尾くらいは釣果があってもよさそうなものだ。

久住はじっと加藤の答をまった。結果は予想外だった。加藤はあっさりといった。

「釣りをするためです。クライミングのためじゃない」

それでおわりだった。久住は加藤に対する興味を失った。

火にかけていた鍋の、湯がわいていた。噴き出す蒸気で、蓋が少しずれた。加藤は器用に蓋をはずすと、紅茶の葉と粉ミルクを鍋に放りこんだ。すぐに、ミルクティーのいいにおいが漂いだした。分量からして、加藤は二人分のミルクティーをつくったようだ。だが久住には、もう加藤の話をきく気が失せていた。

久住は急に立ち上がると、加藤にいった。

「失礼するよ。暗くなるまでに、幕を張ってしまいたいんで」

半分は本心だった。今のうちに夕食の用意をすれば、今夜はぐっすりと眠れるだろう。火にあたったせいで、体も充分にあたたまっていた。

気を悪くするかと思ったが、加藤は屈託のない声でいった。

「すぐに茶ができるから、マグを用意しておいてください。こっちから持っていきますよ」

その声を背中でききながら、久住は野営の準備をはじめた。

6

疲れきっているのに、なかなか眠れなかった。水音と雨の音が重なりあってきこえるものだから、妙に神経がたかぶっているようだ。なんとか眠りについたと思ったら、急にはげしくなった雨の音でふっと眼がさめる。遠くの雷鳴で、眠りをさまたげられたこともあった。そんなことを、何度かくりかえしていたようだ。

どうして水の音が気になるのか、自分でもわからなかった。この場所で幕営するのは今夜がはじめてではないし、沢で夜を越すときはいつも水音を耳にしていた。雨の音をききながら眠ったことも、一度や二度ではない。それなのに、眠れないのだ。

少し勢いがおとろえたものの、雨は間断なく降りつづいていた。だが加藤がいうような、増水の徴候はなかった。だから心配することはないのだが、言葉だけが頭のすみに引っかかっていたようだ。不眠の原因は、そのあたりにあるのかもしれない。

それでもいつの間にか、眠りにつくことができた。ところが夜半すぎになって、今度は自分を呼ぶ声を耳にした。夢でもみているのだろうと、半覚醒《はんかくせい》の状態で久住は考えた。ところが声は、何度もくりかえして久住の名を呼んだ。

「久住さん！　久住さん！　はやく起きて！」

どうやら声の主《ぬし》は、加藤のようだ。久住は眠そうな声で生返事をすると、暗闇《くらやみ》の中で時計をみた。苦労して眼の焦点をあわせたら、まだ午前一時だった。半分眠ったままの久住は、舌打ちをしてもういちど寝ようとした。そこで、加藤の声がきこえた。

「水位がすごい勢いで上昇している。すぐに避難しないと危険だ」

その一声で、やっと眼がさめた。それから、水音が異様に大きくなっていることに気がついた。雨は少し弱まったようだが、それでもツエルトをたたく音はひどく重い。いそいで起き上がった久住は、顔を外につきだした。月のない雨の夜だから、外は真っ暗闇だった。すぐ外に、加藤らしい人影が立っていた。加藤は早口にいった。

「すぐに荷物をまとめて、斜面の上部に避難するんだ。この分だと、テントごともっていかれるかもしれない」

そんな馬鹿な、といいかけた。その直後に、稲光が走った。一瞬だけうかびあがった川原の光景をみて、久住は眼をうたがった。水流がいつもの数倍にふくれあがり、今にも台地まで達しそうだった。

おどろきすぎて、声がでなかった。だが、すぐにそのショックから立ち直った。次の瞬間には、手あたり次第に装備をザックに押しこんでいた。もっとも、それほど装備は多くない。秋だから多少衣類がふえた程度だ。もともと持ち物は最小限にきりつめている。かさばるスリーピング・バッグは沢に持ちこまないし、食糧も調理ずみのものがほとんどだった。一分もたたないうちに、移動の用意は完了した。

シューズに足を突っこんで雨具を羽織ったとき、体がぐらり、とゆれた。同時に尻の下で、何かが動いた。久住はぞっとした。水流がすでに台地にまで達し、地面を削りはじめていたのだ。もう一刻の猶予もなかった。

手さぐりでヘッドランプを引っ張りだし、片眼をつぶっておいて一瞬だけ点灯した。忘れ物がないかたしかめたあと、すばやくランプを消した。そのときには、床の半分が削り取られていた。久住はザックをかつぎあげ、ツエルトから飛び出した。

とたんに横殴りの風にあおられて、雨具の裾《すそ》がまくれあがった。吹きこんだ雨が、容赦なく衣服をぬらしていく。すでにツエルトは、水流に押し流されつつあった。回収はあきらめて、手近な岩塊を重しがわりにのせるだけにした。

こんなときヘッドランプは、点灯しない方が行動しやすかった。周囲が開けた場所だと、明かりの存在がかえって視界を狭《せば》める結果になる。光のとどく範囲だけが明るくなりすぎて、それ以外は逆に見づらくなるからだ。それよりは最初から、眼を闇にならしておいた方がいい。

すでに水流は、台地全体を洗っていた。動かずに立っていると、足もとの砂がえぐられていくのがわかる。いそいで斜面側に眼をむけて、加藤のフィックスしたロープをさがした。水流にさからって移動し、ロープを両手でつかんで強引にゴボウ登りをした。さっきの光で片眼だけがみえず、遠近感がつかめないものだから、何度も足を滑らせてロープにぶら下がった。

夢中で数メートルほど登ってからふりかえると、かしいだツエルトがゆっくりと倒れていくのがみえた。運がよければ、水が引いたあとに回収できるだろう。だが今夜は、雨にうたれながらじっとしているしかない。

すぐ上方で、光が動いていた。先に加藤が登っていたらしい。自分を呼ぶ声に元気づけられて、最後の一〇メートルほどを登りきった。すでにビレイを取りおわった加藤が、久住のために足もとを照らしてくれた。わずかな平地をみつけてザックを降ろし、ロープをつかんだまま腰を降ろした。

思わずため息がもれた。ひどい状態だった。雨で衣服がずぶぬれの上に、あちこちに擦《す》り傷をつくっている。それでも、危機を脱したという安心感は何ものにもかえがたかった。

茫然としている久住の顔を、のぞき込むようにして加藤がいった。

「大丈夫か？　怪我《けが》はないか」

何とか呼吸をととのえながら、ようやく久住はいった。

「ああ……どうやら大丈夫のようだ……」

いつの間にか久住は、加藤を仲間のように感じていた。そのせいか、急に気恥ずかしさをおぼえた。ほんの数時間前には、このロープをフィックスした加藤を心の中で馬鹿にしていたのだ。ロープがなくても死にはしなかっただろうが、激流に流されてひどいめにあっていたはずだ。着のみ着のままで——おそらく裸足《はだし》で、すべての装備を失って途方にくれていたはずだ。下手をすると、溺死《できし》していたかもしれない。

久住は照れかくしのようにいった。

「今までいろんな登り方をしてきたが、こんな無茶をやったのははじめてだ……。ロープの存在が、これほどありがたいと思ったことはない」

加藤も笑いをかえしながらいった。

「蜘蛛の糸を切りたくなったカンダタの心境が、わかるような気がするよ。まったく、一時はどうなることかと思った」

久住は妙な顔をした。それから言葉の意味に気がついて、顔を赤らめた。久住がロープにぶら下がったとき、すぐ上には加藤がいたのだ。おそらく加藤は、何度もバランスをくずしかけたのだろう。下から登ってくる久住の体重で、思いきりロープを引っ張られたのだから。

もっとも加藤に、悪気はなかったようだ。恐縮している久住を尻目にザックからシートを取り出し、風にあおられるのを押さえながらそれをひろげた。そして久住と加藤は、肩を寄せあってシートをかぶった。

「それにしても……急すぎる。前にきたときは、こんなに増水しなかった。雨が降っても、水位にはそれほど影響がなかったのに……」

ようやく人心地のついた久住が、やっとそういった。一瞬の間をおいたあと、加藤が深刻そうな声でいった。

「薙羅沢本流の上流部で、大規模な土砂崩れが発生していたんだ……。それで流域の保水能力が、大幅に落ちたんだろう」

久住はおどろいて加藤をみた。暗闇で表情はまるでわからないが、かすかなため息だけは伝わってきた。加藤はさらにいった。

「今月はじめの台風で、杉の植林が根こそぎ倒されたようだ。あのあたりは戦後の一時期、さかんに植林をやったところだったからね。私は台風の直後に、縦走路から土砂崩れの跡を偶然みつけたんだが……。

まさかここまで保水能力が落ちてるとは思わなかった。これじゃ禿山《はげやま》とかわらない……」

久住にとっては、意外な話だった。それから、妙な気分になった。この男はいったい何のために、谷を遡行してきたのだ。まさか釣りをしながら、土砂崩れの調査をしていたわけではないだろう。

雷雲が近づいているらしく、雷鳴と稲光が断続的に発生していた。しかも音と光の間隔は、次第にみじかくなっていた。稲光のたびに閃光が谷を走り抜け、それを追って雷鳴が殷々《いんいん》と山腹にこだました。閃光はそれまで黒い質塊にすぎなかった周囲の山々を、つかのま闇の底から浮かび上がらせて彼らの眼を眩惑《げんわく》した。

水流は沢の幅いっぱいに広がり、山腹を削り取りながら轟々《ごうごう》と流れ落ちていく。水位の上昇は今のところ停止しており、高みに登った彼らに危険はなさそうだった。

そんな様子をぼんやりとみながら、久住は不思議そうにいった。

「それにしても、妙だな……。雨が降りはじめて最初の数時間は、まったく水面が上昇しなかった。何で今ごろになって……」

加藤は訥々《とつとつ》といった。

「考えたくないことだが……上流で、また土砂崩れが発生したのかもしれない。それも、かなり広範囲にわたって。そうでなければ、こんな急激な増水は――」

そこまでいったあと、急に加藤は口を閉じた。おそろしいほどの緊張が、闇の中からつたわってくる。そしてその原因を、久住は知っていた。

――沢の水音が、途絶えている……。

まちがいなかった。眼下の沢で、何かが起ころうとしている。

7

最初の徴候は、水音の変化だった。この場所では決して途絶えることのなかった沢の音が、急に小さくなっていた。かすかに音はきこえるが、雨が降りはじめる前よりもずっと小さい音でしかなかった。

それ以外の変化を確認するには、次の稲光を待つしかなかった。そしてそれは、数分後に発生した。

空を走る閃光で、沢の全貌がみわたせた。まちがいなかった。明らかに、沢の水位が下がっている。それも、普通では考えられないほど急速に。

すでに水位は、通常よりもかなり低くなっていた。渇水期の水量よりも、さらに少ない水しか流れていない。しかも普段はみられない雑多なもの——小枝や草の根が流れ落ちてきた。

沢がみえたのは一瞬だったが、二人とも無言のうちにその事実を認めあっていた。これは水位の自然低下ではありえなかった。現に雨は今も降っているし、上流部ではさらに降りつづくだろう。かりに雨がやんだとしても、水位が自然低下するまでに数日はかかるはずだ。だとすると、可能性はひとつしかない。上流で沢がせきとめられて、一時的に水量が減少しているのだ。

おそらく土砂崩れか、それによって押し出された大量の流木が、谷を埋めつくしたのだ。そのようにしてできた自然のダムの背後には、行き場を失った大量の水が貯《たくわ》えられていく。そして人の眼にふれない山奥で、数十万トンの水をたたえた湖が瞬時に形成されるのだ。

しかしそのような状態は、ながくはつづかない。やがて巨大な水圧が、ダムを押し流してしまうからだ。そしてダムが決壊したあと、せきとめられていた大量の水は一気に沢を流れ落ちる。

久住はじっと耳をすませて、最初の徴候をつかもうとしていた。たよりになるのは、耳だけだった。暗闇のむこうに耳をたてて、それがはじまるのを待った。そして、それがはじまった。

最初は、足もとからつたわる振動だった。それから、地鳴りがきこえた。どろどろと太鼓を打ち鳴らすような音が、遠くからきこえてくる。そしてその音は、次第に接近してきた。そして、沢が爆発した。

何か質量のあるものが、沢を転げ落ちていった。その塊は、次から次へと押し寄せてきた。それが水の塊だとわかったのは、稲光が沢を照らしだしたときだった。

久住は眼をみはった。さっきはほとんど水流のなかった沢を、膨大な量の水が流れ落ちていた。水流は山腹に激突し、山全体を崩壊させそうな勢いで突進していく。これにくらべれば、さっきの増水など子供の水遊びのようなものだ。

水流ばかりではなかった。沢全体を埋めつくした水流の奥から、重量物がぶつかりあう音がきこえていた。おそらくかなりの大岩までが、流れにのって押し流されてきたのだろう。ときには水流から飛び出した岩同士がぶつかりあい、火花を散らすさまが闇の奥にうかびあがった。さらに流れにのみこまれた流木が、岩とぶつかってへし折れるきしみもきこえてきた。

眼下の沢は、まるで巨大な肉挽《にくひ》き機だった。大岩や巨木を無造作にすりつぶしながら、山肌までも削り取って水が流れていく。川原に残したツエルトなど、跡形もなく引き裂かれているだろう。たぶん断片を残さないまでに粉砕されて、海にはこばれていったはずだ。

あまりの破壊のすさまじさに、久住は戦慄《せんりつ》していた。彼らは水面から少なくとも三〇メートルは登っていたが、それでも恐怖を消すことはできなかった。もしも水流がほんの少しでもかわれれば、彼らのいる斜面はそっくり崩壊してしまうのではないか。そんな気さえした。

だが崩壊をともなった水流は、次第に遠のいていった。破壊と大音響は、やってきたときと逆の順で去っていった。最初に水流が、それから地鳴りが遠ざかっていった。そして最後に、振動だけがのこった。

だが下流に流れが去ったあとも、久住は足がすくんで動けなかった。稲光のたびに照らしだされる沢には、家屋よりも大きな巨岩や杉の大木が散乱していた。あんな場所には、水が完全にひいたあとでも下りたくなかった。

ようやく久住が口を開いたのは、それから一時間ちかくがすぎてからだった。

「あれが鉄砲水か……」

ようやく、それだけいった。話にはきいていたが、これほどすごいものだとは思わなかったのだ。無事でいられたのが、自分でも信じられないほどだった。ややあって加藤が、気が抜けたような声でいった。

「この分だと、薙羅沢の岩魚は全滅だろうな……。産卵期の前だというのに、むごいことだ」

「よほど岩魚が好きなんだね、加藤さんは……」

久住がいった。揶揄したつもりはなかった。正直な感想をいっただけだ。加藤はひとりごとのようにいった。

「薙羅沢の上流で土砂崩れがあったんで、岩魚が減少していないか前から気になっていたんだ。それで下流から、サンプルを釣り上げながらやってきたんだが……」

そういいながら、加藤はザックの中からいくつか防水バッグを取りだした。そしてヘッドライトをつけて、久住に中味をみせた。久住がのぞき込むと、中には一尾ずつ生きた岩魚がおさまっていた。

「下流部は水の汚れがひどかったから、放っておいたら数がどんどん少なくなるだろう。土砂崩れの場所より上流で放流するつもりだったんだが、この分だとそれも無理みたいだな。いつでも産卵できそうな奴ばっかり、釣り上げてきたんだが……」

久住は眼を丸くしていった。

「あんた、エコロジストだったのか？」

だが加藤は、苦笑いをしていった。

「そうじゃない。たぶんその逆だ。エコロジストの集団に、つるし上げられたことならあるが」

「何でまた……」

「学生の時、バイトで樵《きこり》の手伝いをやっていたんでね」

そういって、かすかに笑った。それから、少し悲しそうな声でいった。

「津播倉川の流域も、最近は人がずいぶんふえたものだ……。地元が観光の目玉に、渓流釣りを大々的に宣伝するようになってからかな。人がふえるとそれなりにメリットもあるが、ちょっと寂しい気もするね。縄張りを主張するつもりはないが」

それをきいた久住は、しばらく黙っていた。ほんの少し、迷いがあったせいだ。やがてふくみ笑いとともに、久住はいった。

「もしよかったら、明日俺《おれ》といっしょに左俣を遡行しないか。中流部にびっくりするほどの大滝があるから、その上にでもそいつを放流してやればいい。下流にも淵はあるから放流できるが、滝をこえた方がひとめにつかなくていいかもしれんぞ」

いったとたんに、加藤はうれしそうな声をあげた。

「あの滝の上か！　俺も興味があったんだが、一人じゃとても直登できないんであきらめてたんだ。いっしょにいってくれるんなら、喜んでお供するよ」

——なんだ、知ってたのか。

久住は少しがっかりした。だが、それにもかかわらず気分は悪くなかった。

ラッセル

1

高度をあげるにつれて、積雪から次第に湿気が抜け落ちていった。かなり気温が下降しているらしく、降りつもった雪はまるで粉のようにつかみどころがなかった。足を踏み出すたびに何の抵抗もなくもぐり込み、引き抜こうとすれば反対側の足がめり込んだ。

久住浩志はさっきから、前をいく加藤武郎のクライミングブーツばかりをみていた。闇の中で行動しやすいように、ザックの背やブーツの踵《かかと》には蛍光テープが張りつけてある。そのかすかな光が、闇の中で規則的に上下していた。疲労があまりにはげしくて、ほかの部分に眼《め》をむける余裕はなかった。加藤が先頭にたったのは数分前だが、後方に下がった久住の呼吸は乱れたままだった。

ひどいラッセルだった。最初は膝《ひざ》を没する程度だったが、歩きはじめてすぐに股《また》から腰までの深さになった。雪さえなければ数分で通過できる場所を、一時間あまりかけて突破したこともあった。途中で何度か小滝があらわれたが、それらのほとんどは雪の下に埋められていた。こんな谷の遡行《そこう》には登山技術など必要なく、ただひたすら体力で雪をかきわけていくしかない。それは歩行や登行などと呼べるものではなく、雪の中を泳いでいるのとかわらなかった。ときには胸までもぐる深雪の中を、あえぎながらくぐり抜けていくだけだ。

彼らが滝谷出合《たきだにであい》のキャンプを出発したのは、夜半すぎだった。明るくなるまでに危険地帯を抜けるつもりだったが、出発の直後から延々とラッセルがつづくことになった。積雪の多さは予想していたが、まさかこれほどまでとは思わなかった。そろそろ夜が明けるから、すでに五時間もラッセルをつづけていることになる。それなのに、行程は一向にはかどっていなかった。予定ではすでに核心部である滑滝《なめりだき》に達していなければならないのに、実際にはそのはるか手前で足踏みをしていた。

こうなることを予想して、前日のうちに途中までの踏み跡《トレイル》はつけておいた。だが夜の間に降った雪が、それをほとんど埋めていた。高度をあげれば雪はさらに乾燥し、ラッセルの苦しさはます。抵抗なくさらさらと流れ落ちる粉雪は、体全体で押さえつけても足がかりにはならなかった。ときには崩れてくる雪で、体が埋められそうになった。

苦しい登行がつづいた。積雪はどこまでも深く、斜面を下から掘り崩すようなラッセルをしいられた。無雪期なら登攀《とうはん》の対象となりそうな小滝が、今は粉雪の吹きだまりになっている。登ろうにも手がかりさえなく、水平にかまえたアイスアックスで強引に雪を押さえつけてよじ登るしかなかった。まるで崩れやすい砂糖の山を登るかのようで、体を移動するたびに小規模な雪崩《なだれ》が発生した。

そんな場所では、バランスを維持することもむつかしかった。うかつに雪面に手をつくと、たちまち肩までめり込んだ。荷物の量は相当に切り詰めていたが、ザックの重さで体の自由はうばわれていた。いったん転倒すれば、起きあがることが容易ではなかった。

——こんな状態で登りつづけても、上部岩稜《がんりょう》に達する前に時間切れになるのではないか。

終わりのないラッセルに、久住はうんざりとしていた。彼らはまだ、アプローチの半分もこなしていないのだ。それなのに久住は、疲労の極に達していた。両足は鉛のように重く、呼吸することさえ苦しい状態がつづいている。不規則な呼吸のせいで思考能力も落ち、まるでヒマラヤの高所を登行しているかのようだった。

それほど疲労がはげしいのに、立ちどまって休むことさえできなかった。雪崩が発

槍ヶ岳へ
槍ヶ岳へ
奥丸山
2439.6
槍平小屋
右俣谷
南沢
南岳
3032.9
南岳小屋
中崎尾根
イヌノクボ
滝谷避難小屋
雌滝
雄滝
滝谷
滑滝
大キレット
北穂高岳
北穂高小屋
チビ谷
B沢
C沢
第二尾根
第三尾根
第四尾根
南峰
3106
ドーム
ブドウ谷
蒲田富士
2742
白出沢
涸沢岳西尾根
涸沢へ
涸沢岳
3110
新穂高温泉へ
ネボリ谷
白出大滝
穂高岳山荘
天狗沢
奥穂高岳
3190
N
西穂沢
天狗ノ頭
天狗岩
2909
間ノ岳
2907
ジャンダルム
吊尾根
扇沢
コブ沢
前穂高沢
0
1km
西穂高岳
2908.8
天狗沢
間ノ沢
岳沢小屋
滝谷周辺図

生する危険が、常につきまとっているせいだ。みだれた呼吸をととのえるには、先行者の踏み跡にしたがって忠実に足をはこぶしかなかった。

こんな深い雪の中を、わずか二人で通過するのは無謀ともいえた。最低でも四人、できれば六人から八人程度のパーティで、次々にラッセルを交代しながら雪を踏みかためていくのが常識だった。とくに今のような降雪時には、交代要員を充分に用意しておく必要がある。さもなければ体力を限界ちかくまでしぼりとられ、身動きもできないまま進退きわまることにもなりかねない。降りしきる大量の雪が、つけたばかりの踏み跡をたちまち消しさることもめずらしくなかった。降雪中に身動きがとれなくなれば、踏み跡とともに雪の下に埋められるしかない。

だが、いまさら後もどりはできなかった。やめられない理由があった。このルートからの敗退は、彼ら自身が実践してきたクライミングスタイルの敗退でもあった。

久住は苦しい息をつきながら、規則ただしく上下する加藤の登山靴をみていた。いくら激しいラッセルをつづけても、加藤のペースはまったく乱れなかった。久住が体力的にそれほど劣っているはずはないが、不思議に差がでてきてしまう。クライミングのセンスがずば抜けているわけでもないのに、加藤はこんな場所で無類のつよさを発揮する。まったく妙な男だと、久住は思った。

いつの間にか、雪面がほの白くなっていた。ミトンの上にセットした腕時計をみると、そろそろ夜が明ける時刻になっている。厳冬期とはいっても、二月の日照時間は比較的ながい。正月のときにくらべれば、夜明けがかなりはやい気がした。うっすらと明るくなった空から、綿のような雪が落ちてくる。下流側からよわい風が吹き上げてくるが、問題とするほどではなかった。

やがて周囲は、ゆっくりと明るくなっていった。谷に色彩はまったくみえず、白と黒の世界がどこまでもつづいている。

この位置からみあげると、谷はいかにも陰惨にみえた。両岸の岩壁が垂直にそそり立ち、威圧感をもってせまってくる。もし雪崩が発生しても、逃げ場はどこにもなかった。しかも谷筋が屈曲しているために、上部の展望がほとんどきかない。わずかにみえる空は、重苦しい雪雲でおおわれていた。のしかかるような暗雲をみているだけで、気分が落ちこんでくる。

時間がすぎた。あいかわらず行程は遅々としてはかどらず、先頭を交代するたびに久住は体力を消耗した。そして久住がラッセルをする時間は次第にみじかくなり、やがて加藤の踏み跡をかろうじてついていくだけになった。

——これ以上の登行は、無理ではないか。

ようやく久住は、そう考えるようになった。疲労で嫌気がさしたのではない。時間がたつばかりで、予定の行程がまったくこなせないからだ。すでに夜が明けてから、二時間がすぎている。この分では危険地帯を抜けるのは、午後になるだろう。体力の消耗を考えれば、それさえむつかしいかもしれない。午後になってまだ谷の下部から抜け出せなければ、雪崩の危険は現実のものとなる。

前をいく加藤の足が、急にとまった。谷が右に曲がった先に、みおぼえのある滝があらわれていた。それが下部の核心部である滑滝だった。しかしその様子は、彼らの記憶とまったくちがっていた。二カ月たらず前は蒼氷《あおごおり》でおおわれていた滝が、今は大量の積雪に埋められていた。これでは氷瀑《ひょうばく》の登攀どころか、雪を掘り返しながら登りつめなければならない。しかも付近には上部から落下したデブリが堆積《たいせき》し、通過にどれほどの時間がかかるか見当もつかなかった。

久住はたまりかねていった。

「引き返そう……。これ以上の登攀は危険だ。今から登攀したら、滝の上部にでるのは昼になる。どうせ滝の上もおなじ状態だから、合流点に達するころには日が暮れてしまうぞ……」

苦い敗北感が、久住の胸にひろがっていた。口にはださないが、加藤もおなじことを考えているはずだ。彼らが敗北したのは、まぎれもない事実なのだ。強引に登りつづけるのは、無謀以外のなにものでもない。そのことだけは、否定しようがなかった。

そう思った。だが加藤は、意外なことをいった。

「いや、もう少しだけいってみよう。できれば滑滝に、ロープをフィックスしておきたい。それがだめでも、せめて岩稜用の装備をデポしたい。そうしておけば、明日からの行動が楽になる」

久住は耳をうたがった。明日からの行動、だと？　おなじことを明日もくりかえすつもりなのか、この男は。

憮然《ぶぜん》としていると、加藤は空をみあげながらいった。

「たぶん……今夜の降雪は、それほどひどくないと思う。今日の踏み跡《トレイル》が少しでものこっていれば、明日はもっとはやく行動できるはずだ。天候がこれ以上くずれなければ、大丈夫、通過できる」

それをきいた久住は、顔をしかめていった。

「もしも予想がはずれたら、どうなるんだ。ドカ雪で今日の踏み跡が消えて、もっと時間がかかるかもしれないぞ」

皮肉をいうつもりはなかった。無意識のうちに刺々《とげとげ》しい口調になったのは、加藤の底知れない体力に羨望《せんぼう》を感じていたからかもしれない。

だが加藤は、明るい声でいった。

「明日も無理なら、明後日につづきをやればいい。いくら積雪が多くても、連日のラッセルを埋めるほどじゃないだろう。どうせ最初から、そのつもりできたんだし」

久住はおし黙った。加藤のいうとおりだった。悪天がつづいたときのために、充分な予備日を最初から計画に組みこんであったのだ。ラッセルのために一日つぶすことも、予想していたはずだ。

——とにかく滑滝の取り付きまで、登ってしまうか。

気力をふるいたたせて、久住は斜面とむかいあった。呼吸をととのえて足を踏み出しかけたとき、谷の上部でかすかな音がするのに気づいた。雨が屋根をたたくような、かわいた音だった。

——そういえば、谷にはいってから音をまったくきかなかったな。

思考能力の落ちた頭で、久住はぼんやりとそんなことを考えた。その直後に、加藤のさけび声をきいた。

何といわれたのか、とっさにはわからなかった。ただ、危険が近づいていることだけは理解できた。そして次の瞬間、久住の体が後方に飛ばされた。

一瞬で眼の前が真っ白になった。それから重量のあるものが胸に衝突し、体が水平に投げ出された。何が起こったのかわからないまま、手足を無闇《むやみ》に動かした。雪崩に巻きこまれたのだと気づいたときには、体が回転しながら雪の下に押しこめられていた。いくつもの流れに巻きこまれて、頭と胴が引き離されそうだった。それから別の流れに押しあげられて、体が雪の上にぽかりと飛び出した。久住の体は、雪の上を滑るようにして落ちていく。

周囲の白い流れが停止したのは、かなり時間がすぎてからだった。実際には、みじかい時間だったのかもしれない。妙に体が重いと思ったら、下半身が雪の下に埋まっていた。すぐ上にあったはずの滑滝が、どこかに消えている。どうやらかなり下流まで押し流されたようだ。

おそるおそる周囲をみまわすと、あたりには大量の雪が積み重なっていた。雪崩としては小規模なものだが、生身の体にあたえるダメージは無視できない。さいわいどこも負傷はしていなかったが、心理的な恐怖感はつよくのこっていた。唇を切ったのか、口の中に血の味がした。

重い体を動かしながら、雪の下からはいだそうとした。ところが、雪に埋められた下半身がまったく動かない。しかたなく不自然な格好で雪をとりのぞいて、なんとか体を掘り起こした。全身を埋められなかったのは、幸運としかいいようがない。そのことを考えると、ぞっとした。

谷の上部では、雨音に似たさっきの音がつづいている。背筋が冷たくなるような音だった。そういえば、加藤の姿がみあたらない。

急に不安を感じて、加藤の名を呼んでみた。だが、返事はなかった。久住は戦慄《せんりつ》した。加藤は生き埋めになっているのかもしれない。だがただでさえ動きにくい雪の中で、埋まった体をさがすといっても容易ではない。しかし放置しておけば、加藤は窒息死してしまう。

とにかく体勢をととのえて、捜索の範囲をひろげようとした。そのときになって、自分を呼ぶ声がした。すぐ上の岩かげで、雪の塊が動いている。そして加藤が顔をみせた。さすがに顔色は青かったが、どこにも怪我《けが》はしていないようだ。

安堵《あんど》のあまり、久住は膝をついた。それから、力なくいった。

「とにかく、引き返そう……。これ以上ここにいたら、本当に埋められてしまう」

加藤もそれに同意した。それから彼らは、みじめな気分で前夜のキャンプ地に引き返した。

2

北穂高岳《きたほたかだけ》の飛騨《ひだ》側に深くくいこんだ滝谷は、ふるくから岩壁登攀の場としてクライマーの人気をあつめていた。とくに六本の沢が集中する合流点より上部の岩稜群には、前穂高岳《まえほたかだけ》周辺とならんで登攀の好ルートが多かった。

ことに人気のたかいルートでは、シーズン中クライマーの順番待ちができるほどの混雑をみせ、先行するパーティの引き起こす落石で事故が発生することもめずらしくなかった。それらの岩稜群には網の目のようにルートがひらかれ、かつての「飛ぶ鳥でさえとまる場所がない」といわれた滝谷の面影はのこっていなかった。

ところが合流点より下部の滝谷本流となると、夏のシーズン中でさえおとずれるクライマーは少なかった。ここでは「岩の墓場」と呼ばれた時代の静けさが、そのままのこっていた。上部岩壁の登攀をめざすクライマーは、たいてい涸沢《からさわ》や北穂南稜にベースキャンプをおき、信飛国境稜線から滝谷に下って岩壁にとりつく。その方がアプローチがみじかくてすむし、落石の危険も少ないからだ。滝が連続する滝谷下部の沢は、クラシックなルートとして忘れ去られようとしていた。

それでもときおり、滝谷の最下流である蒲田川右俣《がまたがわみぎまた》との分岐から遡行するクライマーがいた。黎明《れいめい》の時代に先人の体験した苦闘をしのんで、完全遡行を実践しようとするのかもしれない。しかしそれも、せいぜい残雪期までだった。厳冬期になると、下流から遡行するパーティは極端に少なくなる。

登攀が困難だからではなく、多量の降雪によってたえず雪崩の危険にさらされるからだ。そして危険の割には、クライミング自体の魅力にはとぼしい。豪雪によって埋められた沢筋では、登攀以前の苛酷なラッセルをしいられる。しかも危険地帯を抜けきるまで、安心して休息する場所もない。滝谷下部にながくいれば、それだけ危険が増大するからだ。だから上部岩壁に冬季登攀を楽しむクライマーがとりついているときでも、滝谷下部はひっそりとしずまりかえっている。

久住と加藤の二人が厳冬期の滝谷を最初にトレースしたのは、この正月のことだった。彼らの所属する山岳会の、正月合宿として計画されたのだ。前年の五月と十一月の二度にわたって偵察をくりかえし、可能性を検討した上での成功だった。

しかしそのときの登攀は、かなり変則的なものだった。秋に会の総力をあげて実施するヒマラヤ遠征の、準備段階として計画された合宿だったからだ。したがって合宿の目的は単なる山行ではなく、ヒマラヤにおける登攀を想定したスタイルが採用された。登攀隊員のほかに支援隊員を配置し、必要な場所にはフィックスロープをあらかじめセットしておくのだ。そのようにして体力を温存させた登攀隊員が、蒲田川右俣出合のベースキャンプから一気に北穂頂稜をめざす。

だがサポート要員やフィックスロープを配置するといっても、古典的な極地法登山をヒマラヤで実行するつもりはなかった。彼らの基本的戦術《タクティクス》は、あくまでも速攻登山にあった。危険地域をできるかぎりすみやかに通過することによって、安全を確保するのだ。したがって通常は二日かかる厳冬期の完全遡行を、わずか一日で完了する計画になっていた。充分な支援がなければ、これほどの速攻は実現できないだろう。

年末の新穂高温泉は、多数のクライマーであふれていた。だがほとんどのパーティは別の山域に入山し、滝谷にはいったのは彼らだけだった。つまり谷にはいってしまえば、他人の踏み跡《トレイル》はまったく期待できない。ラッセルはすべて、自分たちだけでやらなければならないのだ。そしてそれは、最初から予定されていたことだった。

右俣出合にベースキャンプを設営した彼らは、その日の午後から積極的に偵察を開始した。彼らは総勢八人で、二人ずつ二組の登攀隊員を四人の支援隊員がサポートする体制だった。速攻を基本としているために、登攀予定日の選定も重要になる。予備日を充分に設定し、できるかぎり天候の落ちつく日を彼らは待った。

だが年末の北アルプスは天候が安定せず、毎日のように降雪があった。それでも彼らは、不安を感じなかった。その年の二度にわたる偵察行が、彼らに自信をあたえていたのだ。そして年があけたころ、登攀の好機がおとずれた。その夜、降りつづいていた雪はやみ、少なくとも次の一日は天候が安定すると予想された。

支援隊は、夜半すぎから行動を開始した。先行して谷の下部をラッセルし、登攀隊員の行動を容易にするのだ。すでに最下部は前日のうちにラッセルが終わっており、最初の難関である雄滝にはロープがフィックスしてあった。そしてラッセルとフィックスロープにたすけられた登攀隊員は、明るくなるまでに滑滝上部に達していた。

そこから先は支援隊のラッセルもとぎれていたが、体力を温存していた彼らには何の問題もなかった。四人が交代で先頭にたち、予定よりもはやく合流点に到達できた。そしてC沢にはいった彼らは、さらに登行をつづけてそれぞれの登攀開始点に登りつめた。その先は、二組が別個のルートを登攀する計画だった。加藤と久住は第四尾根にとりつき、あとの二人は第三尾根からドームにいたるルートにむかった。

第四尾根の登攀は、すばらしいものだった。サポートがあったとはいえ、それまでラッセルに苦しめられていた身には、まるで天空の散歩といっていい快適さだった。飛騨側から吹きつける強風にたたかれ、場所によっては岩壁にはりついた薄氷《ベルグラ》にクランポンの爪を引っかける不安定な登攀をしいられたが、それさえも登攀の快適さをそこなうものではなかった。

二人は登攀に没頭した。そして最後まで疲労を感じることなく、頂稜に抜け出した。すでにあたりは暗くなっていたが、気力は充実していた。心配していた天候は、最後までくずれることがなかった。それに速攻のせいで露営《ビバーク》回数が減り、冬山の登攀とは思えないほどザックは軽かった。それらの条件がすべてかさなって、彼らの気分を高揚させていた。

二人は充実した気分で北穂高岳の冬季小屋にはいり、ドーム経由で到着した二人と合流した。避難小屋でしかない冬季小屋は寒く、正月山行のクライマーで混雑していた。しかも軽量化のために食糧や防寒具はとぼしく、小屋の中とはいえつらい夜となった。だが、それさえも苦にならなかった。登攀の成功と仲間との合流をはたしたことが、寒々しい夜を至福の時にかえていた。

翌日、彼らは涸沢岳西尾根を経由して下山した。その日も天候は安定しており、尾根の上から滝谷の全貌《ぜんぼう》がよくみえた。彼らは昨日の午後に登攀した岩稜をながめ、感想を語り合いながら下山した。尾根上にはしっかりと踏み跡がつけられており、楽に下ることができた。そして尾根の末端に達した彼らは、白出《しらだし》口付近で最後の夜をすごした。右俣出合から移動していた支援隊員が、先まわりしてキャンプしていたのだ。全員がそろったその日のキャンプは、前日にもまして愉快だった。暖房のためにコンロをつけっぱなしにして、彼らは合宿の成功と新年をいわった。それまでの禁欲的な生活をとりもどすかのように、大量の食糧や酒が次々に消費された。

すべてがうまくいった。あまり酒をのまない久住も、この日は気分よく酔った。支援隊員の一人が、なにげなくもらした言葉を耳にするまでは。

その支援隊員の名は、西城《さいじょう》といった。西城は酔眼を久住にむけていった。厳冬期の滝谷を一日で完全遡行したのは、たしかに画期的な記録だ。しかし昨日のような登攀は、本来おこなうべきではなかった。滝谷をヒマラヤのタクティクスで登ることの是非はともかく、あのような登り方で滝谷のグレードを下げてはならない――。

西城がその言葉を口にしたとき、テントの中に一瞬しらけた空気がながれた。本来なら西城は、登攀隊員として合宿に参加していたはずだった。西城は会の中でもっとも滝谷の事情にくわしく、合宿にそなえた偵察行にも参加していた。それに合宿以前から、滝谷上部の岩壁登攀には実績があった。その西城が支援隊員にまわったのは、秋に予定されている遠征の隊員ではなかったからだ。この合宿自体は遠征のトレーニングなのだから、その決定は当然だった。

西城が遠征に参加できなかったのは、経験や技術がおとっていたからではない。仕事を休職して、遠征に参加する余裕がなかったからだ。その結果、実力派の彼は登攀隊員からはずされ、支援にまわることになった。

そんな事情があったものだから、だれもが西城の言葉を登攀隊員になれなかった者の嫉妬《しっと》だと思った。だから西城の話をきいても、反応しなかった。だが、久住の生理的な反発はつよかった。支援がなければ、遡行が成功しなかったのは事実だったからだ。そしてその事実が、久住をよけいに苛立《いらだ》たせていた。

久住は、色をなしていった。

つまりお前は、我々の記録に価値を認めないのか。支援がなければ、遡行は成功しなかったといいたいのか。

我々の遡行成功を、ねたんでいるのか——とまではいわなかったが、久住の言葉はそれにちかかった。

西城は、ゆっくりといった。そうではない。俺《おれ》のいいたいのは、滝谷のグレードはもっとたかい、ということだ。登攀は雪の少ない正月ではなく、もっとも寒気のきびしい二月の中旬以降にやるべきだ。そうすれば、滝谷の真の価値がわかるはずだ。もちろんその場合の登攀には、支援などおこなってはならない。登攀者がみずからラッセルしてこそ、冬の滝谷遡行は価値がある。

そういったまま、うす笑いをうかべて久住をみかえした。腹をたてた久住は、黙ったままそっぽをむいた。

一時は険悪な雰囲気になりかけたものの、その場は仲裁がはいっておさまった。だが久住はその後も、憮然としたままだった。それでもまわりの雰囲気におされて、それ以上は何もいわなかった。

翌朝、彼らは下山した。だが西城だけは、別行動をとった。山岳写真の撮影をするために、単独で涸沢岳西尾根を登るということだった。

昨夜のことがあったから、いっしょに下るのは気づまりなのではないか——だれもがそう思った。だが実際は、そうではなかった。彼らが西城の本当の目的を知ったのは、その一週間後だった。西城は涸沢岳西尾根ではなく、滝谷にむかったのだ。

一列になって下山する仲間を見送る彼の姿は、どことなく寂しそうだった。そしてそれが、生きている西城をみた最後だった。西城はベースキャンプでもう一泊したあと、たった一人で滝谷にはいった。そして自分自身ののこした踏み跡を踏みながら、遡行をおこなおうとした。

だが彼は、完登することができなかった。滑滝の登攀中に雪崩の直撃をうけて、デブリの下に埋められたのだ。パーティを組んでいれば救助の可能性もあったのだが、単独ではそれも無理だった。

自分が滝谷にむかうことを、西城はしたしかった仲間にだけもらしていた。そのため捜索の混乱はなかったが、それでも遺体の発見までに半月ほどをついやした。遺体の発見と搬出は、会の仲間が交代でおこなった。

そして葬式をおえたあと、久住は加藤にもらした。

――もう一度、滝谷をやってみたい。今度は二人だけで、支援にたよらず。

そして加藤は、それに同意した。彼らは二月のなかばをすぎてから休暇をとり、会の仲間にも黙ったまま滝谷にはいった。

3

蒲田川右俣まで下降してきたときは、口をきく元気もないほど疲れていた。

彼らはベースにしていた避難小屋にはいると、ものもいわずに倒れこんだ。精も根もつきはてた状態で、身動きすることさえ億劫だった。余分な食糧や防寒具は小屋にデポしてあったが、それをとりだす気力もなかった。その場に腰を降ろしたまま、肩で息をしているだけだ。

しばらくじっとしていたあと、ようやくそのことの不利に気づいた。とにかく体温を維持しなければ、消耗がひどくなるばかりだ。そう考えてありったけの防寒具を着こみ、おしげもなくガスを消費して温かい飲み物をつくった。それでようやく、まともな思考ができるようになった。

降雪は時間とともにはげしさをまし、その日いっぱいやむことがなかった。ときおり小屋から外の様子をうかがったが、わずか半日ほどの間に谷の様相はおどろくほど変化していた。昨日までの積雪に新雪が重なり、斜面が不安定な状態になっていた。そして雪雲におおわれた滝谷の奥から、たえず雪崩の音がきこえてきた。

これほど大量の降雪をみるのは、予想外だった。少なくとも前日の天気図には、その兆候はなかった。あるいはこの山域にだけ、局所的な大量降雪があったのかもしれない。先のことはわからないが、ひとつだけはっきりしていることがある。この降雪がつづくかぎり、明日も登攀は無理だろう。

久住は暗澹《あんたん》とした気分で、降りしきる雪をみていた。正月のときの記憶があるだけに、たとえようもなくみじめな気分になった。入山日をあえて二月の平日にしたものだから、沢すじに人かげはまったくない。新穂高温泉にいたる川ぞいの道も、今は雪の下に埋もれていた。

すでに周囲は、薄暗くなりかけていた。まだ日没には間があるが、鉛色の雪雲が空を暗くしていた。久住はパーカの前をかきあわせて、小屋にはいった。風と降雪をさえぎるだけの、簡素な小屋だった。加藤は小屋のすみで、雪をとかしていた。久住はいった。

「この分では、明日も無理だろう……。たぶん雪は、夜どおし降りつづく。明日になって気温があがれば、谷の下部は雪崩の巣になる」

だからここで待機していても、意味がないのではないか――そういいたいのを、なんとかこらえた。これ以上の登攀は無理とわかっていても、それを口にだすのはやはりためらわれた。厳冬期に滝谷をやり直そうといったのは、久住の方なのだ。

加藤はそれにこたえず、黙ったままコンロをみていた。コンロにかけられたクッカーには、押しかためられた雪がつまっていた。冬山で食事の用意をしようとすれば、雪をとかすところからはじめなければならない。季節によっては流水がえられることもあったが、今の時期にそれは望めなかった。

なんとなく間がもてなくて、久住はザックの上に腰を降ろした。ややあってから、加藤がいった。

「そろそろ、気象通報の時間かな……」

久住は時計をみた。空の暗さに眩惑《げんわく》されていたが、まだ時刻はそれほどおそくない。そして加藤は、それっきり黙りこんだ。

やがて沈黙にたえきれず、久住がいった。

「西城のことだが……。どうして奴《やつ》は、あんなことをしたんだろう。俺たちの行動に、不満を感じていたのかな。自分一人で冬の滝谷を単独遡行できると、俺たちにいいたかったんだろうか」

西城が死んだあと、何度もくりかえされた問いかけだった。だが仲間のだれも、それにこたえることができなかった。そして加藤は、やはり黙ったままだった。久住はさらにいった。

「それにしては、奴のやり方には疑問がのこる。結局、奴は支援隊ののこした踏み跡《トレイル》を伝って遡行しようとした。自分がつけた踏み跡にはちがいないが、サポート隊の支援をうけたことにはかわりがない。だから遡行が成功したとしても、奴がいうような厳冬期の単独遡行にはならないはずだ。俺には奴の考えが理解できない」

今度も加藤は、それにこたえなかった。気まずい沈黙がつづいた。そして加藤が、思いだしたようにいった。

「いや……それはちがう」

久住はおどろいて加藤の顔をみた。加藤が口をきいたことが、かえって意外だった。そういえば下降を決めたときから、加藤の声をほとんどきかなかった。加藤はいった。

「西城が死んだのは、我々とわかれた三日後だった。下山する予定の日に、上部を偵察にいって遭難したんだ。踏み跡を利用するつもりなら、間をおかずに登っていたはずだ」

久住は言葉につまった。それから、急に苛立たしさを感じていった。

「それなら何のために、奴はあんなことをしたんだ。三日の間、いったい何をしていたんだ」

加藤は訥々《とつとつ》といった。

「たぶん西城は、滝谷の積雪状態を偵察していたんだと思う……。そしてその結果を参考にして、二月に単独遡行をおこなうつもりだった……。そんな気がする」

「何だって……」

加藤が時計をみた。それから小さな声で「時間だ」といって、ラジオのスイッチをいれた。午後の気象通報がはじまる時刻になっていた。加藤は無言のまま天気図用紙をひろげ、ラジオからながれだす気象データに耳をかたむけた。

自然に作業を交代する格好になって、久住はクッカーを手にとった。コンロの熱でとけだした雪は、ほんのわずかな水になってクッカーの底にたまっていた。あつめておいた雪をクッカーに足し、ナイフでかき混ぜて蓋《ふた》をする。さらさらと乾燥した雪は、燃料を消費するばかりでなかなかとけなかった。まるで行動中に彼らを苦しめた雪が、熱を加えられても抵抗をつづけているかのようだった。

いつの間にか、気象通報が終わっていた。用紙に記入を終えた加藤は、手順にしたがって等圧線をかきこんでいる。そしてそれを終えたあと、久住の顔をみていった。

「仕事の方は、大丈夫なのか？」

急にいわれたので、久住は少しとまどった。それからすぐに、加藤が休暇のことをいっているのだと理解した。しかし勤務先のことなら、加藤に話してある。遠征の準備が本格化したときに、前の会社はやめてしまった。今は別の会社に、日給制の契約社員として勤務している。契約社員といえばきこえはいいが、要するにアルバイトのようなものだ。身分は不安定で待遇も悪いが、休暇だけはとりやすかった。

本当は家族の方が気がかりだったが、それは口にしないでおいた。勤務先のことなら大丈夫だというと、加藤は天気図をみながらいった。

「あと三日間、ここで待機したい。今は冬型の気圧配置がつづいているから、明日と明後日はひきつづいて大量の降雪があるだろう。しかしその次の日くらいには、天候が落ちつくと思う。晴れ間は期待できないが、降雪は停止すると思う」

「つまり天候が安定したところで、行動を再開すべきだというのか」

それにしては、三日間というのは妙な気がした。三日めの好天に期待するのなら、待機は二日ですむはずだ。そう思っていたら、加藤が首をふっていった。

「いや……三日めに行動しても、今日とおなじことだ。ラッセルに手間どって、行動に時間をとられすぎる。降雪はたいしたことがないが、ラッセルに要する時間はおなじだと思う。それよりは、その次の日に行動した方が時間は短縮できるような気がする。もちろんその場合でも、事前のラッセルは必要だが」

久住は首をかしげた。加藤の言葉が、よく理解できなかった。行動を一日おくらせたからといって、ラッセルに要する時間にそれほど差があるとは思えない。

そのことを口にすると、加藤はシートにつつんだ数枚の紙をとりだした。ひろげたところをのぞき込むと、天気図のコピーだとわかった。

「西城が遭難した日までの天気図だ。今日の分の天気図とみくらべてみてほしい」

久住は興味深そうにコピーをみた。そういえば遺品の中にも天気図があったらしいが、加藤が手にしているのはそのコピーではなかった。事後処理におわれて天候のことまで気がまわらなかったが、たしか西城が死んだころも冬型の気圧配置になっていたはずだ。

あらためてコピーをみると、そのことが確認できた。その当時、日本海を通過した低気圧はオホーツク海方面に去り、大陸には有力な高気圧がいすわっていた。つまり西高東低の気圧配置で、日本列島の周辺はおおわれていた。

大陸の高気圧から吹き出した季節風は、日本海をわたるうちに大量の水分を吸い上げ、列島の脊梁《せきりよう》山脈に衝突して大量の降雪をもたらす。そして日本海にちかい穂高岳周辺では、季節風の影響をまともにうけていた。山は連日の降雪で埋められ、稜線上では飛雪をともなった烈風が吹き荒れる。正月の登山シーズンにこれほどつよい冬型の気圧配置があらわれれば、まちがいなく大量遭難事故が発生していたはずだ。

久住はコピーをおいて、現在の天気図に眼をむけた。そして、わずかに眉《まゆ》をよせた。現在の天気図もやはり冬型だったが、コピーの天気図と共通点がいくつかあった。高気圧の位置や等圧線の配置が、どことなく似ていたのだ。

気になって、じっくりと両者をみくらべた。どちらも等圧線の間隔がみじかく、しかも南北にならんでいる。さらに富士山頂の気象データも、よく似ていた。オホーツク海の低気圧から派生した寒冷前線が、日本列島の南岸にそってのびている点までおなじだった。

加藤は二種類の天気図をみながらいった。

「おそらく西城は、経験的に雪のしまる時期があるのを知っていたのだと思う。そしてそれは、天気図からある程度予想できたはずだ。湿気のない粉雪が大量に降り積もったあと、一日だけ気温がゆるむ。そしてその日の翌日は、雪がしまってラッセルが楽になる、というふうに」

そういいながら、加藤は別のコピーをとりだした。記録用紙か手帳をコピーしたものらしく、西城の手書き文字がみえた。そこには避難小屋周辺で観測された気温のデータが、びっしりとかき込まれていた。

それをみた久住は、おどろいて天気図とみくらべた。西高東低の気圧配置がゆるんだ次の日、あきらかに気温が上昇している。おなじ場所に記入された風向も、気圧配置のゆるみとともに顕著な変化をみせていた。

久住はコピーをくいいるようにしてみている。加藤はいった。

「いずれにしても西城は、冬型の気圧配置がくずれた直後の気温上昇に期待していたんだと思う。もちろんこんな経験則は、滝谷周辺でしか通用しない。かぎられた条件下でしか、今の状況はおこらないと思う。

それに間をあけすぎると、次の低気圧がやってくる。だからこの場合でも、スピードは要求される。谷の中で低気圧に遭遇すれば、まちがいなく雪崩に埋められるからな……」

ようやく加藤の言葉を理解して、久住はいった。

「たしかに……乾燥しきった雪がしまれば、ラッセルに要する時間はかなり短縮できる。体力の消耗も、おさえることができる。とくに滝谷のような急峻《きゅうしゅん》な地形では、踏み跡が簡単に埋められることもない。

それに雪の斜面が安定すれば、雪崩の危険も――」

そういいかけて、久住は口をつぐんだ。西城が雪崩に埋められて死んだことを、思いだしたのだ。加藤はしばらくのあいだ、何ごとか考えていた。そしていった。

「たぶん西城も、自信がもてなかったのだと思う……。もしも方法が確立していれば、我々に知らせていたはずだ。自分一人の秘密にして、遡行を完成させようとしたとは思えない」

今度は久住が黙りこんだ。加藤はさらにいった。

「西城が何をいいたかったのか、今ごろになってわかったような気がする……。あいつは滝谷のグレードをさげるべきではないといった。パーティを組んで登攀することで、滝谷の難度を落としてはならないともいっていた。

つまり、こういうことではないだろうか。気象の変化を正確に把握していれば、支援なしでも厳冬期の単独遡行は可能だ。それをせずにパーティの力で強引に遡行しても、グレードどおりの登攀をしたことにはならない。しかも正月は純然たる厳冬期ではないから、さらにグレードは落ちる。だから我々のやり方に、不満があったのだろう。たとえヒマラヤの、トレーニングだと割り切っても」

そういって、言葉を切った。ややあって、久住がいった。

「それをつきつめれば、パーティの存在そのものも否定することになるな……」

「そうかもしれない。登攀の基本はやはり単独行だと、俺はいまも思っている」

それをきいた久住は、妙な顔をしていった。

「それならお前は、なんで俺とペアを組んでるんだ。単独行の方が、ただしいと思うんなら」

加藤は、少し照れたように笑いながらいった。

「単独行に限界を感じたからだよ。正直にいって、単独で高難度の岩壁を登攀できるほどの腕もないしな……。だれかバランスのいい奴と組んで、行動範囲をひろげたいんだ。そのかわり、ラッセルは俺がやる」

そういって、にやりと笑った。寒さで引きつった顔をほころばせて、久住も微笑をかえした。

4

その夜から、ながくつづく待機がはじまった。定期的に天気図を描き、ときおり外にでて積雪の状態をたしかめる。それ以外に、何もすることがないのだ。食事だけが唯一の楽しみだったが、量を切りつめて食いのばしたためにいつも腹をへらしていた。しかも調理の簡単なものばかりを持ちこんだものだから、単調で変化にとぼしく味気ない食事になった。

予定では翌日から丸二日間待機したあと、三日めの午後おそく事前のラッセルを開始するはずだった。その日のラッセルは雄滝の直下までで、日没前に小屋に帰着したあと夜半すぎの出発まで仮眠することになる。

出発したあとは夜を徹して行動をつづけ、夜明け前の薄明のなかで滑滝を登攀するつもりだった。うまくやれば、朝のはやい時間に雪崩の多発地帯を通過できるだろう。つまり計画自体は最初とおなじで、まったく手をつけていなかった。厳冬期の滝谷を遡行するには、その方法しか考えられなかったのだ。

しかしこの方法を成功させるには、いくつか条件がある。ラッセルがそれほど困難でないか、あるいは強力なラッセル要員がそろっていなければならない。さもなければ、成功の可能性はないと考えるべきだった。

最初のこころみで彼らが敗退したのは、条件がそろわないまま強行して時間切れになったからだ。そして今回も、状況はかわっていなかった。雪は毎日のように降りつづいていたし、ラッセルするのは二人だけだった。西城ののこした観測データ以外に、楽観的な材料はなかった。

不安な状態で待機をつづけるうちに、日がすぎていった。だが気圧配置の方は、期待どおりには推移しなかった。そろそろ南西諸島付近に気圧の谷があらわれるはずなのだが、一向にそんな気配はなかった。細々と食いつないでいた食糧はとぼしくなり、あとは登攀のための行動食をのこすだけになっていた。

行動できないまま三日めを終日小屋の中ですごし、四日めも変化がないまま暮れようとしていた。久住は陰鬱《いんうつ》な気分で、気象通報の時間を待っていた。今では体力を温存するために、昼間から寝袋の中にもぐり込んでいる。そのことがよけいに、気分を落ちこませていた。

いつの間にか、とろとろと眠っていたようだ。自分を呼ぶ声で、久住は眼をさました。小屋の中は薄暗く、加藤の姿はみえなかった。扉の隙間《すきま》が明るいから、まだ夜にはなっていないようだ。そう思って、寝袋からはいだした。

その途端に、吐き気がするほどの寒さを感じた。満足に食っていないものだから、体全体が妙に熱っぽい。もしかすると、風邪《かぜ》を引いているのかもしれない。

また声がした。どうやら小屋の外に、だれかがいるようだ。それから急に、死んだ西城のことを思いだした。雪の下から変色した彼の死体を掘り起こしたことや、それを仲間とともに搬出したときのことが頭にうかんだ。そういえばこの小屋の近くで、一晩だけ死体を安置したはずだ。

久住はのろのろと小屋の外にでた。少しはなれた場所で、だれかが焚火《たきび》をしていた。薄暗くて顔がみえないが、西城のようでもある。

——西城、お前なのか。

口にだして、そういいかけた。そこで、ようやく気がついた。そこにいるのは加藤だった。加藤は久住の顔をみて、かすかに笑った。

「眠っていたようだから、かわりに気象通報をとっておいた。とにかく、こいつをみてくれ」

久住は黙ったまま、天気図をうけとった。無意識のうちに、無愛想な顔になっていたようだ。小屋をでたときの自分が、どんな顔をしていたのか気になった。自分の勘違いが、なんとも腹立たしかった。こんなところに、西城があらわれるわけがないのだ。いったい何を考えていたのか。

できるだけ平静をよそおいながら、焚火の横に腰を降ろした。すでにその場所には、シート代わりの枯れ枝が積み重ねられていた。どこから掘り起こしてきたのか、枯れ枝は充分に用意されていた。そのほとんどに、びっしりと雪がこびりついている。焚火の熱にとかされて、凍りついた枯れ枝から湯気があがっていた。

焚火に手の平をかざしているうちに、なんとなく気分が落ちついてきた。それでなんとか、天気図をみる余裕がでてきた。そして、久住は声をあげた。黄海《こうかい》付近に、好天の前兆である気圧の谷があらわれていた。富士山の気象データをみると、通常の季節風とは逆むきの風が吹いていた。

そのときになって、ようやく気がついた。入山以来、降りつづいていた雪がやんでいた。谷の奥に眼をむけると、滝谷上部の岩壁が夕闇のなかにうかびあがっていた。しかも雲間には、星さえのぞいている。じっとみていたが、別にまたたいてはいない。やがて流れる雲に、星はかくされた。

「いつの間に、こんな低気圧があらわれたんだ……」

寒気に顔をしかめながら、久住はいった。加藤は、少し首をかしげていった。

「午前中の気象通報で、その兆候はでていた。注意していないと、気づかなかったかもしれないが」

そういえば、それらしい気圧の谷をみたような気がする。寝てばかりいたものだから、記憶が曖昧《あいまい》になっていたようだ。久住は天気図から顔をあげていった。

「これで明日が晴れるなら、行動開始は明日の夕方ということか」

そうすると、待機はさらに一日つづく。しかし、それでは食糧がもたない。行動開始から下山まで、少なくとも三日は必要だった。食糧を切りつめた状態で、苛酷な登攀が成功するとは思えない。

だが加藤は予想外の言葉を口にした。

「いや……やるとしたら、今夜だ。それも事前のラッセルなしに、一気に突っこむ」

久住は耳をうたがった。今まで登行をひかえていたのは、雪がしまるのを待つためではなかったのか。天候が安定したからといって出発しても、以前とおなじ失敗をくりかえすだけだ。それに彼らが登行しようとしているのは、滝の連続する渓谷なのだ。そんなところを、夜間登攀するのは無茶だった。

だが加藤は、落ちついた声でいった。

「この数日間、毎日の積雪量と気温を記録してきた……。雪は毎日降りつづいていたが、量は一定ではない。あとになるほど、積雪量が減ってきた。毎日の気温も、少しずつ上昇している。だから、かならずしも明日まで待つ必要はないと思う。もしもラッセルに手間取るようなら、あきらめて下山するしかないが」

「だが……それにしても危険すぎる。合流点まで、ほとんど夜間登攀をするつもりなのか」

疑わしそうに久住がいった。それでも加藤は、自信ありげにいった。

「我々は、これまでに何度も滝谷を遡行している。正月合宿をはじめ、積雪期の登攀経験も多い。だから、夜間登攀にそれほどの困難はないと思う。むしろ夜明けまでは風がとぎれることが予想されるから、雪崩の危険が少なくてすむ。それに……」

いいかけてから、加藤はかすかに笑ってつけ加えた。

「はやく出発すれば、それだけ時間的な余裕が生じる。明け方までに、一二時間もあるんだから――」

それをきいた久住は、思わず苦笑した。

「お前のいうとおりかもしれんな……。だが、ひとつだけ確かめておきたいことがある。前から気になっていたんだが――」

加藤は、なんだ、というように久住の顔をみた。久住は、不思議そうにたずねた。

「お前、なんだってあんなにタフなんだ。これまでいろんな奴をみてきたが、お前みたいにラッセルのつよい奴ははじめてだ」

「そのことか」

加藤は、なんでもないというようにいった。

「積雪には、層があるんだ。足でさぐれば、それがわかる。闇雲《やみくも》に輪《わ》カンを踏みしめても、体力を消耗するだけだ」

「本当かい」

半信半疑で久住はいった。彼自身も冬山の経験はながいが、そんな話はきいたことがなかった。すると加藤は、いたずらっぽく笑っていった。

「あんまり信用しなくていいぞ。おなじことを何度もきかれるものだから、最近はそうこたえることにしているだけだ。そんな気もするという程度で、自分でもよくわからん」

それをきいて、久住は吹きだした。はずみで寒気を吸いこんで、少しばかりむせた。

それから加藤は、真顔になっていった。

「本当のことをいうと、雪が怖いからかもしれんな……。大量の積雪をみると、ぞっとするんだ。深い雪をラッセルしていると、ときどき逃げ出したくなるほど恐ろしくなる。こんな雪に埋められたら、とてもたまらん、とな。だから一秒でもはやく逃げだしたくて、必死でラッセルする」

久住はじっと加藤の顔をみていた。気のせいか、雪の下から掘り起こした西城の死に顔と、炎をみている加藤の横顔が重なってみえた。

5

最後までとっておいた餅《もち》を、焚火であぶって食べた。時間をかけて、何度もかみしめてからのみこんだ。空きっ腹をかかえていたものだから、食ったことでかえって空腹を感じるほどだった。

そのころには、焚火がすっかり雪の中に沈みこんでいた。地面に開いた雪穴の底で、次第に火が消えていく。それをみながら、彼らは足ごしらえをした。そして焚火の熱がつたわらなくなるころには、体が行動を欲していた。じっとしていると、我慢できないほど寒かったのだ。そして日没の一時間後に、二人は出発した。

出合からしばらくは、以前とそれほど変化がなかった。ラッセルは膝の上程度で、感覚的にも前とおなじ程度だった。ところが奥へすすむにつれて、雪が急に深くなった。積雪量の多さは谷の様相を一変させるほどで、谷はさらに深く埋められていた。前のときは微妙なバランスをしいられた個所を、雪を掘りくずしながら通過しなければならなかった。

だが雪の深さにもかかわらず、ラッセルの労力は以前より少なく感じた。吹きだまりでは腰程度の深さがあったが、前回ほどひどく苦しめられなかった。むしろ労力に差がないだけ、感覚的に楽なほどだ。

ところが雄滝を通過するときになって、久住は妙なことに気づいた。前のときより、みじかい時間で到達していたのだ。さすがに踏み跡《トレイル》をたどったときほどではないが、事前のラッセルをしたときよりずっと時間は短縮されている。

あるいは雪が以前より安定しているために、みかけほどラッセルが苦しくないのかもしれない。感覚的にラッセルの苦しさはおなじだが、前ほどの苦労はしていないようだ。

雄滝の取りつきで、輪カンをクランポンにかえた。そして凍りついた滝を、慎重に通過していった。これまで夜間に何度か通過した経験があるために、それほど戸惑いを感じることはなかった。ときおり雲の切れ間から射《さ》しこむ月光に照らされて、ヘッドランプをつかう必要もなかった。手や足がホールドを憶《おぼ》えているために、以前ほど苦労せずに通過できた。

——これなら、いけるかもしれない。

久住がそんな感触をもったのは、雄滝をこえてさらに上部に足を踏みいれたときだった。あいかわらず雪は深く、ときには胸までのラッセルをしいられたが、時間的には拍子抜けするほどはやく通過できた。つかみどころのない粉雪に、埋もれそうになりながらもがいていた前回にくらべれば、あきらかに雪の質は落ちついていた。

そして彼らは、その場所に登りつめた。四日前に雪崩の直撃をうけ、下降を余儀なくされた谷の屈曲点だった。

無意識のうちに、腰が引けていたのかもしれない。久住の足どりが、わずかににぶった。だが先頭にたっていた加藤は、何の躊躇《ちゅうちょ》もみせずその場所を通過してしまった。雪崩にあった場所だということに、気づいていないかのような足どりだった。あるいは彼自身がいっていたように、この場所に恐怖を感じていたのかもしれない。

——そういえば西城の死体を発見したのも、この近くだった。

正確な位置がどこだったのか、すぐにはわからなかった。捜索と死体の搬出をおこなったのは昼間だし、いまほど積雪量は多くなかった。おなじ場所に立っていたとしても、気づかないかもしれない。ただ、滑滝を間近にみる場所だったのはおぼえている。状況からして、西城は滑滝まで試登をおこなうつもりだったようだ。実際に試登したかどうかは不明だが、今となってはどうでもよかった。西城の知識と経験は、すでに失われてしまったのだから。

滑滝は、完全に雪の下に埋まっていた。ほかの滝より傾斜がゆるやかなために、降雪が落下することなく積もってしまうのだ。そして彼らは、滑滝に取りついた。

それは登攀というより、雪にトンネルを掘るのにちかかった。深く積もった雪をかきわけながら、強引に高度をあげていくのだ。ところが雪に落ちつきがないものだから、簡単に足場がくずれた。まるで砂山を下から掘りすすめているようで、際限なく雪が上方から落下してくるのだ。油断すると足場が崩壊して、取りつき付近まで落ちてしまうことがあった。正月のときの、微妙なバランスをしいられる登攀の方がずっと楽だった。

こんな場所では、時間がかかっても着実な登り方をするしかない。体全体で雪を押さえつけ、少しずつ足場をかためながら高度をあげていく。それまで比較的快調だった登行速度は、急に落ちこんだ。時間だけが容赦なく過ぎ、その割には行程ははかどらなかった。あきれるほどの時間をついやしても、情けないほどの高度しかかせげない。しかも両岸の岩壁が頭上にかぶさっているものだから、今にも雪崩が落ちてきそうな圧迫感があった。

加藤が声をあげたのは、滑滝の登行にかかって一時間ほどがすぎてからだった。彼らはまだ、取りつきから一〇メートルほどしか登っていなかった。加藤は雪の下から、何かをみつけたようだ。

闇をすかして加藤の手もとをみると、凍りついた棒のようにみえた。そしてすぐに、それが残置されたロープだとわかった。

加藤は雪の下からロープを掘りだすと、何度か体重をかけて下に引いた。だがロープは先端を固定されているらしく、いくら引いてもたぐり寄せることができなかった。それをみた久住は、やっと気がついた。

「それは……西城のロープだ。試登のとき、奴がフィックスしたんだ」

ほかの可能性は考えられなかった。正月に彼らが登攀したときは、こんなロープはなかった。そして正月ごろは滝には薄い氷が張っている程度で、ほとんど全体が露出していた。その後に入渓したパーティはないから、西城が残置したとしか考えられなかった。

加藤は困ったようにいった。

「どうする？　これをフィックスロープとしてつかってもいいが、それだと自力登攀にならないぞ。実質的に支援をうけたのと、かわらなくなる」

どちらかというと、久住に遠慮しているような口ぶりだった。だが久住の返答は、すでに決まっている。久住は即座にこたえた。

「気にすることはない。遠慮なくつかえばいいんだ。こいつは支援じゃなくて、ルート情報みたいなものだ。西城ののこした気象データを、利用するのとおなじだ」

無理に理由をつけたという意識はなかった。ごく自然にそんなことを考えていた。そして加藤もそれに同意し、掘りだしたロープにスリングをまきつけた。久住もスリングをプルージック結びで固定し、端をハーネスにセットした。そして、彼らは滝の登攀を再開した。

フィックスロープを利用できたことで、登攀はずっと楽になった。安心して体重をささえられるというだけで、疲労度がまったくちがってくる。凍りついたロープが滑って苦労したが、時間が短縮できることにくらべれば問題にはならなかった。そしていくらも時間をかけずに、彼らは滝の上部に抜け出した。

その先は、むしろ楽な登攀だった。高度をあげるにつれて雪は安定し、谷はひろく開けていった。そして予定よりずっとはやく、彼らは合流点を通過した。そこまでくると、もう雪崩の危険は少なかった。そして夜明けまで数時間をのこして、彼らは第四尾根の末端にちかいスノー・コルに達した。

コルに立った二人は、無言のまま握手をかわした。この先は第四尾根の登攀になるが、とにかく厳冬期の滝谷遡行は完了したもおなじだった。その事実を、沈黙のうちに二人は認めあった。それから二人は、岩かげでツエルトをかぶって仮眠した。予定より時間を短縮できたとはいえ、登行には一〇時間ちかくかかっていた。二人とも口をきけないほど疲労しきっていた。

眼がさめたときには、あたりはすっかり明るくなっていた。寝袋の中にもぐり込んでいてさえ、寒気は身をしめつけるほどだった。

先に起きた久住は、ツエルトの隙間から顔を突き出した。そして驚嘆して声をあげた。空は見事なほど晴れ上がっていた。昨日までの降雪が、まるで嘘《うそ》のようだ。まだ夜は完全に明けきっていないが、国境稜線の背後にひろがる空には一片の雲もみあたらなかった。しかも昨日の天気図によれば、この好天は少なくとも今日一日はつづくはずだ。

この位置からみる滝谷の景観は、圧倒されるほどだった。氷雪をまとった岩稜群が、いくつも重なりあって主稜線につきあげている。屹立《きつりつ》する岩壁は、まるで城塞《じようさい》のようだった。そして昨日まで苦闘をしいられた滝谷下部は、はるか下方に押し下げられていた。

久住はいそいで加藤を起こした。それからツエルトが邪魔になって、ジッパーを開ききった。霜がびっしりついたツエルトから顔をつきだすと、寒気で顔がこわばりそうになった。動きのにぶい唇を無理に動かして、久住はいった。

「終わったな……。まだ第四尾根はのこっているが」

加藤も顔をほころばせていった。

「本当だ……。今日はいい登攀ができそうだ……」

そういってから、久住の顔をみてつけくわえた。

「どうだ。この次は連続登攀をやってみないか。屏風岩《びようぶいわ》を登攀したあと、前穂北稜、吊《つ》り尾根とつづけて、滝谷に下るんだ」

「つまらん計画だ」

鼻を鳴らして久住はいった。

「お前は登攀に興味があるかもしれんが、ラッセルもなかなか捨てたもんじゃない。今度は雪黒部《くろべ》の横断をやってみないか。いやというほどラッセルをやって、剣岳《つるぎだけ》の東面につなげるというのはどうだ」

　二人は顔をみあわせた。それから、同時に吹きだした。凍てついた風が、笛のような音をたててコルを通過していった。それでも二人は、笑うのをやめなかった。

アタック

1

間断なく吹きつのる強風のせいで、山稜《さんりょう》全体がたえず鳴動していた。昨日の昼から丸一日以上も吹きつづけているのに、おとろえる気配はまるでない。それどころか時間がたつにつれて、徐々に激しさをましているようだ。

まだ雪は降りはじめていないが、悪天は確実に接近していた。中国側からわきあがる雲が次第に密度をまし、ときには飛雪をふくんで視界を暗くしている。はやければ今夜のうちに、雪嵐《ゆきあらし》が来襲するかもしれない。もしもそんなことになれば、数日間は稜線上の行動が不可能になる。その前に行動は終えておきたかった。

加藤武郎は雪稜上に突出した露岩のかげで、風の弱まる瞬間を待っていた。ここまではなんとか登ってこられたが、その先のやせた雪稜を強風下にたどるのは危険すぎた。しかし今日のような日でも、風のいきおいが一時的におとろえるときがある。その時をねらって、一気に上部へ抜け出すつもりだった。晴れてさえいれば最終キャンプであるキャンプ3がすぐ近くにみえるはずだが、飛来する雲のせいで上部の様子は判然としなかった。

そこはやせて急峻《きゅうしゅん》な雪稜だった。両側にすっぱりと切れ落ちて、ナイフのように切っ先を空につきたてている。数日前に通過したときは、危険だが通過に技術的な困難は感じなかった。それがいまでは、加藤の登行を拒否するかのように厳然と屹立《きつりつ》している。暗くなるまでにはまだ間があったが、下手をするとすべての行動を終えるのは深夜になるかもしれない。

吹きつける飛雪から顔をそむけながら、加藤は稜線の先をみあげた。雲は次々にわきあがってくるが、ときおり唐突に雲間から青空がのぞくこともあった。そればかりではなく、雲のきれる瞬間に太陽の光が射《さ》しこむことさえあった。だから注意ぶかく上部に眼をむけていれば、稜線の状況をみきわめるのは無理ではない。

六五〇〇メートルをこえるこの高度では、雲はゆるやかに流れる白い塊などではなかった。まるで生き物のように形をかえ、めまぐるしく回転しながら稜線をのりこえていく。ときには高度の異なるふたつの雲が空中で交差し、逆方向の気流に押されてすれちがっていった。そしてその雲の動きにも、悪天の兆候はあらわれていた。

雲の境目に生じた不連続面が、時間がすぎるにつれて高度を落としていたのだ。そういえば青空のみえる回数も、以前よりすくなくなっていた。半透明の雲ごしにみえる高層の雲は、さっきよりずっと濃密になっていた。

――すでに冬の季節風が、吹きはじめているのだろうか。

雲の動きから風の流れを読みとるうちに、加藤はそんなことを考えた。時期的にはまだはやいが、これはその前ぶれなのかもしれない。登山活動をはじめた数週間前には、このような風の吹く回数はずっとすくなかった。やはり季節は、確実に冬にむかっているようだ。

加藤は耳をすませた。雲に閉ざされた下方の鞍部《あんぶ》あたりから、悲鳴のような風切り音がつたわってくる。風向がかわったために、そのあたりが風の通り道になったようだ。もしもそうだとすると、この付近の風も弱まる可能性がある。

そのときにそなえて、加藤は油断なく身構えた。待機していたのはながい時間ではなかったが、強風にさらされた全身の筋肉は硬直していた。しかも稜線上には、たえず烈風が吹き荒れている。不用意に動けば、予期しない事故を起こす危険があった。

待ちつづけるうちに、またあの風切り音が鳴った。それから、急に上方の視界が開けた。強風に吹きちぎられた雲の断片が、拡散しながら急速に上空へ舞いあがっていく。急速にうすれていく雲をとおして、海のようにふかい群青《ぐんじよう》色の空がみえはじめた。視界はまたたく間にひろがり、やがてキャンプ3につきあげる稜線の全貌《ぜんぼう》が雲間からあらわれた。その瞬間をとらえて、加藤は岩かげから足を踏みだした。

一時的に風速は落ちていたが、まだ風のつよさは無視できなかった。たえまなく吹きすぎていく風で、いまにもバランスをくずしそうだ。ナイフリッジの刃先にクランポンの爪《つめ》を蹴《け》りこみ、一歩ずつ体を押しあげていく。リッジの両側はそいだように切れおち、アックスを突きたてる場所さえなかった。わずかでも体がふらつけば、たちまち数千メートルにおよぶ滑落がはじまる。谷底の氷河に到達するころには、全身の骨格がばらばらになっているだろう。

さいわいなことに、下方の視界はあまりよくなかった。足もとに雲がひろがっているものだから、氷河までは見通せないのだ。わきたつ雲の上に、一本の棒のような雪稜がつづいているだけだ。加藤は綱渡りに似た感覚で、一歩ずつ高度をかせいでいった。高所には順応しているつもりだったが、いくらもいかないうちに呼吸がくるしくなった。はやく危険地帯を通過したいのに、足が思うようにあがらない。

またひとしきり、風が鳴った。風とともに斜面を上昇してきた雪煙が、加藤のまわりで渦をまいた。強風で吹き飛ばされた氷粒が、容赦なく露出した顔面をうっていく。サングラスの隙間《すきま》から氷粒が吹きこみ、視界をわずかに曇らせた。しかしそれをとりのぞく余裕もないまま、ひたすら次の一歩を踏み出すことだけを考える。そしてさらに数歩すすんだところで、加藤は足をとめた。

それ以上つづけて登行するのは、もう無理だった。心臓がいまにも破れそうなほど苦しく、魚のように口を開いても酸素が肺にはいってこなかった。加藤は荒い息をつきながら、動悸《どうき》がおさまるのを待った。呼吸が不規則なせいか、雪稜が不安定にゆれ動いてみえた。こんな場所で突風をくらえば、ひとたまりもない。だが停止しないまま一気に通過するのは無理だった。くいしばった歯のあいだから息をはきだして、心臓が落ちつくのを待つ。

まだ風は、いきおいを失ったままだ。加藤はそろそろと上部をみあげた。意外なことに、ほんの二〇メートルほど上方で危険地帯はつきていた。前回にくらべて順応がすすんでいたために、記憶よりみじかい時間で登行できたようだ。そしてそのさらに上方には、流れる雲をとおして青いテントがみえた。大気がうすいせいもあるが、手をのばせばとどきそうなほど近くにテントはあった。

加藤は気力をふりしぼって登行を再開した。わずか二〇メートルの距離が、無限に遠く感じられる。しかも焦《あせ》るばかりで、いっこうに距離が縮まらない。わずかな荷をつめこんだザックは、石のように重く肩にくいこんでいた。

悪戦苦闘の末、ようやく加藤はナイフリッジを抜け出した。緊張感と肉体的な疲労で、立っていることさえ苦しかった。最後の部分を強引に突破したせいで、肺までが破れそうに痛んだ。呼吸をとめた状態で、数百メートルの距離を全力疾走したようなものだ。

ふり返ると、さっきまで身をひそめていた露岩がすぐ近くにみえた。高度差にして、五〇メートルも登っていないだろう。その距離を通過するために、一時間ちかくをついやしたはずだ。手袋の上から装着した時計をみると、思った以上の時間がすぎているのがわかった。それでも足場の悪さを考えれば、決して悪くないペースだった。おそらく隊の中に、彼以上の速度で登行できるものはいないはずだ。

呼吸をととのえているあいだに、時間がまたすぎたようだ。いつの間にか空から、明るさが消えていた。雲の密度を考えると、暗くなるのは意外にはやいかもしれない。とにかくキャンプ3まで登ってしまおうと考えて、もういちど上部をみあげた。そこで、自分を呼ぶ声に気づいた。

おどろいて声のしたあたりをみると、上部の稜線で人かげが動いているのがみえた。キャンプ3のすぐちかくだった。登頂を断念した久住たちが、ようやくキャンプ3までもどってきたらしい。加藤は背筋をのばし、声をあげてそれにこたえた。必要ならキャンプ3まで登るつもりだったが、彼らは停止することなく下降してきた。キャンプ3で休息することなく、一気にベースキャンプまで下降するつもりのようだ。これは加藤にとってありがたかった。すぐ近くにみえていても、キャンプ3まではまだ一時間以上の登行をしいられたはずだ。それで消耗するよりは、すこしでも低地にとどまっていたかった。

下降してくる二人の様子からして、彼らの疲労はかなりはげしいようだ。久住の方はそれほどではないが、もう一人の戸谷《とたに》は足どりがおぼつかなかった。久住にささえられながら、かろうじて雪稜をくだってくる。

——こんな状態で、ナイフリッジを下降できるのか。

そのことを考えると、ぞっとした。この強風では、リッジを下降する戸谷をサポートすることもできない。もしも彼が足を踏みはずせば、支援しているものまでが巻きこまれて滑落する。

ようやく久住が、加藤のいるあたりまでくだってきた。キャンプ3からここまでのあいだに、もう戸谷は遅れはじめている。久住はザックを岩かげに放り出していった。

「ひどい風だな……。上部では、それほどでもなかったんだが……」

加藤は下方をみおろしながらいった。

「風は下にいくほどつよくなっている。鞍部あたりが、もろに風の通り道になっているようだ……。鞍部に達する手前で、キャンプ2側の斜面をトラバース気味にくだった方がいい。足場は悪いが、風をさけることはできる」

そういったあと、ふらつきながらくだってくる戸谷をみていった。

「どうなんだ、奴は……。高度障害だけなのか？」

「いや……」

久住は口ごもった。それから、いくぶん声をおとしていった。

「肺水腫《はいすいしゅ》かもしれん……。血のまじった泡のような黄色い痰がでた。気管に何かがつまったみたいで、呼吸がうまくできないといっている」

「肺水腫が……そこまですすんでるのか」

もしそうだとすると、夜を徹してでも低地に降ろさなければならない。途中のキャンプで停滞していては、翌朝はさらに状況が悪くなっているだろう。久住はつづけた。

「登っているときはそれほどでもなかったんだが、引き返しはじめたあたりで極端にペースが落ちた。七〇〇〇メートルをこえたあたりだった」

加藤は降ろしたザックから、緊急用の酸素吸入器をとりだした。行動用の酸素ではない。ボンベに付属したマスクを、直接口におしあてるタイプだった。彼らのめざすピークは高度七三〇〇メートル程度だったから、行動中の酸素使用は最初から考慮していなかった。戸谷の不調を知った加藤が、医療用の酸素をかついで登ってきたのだ。

「とにかく酸素を吸わせよう。リッジの通過中に意識を失われたのでは、目もあてられない。時間がかかっても、今夜中にベースキャンプまで降ろした方がいい」

加藤がそういったとき、ようやく戸谷が彼らのところまでくだってきた。サングラスをしていても、顔が土気色なのがわかる。まるで死人のようだと、加藤は思った。

2

その日の早朝から開始された久住らのアタックは、七〇〇〇メートルのラインを突破したあたりで中止された。事実上の敗退だった。アタックが失敗した理由は、はっきりしている。隊としての力量が不足していたせいだ。隊員個人の基礎的な体力や技術が、おとっていたわけではない。メンバーの実力はそろっていながら、それを生かす戦術《タクティクス》が不足していたのだ。

社会人山岳会を派遣母体とする彼らの隊に、ヒマラヤを経験したリーダーはいなかった。その会は以前にも遠征隊を送りだしていたが、そのときの参加者は今回の隊にくわわらなかった。数年の間隔をおいて二度めの遠征に参加できるほど、余裕がなかったせいもある。以前の遠征とはタクティクスや山域がちがうために、かならずしも経験者の参加を必要と感じなかった事情もあった。

だが七〇〇〇メートルをこえる高所で登山活動をする以上、経験の有無《うむ》は無視できなかった。隊の実力を充分に発揮できるかどうかは、リーダーの管理能力——隊員がどの程度まで高所で行動できるか予測する能力をふくめて——にかかってくる。この点で彼らの高所に対する認識は、不足していたというべきだった。そしてそれが、アタック態勢の不備になってあらわれた。

彼らの計画が、それほど杜撰《ずさん》だったわけではない。万全を期して準備をととのえたはずだったが、アタックの直前になって隊員の故障が続出した。そして充分に態勢がととのわないまま、一次攻撃を強行してしまったのだ。結果的に久住と戸谷の二人は、支援態勢が不充分なまま頂上をめざして突っこむことになった。

ところがおなじ日にキャンプ2を出発したサポート隊兼第二次アタック隊の一人が、重度の高度障害をおこして途中で引き返してしまった。このため最終キャンプであるキャンプ3が、がら空きの状態になった。その結果、登頂を断念した久住と戸谷を支援できる場所にいたのは加藤一人だけになった。隊員が全員の体調を充分に把握していなかったので、そのような不手際をおかしてしまったのだ。

彼らの失敗はそれだけではなかった。状況判断が不充分だったために、隊の目的が曖昧《あいまい》になっていたのだ。久住と戸谷は登頂と同時に、固定ロープのフィックスをまかされた。未知の領域である上部ルートを整備して、二次隊以降の登頂を容易にするためだ。ところが結果的にそれが、アタック隊員の負担を増大させた。二人は時間切れで登頂できず、支援するものもいないまま下山することになった。二兎《にと》を追うことなく、ただ一度の登頂にかけるべきだったのだ。サポート隊が引き返すという事態を想定できなかったために、状況の変化に対応できないという二重の失策をおかすことになったのだ。

戸谷は加藤の顔をみるなり、すまなさそうに表情をくもらせた。何かいいたそうにしているが、わずかに唇を動かしただけで声にならなかった。そして力がつきたように、がくりと膝《ひざ》をついた。何度かはげしく咳《せ》きこんだあと、くぐもった音とともに黄色い痰を吐きだした。それはあきらかに肺水腫の症状だった。そのまま病状がすすめば、数時間で死にいたることもありうる。

加藤は無言のままうなずいてみせたあと、手にした酸素吸入器のシールを破った。酸素を噴出させて、マウスピースを戸谷の口に押しあてる。戸谷はあえぎながらも背筋をのばし、すこしでも多くの酸素を吸入しようとした。ところが咳きこみがはげしいものだから、酸素のかなりの部分がマウスピースからもれだした。加藤と久住は、黙ったままそれをみている。

それでも吸入をつづけるうちに、戸谷の顔に血色がもどりはじめた。ようやく余裕がでてきたのか、戸谷はうずくまったまま二人にボンベをさしだした。加藤と久住は、意表をつかれたように顔をみあわせた。それから久住がみじかくいった。

「お前が先だ。はやくしろ」

さっきリッジを通過したときの呼吸の乱れは、まだおさまっていなかった。くだってきたばかりの久住の方が、かえって呼吸が安定していたほどだ。

加藤はすばやくボンベをうけとり、マウスピースで鼻と口をおおった。ボンベを手にした感触から、もう酸素はあまりのこっていないことがわかる。吸いこんだ酸素は、冷たくて乾燥していた。

吸入をはじめてすぐに、体の奥が急速にあたたまっていくのが感じられた。加藤はむさぼるように酸素を吸いこんだ。酸素が体のすみずみまでいきわたって、即座に燃焼していく。それが実感できた。いつまでもそうしていたかったが、何度か吸っただけで久住にまわした。

そのとたんに、さっきまでの寒気がまたもどってきた。ふたたびつよく吹きはじめた風が、上昇しかけた加藤の体温を容赦なくうばっていく。冷たく乾燥しているのはおなじだが、酸素とちがって風には切り裂くような冷気が感じられた。

ボンベをうけとった久住も、おなじくらいしか吸えなかったようだ。ボンベというより缶詰のような容器には、それほど圧力がかかっているわけではない。久住は噴出が終わったあとも、缶詰の底をなめとるようにのこりの酸素を吸いこんだ。それからようやく吸入をあきらめて、マウスピースを口からはなした。そのときには、戸谷はナイフリッジに踏みだしていた。

ほんの一瞬、戸谷を呼びとめようかと思った。ロープで確保するのは無理でも、せめて先にたってステップを切ってやりたかった。だが戸谷は、思いきりよく雪稜をくだっていく。さっき上部からくだってきたときの、蹌踉《そうろう》とした足どりとはまるでちがっていた。体力が一時的に回復したというより、この場所の危険さが気力をふるいたたせたのだろう。久住とともに一次アタッカーにえらばれたほどだから、クライミング技術は会の中でも群を抜いていた。そのバランスのよさが、強引ともいえる強風下の下降に踏みきらせたのかもしれない。酸素の吸入を躊躇《ちゆうちよ》しなかったのも、そんな計算がはたらいていたせいではないか。

戸谷を追うようにして、加藤もリッジの下降を開始した。登行時には気にせずにすんだが、いまは高度感のせいで眼がくらみそうだった。だが、恐怖は無視するしかない。足もとの雪面だけに眼をむけて、一歩ずつ着実に降りていく。

やがて二人はリッジを抜け出し、さっき加藤が待機していた露岩にたどりついた。とたんに戸谷は膝をついて、はげしく肩を上下させた。吐き出しているのは例の痰だということは、もうみなくてもわかった。一時的に回復した体力は、わずかな時間のうちに消耗しつくしてしまったようだ。

言葉をかけることもできないまま、加藤はザックからロープをとりだした。ここから先は、確保《ビレイ》しながら下降した方がいい。危険な場所はおおいが、いまのリッジほど悪いところはない。せいぜい雪壁のトラバースが、数ピッチある程度だ。ルートを変更すれば懸垂で下降すべき場所があらわれるかもしれないが、そのときにはまた考えればいい。すでにアタック隊の二人は、手持ちのロープを使いきっていた。

久住は二人からわずかに遅れてくだってきた。戸谷と同様にバランスはいいから、強風下でも足のはこびは安定している。それでも疲労はかくしようがなく、いつもにくらべて動作が緩慢だった。

久住は停止している二人を等分にみながらいった。

「いまベースキャンプと交信したところだ。支援隊員《サポーター》を二人キャンプ2にむかわせているから、今日中に戸谷をベースまで降ろしてしまえといっている。ドクターはキャンプ1で待機しているそうだ。今夜は総がかりで行動することになりそうだな……」

それをきいた戸谷が、ゆっくりと顔をあげた。だが久住は、先まわりしていった。

「気にするな。ヒマラヤに高度障害はつきものだ。運が悪かっただけだから、あやまる必要はない。それよりも、いまは自分のことだけ考えろ。その方が、俺《おれ》たちも楽ができる」

戸谷はかすかにうなずいた。それから背筋をたてたまま、ロープをハーネスにセットした。加藤が手を貸そうとしたが、それを察した戸谷は先にことわった。

久住はさらにいった。

「遅くとも明日の朝までに天候はくずれる。だから今夜のうちに、全員ベースキャンプに集結しろといっている」

それから久住は、キャンプ3の方をみあげてつぶやいた。

「次に登ってくるときは、キャンプ3も固定ロープも埋まってるんだろうな……。もっとも次のアタックがあるかどうか、俺にはわからんが」

加藤もおなじように、空模様をたしかめた。気のせいか、さっきより雲の密度がましたような気がする。単に空から明るさが消えただけかもしれないが、雲塊のひとつひとつが黒ずんでみえる。

加藤は心配そうにいった。

「もう冬の季節風が、吹きはじめているのだろうか……。もしもそうだとすると、これ以上の登山活動は無理かもしれない」

「いや……ジェット気流の南下にしては、時期がはやすぎる。それにジェット気流なら、上部にいくほど風が弱まったりしない。たぶんベンガル湾で発生した低気圧が、ここらあたりにまで影響をおよぼしているんだろう。だから何日かたてば、天候は回復する……」

そうはいったものの、久住にも自信はなさそうだった。加藤はもういちど雲の動きを眼で追ったが、わずかな時間のうちに空はかなり暗さをましていた。気になって時計をみたら、すでに夜の七時をすぎていた。太陽はとっくに沈んでいるのに、暗さになれてしまった眼は闇のひろがりに気づかなかったようだ。

風がまたつよくなった。風にまじる飛雪の量も、さっきより増えていた。雲のせいで気温はそれほど低下していないはずだが、吹きつける風のためにひどく寒かった。戸谷でなくても、今夜の行動はつらくなるだろう。

戸谷の回復を待って、彼らは行動を再開した。空はすでに真っ暗だったが、ライトをつかわなくても足もとは確認できた。数時間前にのこした加藤の足跡をたどりながら、彼らは下降をつづけた。

3

悪化しつつある天候に追い立てられるようにして、彼らは下山をいそいだ。そして午前一時をすぎるころ、ようやくベースキャンプに到着した。最初は夜明けまでかかると思っていたのだが、予想外にはやい到着になった。下降するにつれて支援する隊員の数が増加し、危険な場所もすくなくなったせいだ。

それでも加藤と久住の疲労ははげしかった。ベースキャンプに到着したときは、立っているのもつらいほどだった。だが加藤は、そのまま眠る気になれなかった。いまのうちに何か腹にいれておかないと、朝になったら何も食べられなくなる。普通の食事をとるほどの体力はのこっていないが、甘くて温かい飲み物ならなんとか喉《のど》をとおるだろう――そんなことを考えながら、人気《ひとけ》のないキッチンテントにはいった。

寒々しいテントの片隅で、石油コンロをとりだした。素手でさわれないほどコンロは冷えきっていたが、我慢してポンピングをつづける。簡単にプレヒートして点火すると、すぐに青白い炎が燃え上がった。しずかな燃焼音をきいているだけで、体の芯《しん》があたたまってくるようだ。

テントの入り口が、かすかにゆれた。加藤は顔をあげた。すぐに重い足音が近づき、羽毛服をばっさりかぶった久住があらわれた。粉雪とともにはいってきた久住は、コンロの横にどかりと腰をおろしていった。

「朝まで様子をみた上で、戸谷を下の村までおろすかどうか決めるらしい。ドクターのほかに何人かがついていくが、俺たちは待機と決まった。どうせ明日は荒れそうだから、上部で行動するのは不可能だろう」

そういったきり口をつぐんで、炎に手のひらをかざした。青白い炎を反射して、顔が青ざめてみえる。

かなり時間がすぎてから、加藤はたずねた。

「だいぶ降ってるのか？」

久住はゆっくりと顔をあげた。夜半をすぎてからはげしさをました風のせいで、テントの屋根はたえず波打っている。降りしきる雪がテントに衝突して、やかましい音をたてていた。久住にたずねなくても、外がひどい吹雪なのはわかっていた。

久住は入り口の方をちらりとみていった。

「上部はかなり荒れているようだ……。もしもキャンプ3に滞在していたら、とても眠るどころじゃなかっただろう。下山せざるをえなかったのは、かえって幸運だったと思うな……」

また沈黙がつづいた。加藤は黙ったまま、コンロにかけたコッヘルをみている。ながい時間がすぎたあと、ようやく湯がわいた。チョコレートをとかしこみ、粉末ミルクと砂糖を思いきりよくぶち込んで念入りにかきまわす。それからマグカップに中味をうつして、久住にさしだした。久住は黙ったままそれをうけとり、白い息をはきながらひとくち飲んだ。

しばらくそれをくり返したあと、久住は思いだしたようにいった。

「何年になるかな……お前と組むようになって」

自分のマグを手にした加藤は、何もいわずに首をかしげた。こたえる必要もないほど、わかりきった質問だった。それでもあらためてたずねられると、なんとなく自信がもてなくなる。久住とはじめて会ったのは三年前のはずだが、実際にはもっと前から知り合っていたような気がする。

「そういえば遠征がはじまってから、お前と組むことがなくなった……。なんだか不思議な話だ」

加藤がいった。久住はうなずいて応じた。

「遠征の初期なんて、ルーチンワークのくり返しだからな。偵察とルート工作、荷揚げと休養。そのくり返しだ。自分がやりたい登攀《とうはん》なんて、誰もやれない。やってる余裕はないいんだよ」

どことなく、自嘲《じちょう》めいたいい方だった。加藤は時間をかけて、チョコレートをのんでいる。コッヘルをおろしたあとも火をつけたままのコンロが、ぼうぼうと威勢のいい音をたてていた。

――久住と出会ってからの三年間に、自分のクライミングは進歩したのだろうか。

ふと加藤はそんなことを思った。たしかにこの三年のあいだに、行動範囲はずいぶんとひろがった。我流で登山をはじめたときには遠い世界でしかなかったヒマラヤに、登攀を目的としてやってきたのだ。技術的に進歩していないはずがない。ところがそう考える一方で、逆に自分のクライミングを見失ってしまったような気がする。

はじめて久住と出会ったのは、南アルプスの奥ふかくにある沢だった。そのとき加藤は、単独でその沢を遡行《そこう》していた。地域の山岳会に籍をおきながら会の合宿山行になじめず、いつの間にか単独山行がふえていた時期だった。入会以前にもやはり単独行をくり返していたから、本質的にパーティ山行があわなかったのかもしれない。そして入渓する者もまれな沢の奥で、おなじように単独遡行していた久住と出会った。

いまでもそのことを思い出すたびに、加藤は不思議な気分になる。そのときの出会いがきっかけになって、二人はペアを組むようになったからだ。もしも出会った時期や相手がちがっていたら、加藤はいまでも単独行をつづけていたかもしれない。加藤にとって久住は、そのような存在だった。

あるいは二人とも単独行を実践しながら、その限界に気づきはじめていたのかもしれない。久住にとっては研究課題としていた水系の沢を登りつくし、次の目標を模索している時期でもあった。そして加藤と知り合ったころから、興味の中心が沢登りから岩壁登攀にうつっていった。

ただし久住の事情は、加藤とすこしばかりちがっていた。パーティ山行のあり方に疑問を感じていたのはおなじだが、既成の組織に所属することのメリットを捨てきれずにいたのだ。その結果、一方で精力的な沢の単独遡行をおこないながら、会の定例合宿にも参加するという不安定な状態をつづけていた。

あとになって久住は、そのころのことをこう述懐した。当時は自分が何をやりたいのか、どんな方法でやるべきなのかみつけられずにいたようだ、と。単独行こそが登山の基本だと考えながら——そしてその考えはいまもかわりがないが、それ以外の山行形態を否定していたわけではない。自分にとって最上の登攀スタイルは何か、いつも考えていたような気がする。

つまり彼は加藤のような心情的な単独行ではなく、理論の実践としての単独行をおこなっていたらしい。だから自分の力量を生かせるパートナーがいて、なおかつそのペアにあった登山形態をみつけられれば、かならずしも単独行にこだわる必要はなかった。そして久住にとって加藤は、その「力量を生かせるパートナー」だった。要するに加藤とのペアをパーティ山行という枠組みではなく、単独行の延長としてとらえていたのだ。

もちろんおなじような変化は、加藤にもあらわれた。久住と知り合ったことで、はじめてペアを組むことの意味がわかったような気がした。そして二人はたがいの弱点を補いあい、実力を発揮させうるパートナーとなった。久住にとってそれはまぎれもない進歩だが、加藤にはどうも自信がもてなかった。

加藤が五年あまり在籍した山岳会をやめて、久住の会に入会したのは出会った次の年だった。加藤自身が望んだわけではない。久住の会には制約が多く、会員以外のクライマーとチームを組むことが難しかった。たまに行動をともにする程度なら問題はなかったが、出会ってから一年がすぎたころには、二人とも山行の大部分をペアでおこなうようになっていた。しかも山行の形態は、すでにパイオニアワークの域に達していた。久住は退会してでも加藤との山行をつづけるか、山岳会にとどまるかの選択をせまられていた。

結局、久住はきわめて合理的な解決方法をみつけた。加藤が久住の会にうつることで、公然とチームを組めるようにしたのだ。このことについて、加藤に迷いがなかったわけではない。組織としての山岳会になじめないまま、別の山岳会にうつることになるからだ。その点がどうも釈然としなかったが、とりたてて反対する気もなかった。久住の所属する山岳会に興味があったし、彼以外にどんなクライマーがいるかたしかめてみたかった。

結果的にはそれが、加藤の登攀スタイルをかえさせるきっかけになった。個人山行が多かったせいで以前の会では新人あつかいをされていた加藤が、最初から中堅のクライマーとして活動を期待されるようになった。そしてそのころから、会は東部ネパールの遠征計画に着手した。目標とされたピークはこれまで何度も登頂されていたが、七三〇〇メートルという高度が魅力だった。社会人山岳会が単独でおこなう遠征の目標としては、手ごろなところだった。

なんとなく入会した加藤も、なりゆきで中心メンバーになっていた。そして活動の中心が遠征にそなえたトレーニング山行にうつるにつれて、加藤が久住と組む機会はすくなくなった。そして実際に遠征がはじまったころには、加藤と久住は別の隊員と組んでルート工作や荷揚げにあたることになった。登攀テクニックのすぐれた久住と、高所では無類のねばり強さを発揮する加藤の組み合わせは、ルーチンワークをこなすのに不向きだったのだ。

時間はゆっくりとすぎていった。翌日は行動する必要がないせいか、二人ともまだ眠る気になれずにいた。ようやく胃が落ちついたのを感じながら、加藤は砕いた氷をコッヘルにいれて火にかけた。固形物はまだ無理だが、流動食程度なら食えるかもしれない。

「それにしてもお前、ずいぶん無茶をしたな……。キャンプ1から一気にキャンプ3の直下まで、酸素をかついで登ってきたんだから。たすけられた俺がいうのも妙だが、あんな無茶をしたらつかいものにならなくなるぞ……。いくらお前がタフでも、登頂メンバーからはずされるかもしれない……」

加藤はゆっくりと顔をあげた。それから、ようやく気がついた。いままであまり考えたことはないが、自分は別に登頂などしたくないのではないか……そんな考えが、ふと胸をよぎった。

もちろん久住には、そのことを話す気になれなかった。

4

予想どおり、翌日から山は荒れはじめた。風のいきおいは前日にもましてつよくなり、氷河末端に建設されたベースキャンプでさえテントが飛ばされそうだった。降雪量はそれほど多くなかったが、上部では確実に積もっているはずだ。

おそらくこの嵐がおさまっても、登行の再開にはかなりの苦労をしいられるだろう。降りつもった雪は不安定でくずれやすく、ルート上の何カ所かで雪崩《なだれ》の発生が予想された。急斜面に張りめぐらされた固定ロープは雪の下に埋没し、危険のない場所ではかなりのラッセルが必要となる。

雪は毎日のように降りつづいた。空の色は暗鬱《あんうつ》で重苦しく、雲が切れそうな様子もない。ベースキャンプに残留したものの気分はしずみがちだった。ベースキャンプ集結後も上部への荷揚げはつづいていたが、すでにキャンプ1にいたるルートさえ悪天候のために通過が困難になっていた。次第に悪化する上部の状況と、稼働隊員の減少が彼らの士気を低下させていた。

この時期のベースキャンプには、隊長をふくめても動ける隊員が六人しかいなかった。戸谷はドクターにつきそわれて下部の中継キャンプにくだっており、体調をくずしたもう一人もそれに同行していた。おそらく登山活動が終了するまでに、その二人が戦列に復帰できる可能性はないだろう。

のこされた隊員も体調が万全ではなく、戦力として期待できるのは全体の半分ちかくに落ちこんでいた。高所ポーターとしてのシェルパのいない彼らにとって、この戦力低下はかなり苦しかった。

だれも言葉にはださなかったが、隊員たちのあいだには登行の再開をあやぶむ空気がつよくなっていた。士気の低下はベースキャンプ・シェルパたちにもつたわり、気のはやいコックは撤収はいつかたずねてきた。そしてベースキャンプへの帰着から三日めの午後、ベースキャンプに二人の客がおとずれた。

氷河のサイドモレーンにそって登ってくる二人をみたとき、加藤は中継キャンプにくだらせたシェルパがあらわれたのかと思った。だが登山服を着こんだ二人は、みたことのないネパール人だった。しかも顔つきはシェルパのものではなかった。二人ともインド系のようだが、地元の役人とは思えない。二人はキッチンボーイに声をかけて、隊長のいるテントにはいっていった。

上部から降りてきたばかりの加藤は、状況がわからないまま登攀リーダーの須藤《すどう》をみた。だが加藤とともにくだってきた須藤に、彼らの正体がわかるわけもなかった。キッチンボーイにたずねてみても、ただ「警官《ポリスマン》」という返事がかえってくるだけだった。不思議に思っていると、テントから顔をつきだした隊長が須藤の名を呼んだ。要領をえない顔の須藤は隊長のテントにはいり、加藤はいき場のないままキッチンテントに足をむけた。

テントでは先に行動をおえた久住が茶をのんでいた。下部ルートの修復にでていたために、荷揚げ組の加藤たちより先に帰着していたのだ。加藤がテントにはいると、それまで茶をのんでいたネパール政府派遣の連絡官《リエゾンオフイサー》がいれかわりにでていった。彼もやはり、隊長のテントに呼ばれたらしい。

久住は加藤に声をかけて、マグカップにそそいだネパール茶をさしだした。テントにいるのは、二人のほかにネパール人コックだけだった。加藤は火のそばに腰をおろして、湯気のたつマグを手にした。冷えきった体には、ミルクと砂糖のたっぷり入った温かくて甘い茶がありがたかった。

久住はしばらく黙って茶をのんでいたが、やがて周囲に隊員のいないことをたしかめていった。

「お前……今日はずいぶん張り切っていたな。キャンプ1までのルートを、ほとんど一人でラッセルしていただろう。ずっとみていたんだぞ」

そういって、じっと加藤の眼をみつめた。加藤はしばらく口ごもっていたが、やがて息をついていった。

「俺にはラッセルしか能がないからな。クライミングが下手糞《へたくそ》なんだから、せめてラッセルで登頂メンバーをサポートするしかない」

それをきいた久住は、おおきく首をふっていった。

「忘れてるかもしれんが、我々がめざしてるのは全員登頂だ。その原則は、いまでもかわっていない。それにキャンプ3から上は、技術的に困難な場所はほとんどない。体力さえ温存しておけば、だれだって登頂のチャンスはある。そのことを、知らないはずはないだろう。

ついでにいっておくが、お前は自分で思っているほどクライミングが下手糞じゃない。俺みたいな天才とばかり組んでいるから、気づいていないだけだ。そこらあたりの兄ちゃんとくらべる程度なら、別に見劣りはしないぞ」

そういって笑った。それから、すぐに真顔になっていった。

「なあ……あんなやり方をしていたら、すぐに消耗してしまうぞ。いくらラッセルが得意だからといっても、体力には限界があるだろう」

そういったあと、加藤の反応をうかがいながらつづけた。

「お前……もしかして登頂する気がないんじゃないのか？　このあいだから、どうも気になっていたんだが」

心の内をみすかされた思いがして、加藤は黙りこんだ。だが、かくしとおせるとも思えない。だれにも話すつもりはなかったが、久住にだけは話しておくべきかもしれない。そう考えて、加藤は重い口をひらいた。

「まあな……。というより、俺はこんな山をやりたかったんじゃない、ということに気づいただけだ。高所クライミングに興味がないわけではないが、今回は登頂できなくてもいいという気になったんだよ。その気になれば、機会はいくらでもある」

それをきいた久住は、ふかくうなずいた。

「やっぱりな……。やるんなら単独で、というわけか？　それともパーティを組んで登ると、山のグレードがさがるとでも考えているのか」

「まさか……。いくらなんでも、俺にそんな自信はない。ただ、パーティを組むのが怖くなっただけだ」

いそいで加藤がいった。久住は妙な顔をして問い返した。

「怖くなった、だと？　どういう意味だ、それは」

「戸谷をサポートして、キャンプ3から下降したときのことだ。もしも奴が動けなくなったらどうすればいいか、急に気になりだしたんだ。救援がくるまでこの場でじっとしているしかないが、下から登ってくる奴らに期待はできない。他人のやることだからあてにはできん、そんなふうに考えると、おそろしくて足がふるえるほどだった。もしも俺一人だけの単独行なら、そんな恐怖は感じなかったはずだ。最悪の場合でも、自分一人が死ぬだけだからな。ほかの奴の不調にまきこまれて、自分までがやばくなることはない。だが同行する人数がふえれば、それだけ危険は増大する」

久住はあっけにとられた様子で、加藤の顔をみていた。それから、不思議そうな表情をうかべていった。

「その自信は、いったいどこからくるんだ。他人のやることだからあてにはできん、なんて言葉は、普通の感覚じゃ思いつかんぞ」

そういったあと、急に酸《す》っぱい顔になってたずねた。

「お前、もしかして俺と組んでるとき、そんなことを考えてたのか。俺がくたばったら、自分までやばくなるなんて、いつも思ってたのか？」

「そんなことはない。そんな心配をするくらいなら、お前とくんだりしない。それにお前一人だけなら、何があっても大丈夫だと思っていた。それくらいの計算は、俺だってしている」

久住はついに吹きだした。しばらく笑っていたが、やがて加藤の顔をみていった。

「何が自信がない、だ。そういうのは自信満々というんだよ。まったく、妙な奴と組んだもんだ」

そういって、またひとしきり笑った。加藤は憮然《ぶぜん》としたまま、久住の笑い顔をみている。心情を理解してくれなかったのは残念だが、話したことを後悔はしていなかった。今は理解できなくても、いつかきっとわかってくれるはずだ。

それから今度の遠征が終わったら、もういちど別のピークを登ってみようと考えた。先のことはわからないが、とりあえずは実力にあったピークに登ってみたかった。

テントの入り口が開いたのは、その直後だった。隊長と須藤が、緊張した顔つきではいってきた。ベースキャンプにいるほかの隊員たちも、それにつづいて集まってきた。かなりの広さのあるテントは、たちまち息苦しい雰囲気につつまれた。

テントの中にいるのは、日本人隊員ばかりだった。リエゾンオフィサーは姿をみせていないし、コックは異様な雰囲気を感じて出ていってしまった。二人の隊員は集合の理由を知らされていないらしく、とまどったような顔で隊長をみている。

全員が集まったのを確認した隊長は、ゆっくりと口をひらいた。

「ついさっき、ネパール警察登山隊の隊長とリエゾンオフィサーの訪問をうけた。もしも我々が撤退を考えているのなら、かわりにこのルートから登頂する権利をゆずってもらいたい、という話だった」

テントの中が、一瞬しずまり返った。それから隊員たちが、いっせいに疑問を口にしはじめた。撤退を考えているというのは、どういう意味だ。いつ我々がそんな決定をした。隊長はどう思っているんだ。本当にそんなことを考えているのか。

事情がわからないものだから、いらだちはすべて隊長にむけられていた。隊長はいそいでいった。

「もちろん我々は、撤退など考えたことはない。中継キャンプにいたシェルパが、そんなうわさを流したらしい。それを警察登山隊がききつけて、こちらのルートに転進したいといってきた。そういうことだ」

隊員のあいだに、奇妙な沈黙がながれた。ネパール警察登山隊は、日本隊とおなじピークを別ルートから登頂しようとしていた。ここは何度も登頂されたピークだから登路がおおく、日本隊とネパール警察隊の両方に登山許可がおりていた。ただ初登ルートをとっている日本隊にくらべて、バリエーションルートからの登頂をめざすネパール隊はかなり難航しているともきいた。おそらく彼らはそのルートからの登頂は無理と判断して、日本隊のルートに転進しようとしているのだろう。

ようやく事情を理解した彼らは、不満の矛先《ほこさき》をネパール隊にむけた。彼らのやり方はずいぶん無礼ではないか。うわさの真偽もたしかめずにルートをゆずれとは何ごとだ。転進といえばきこえがいいが、本当は我々が設置した固定ロープと残置装備をつかう気なんだろう。奴らにルートを明け渡してたまるものか。こうなったら玉砕覚悟で突っこむべきだ。

彼らは口々に不満をいいあった。それまで登攀が思うにまかせなかった鬱憤《うっぷん》を、すべてネパール隊にぶつけているかのようだ。だが加藤の反応は、ほかのものとすこしちがっていた。正直にいって、自分たちが登頂できる可能性はひくいといわざるをえない。それくらいなら、いさぎよくルートをゆずればいいではないか。

そういえばネパール隊は警官ばかりではなく、隊員格のシェルパもおおぜい参加していたはずだ。隊員の数だけくらべても、ネパール隊の方が登頂の可能性は格段にたかい。しかも日本隊は故障者がおおいから、実力にはっきりと差がでている。面子《メンツ》にこだわりすぎれば、信用を失ってしまうのではないか。

そんなことを考えたが、それを口にだせる雰囲気ではなかった。ほかの隊員ばかりではなく、須藤や隊長までが憮然としている。加藤が自分の考えを口にしても、耳を貸そうとするものはいないだろう。

それまで黙っていた須藤が、憤懣《ふんまん》やる方ないというようにいった。

「ネパール隊の隊長が、こんなことをいっていた。日本隊は金持ちだから次の機会があるだろうが、我々ネパール隊は貧乏で次の遠征など望めない。だからこれも援助だと思って、我々に機会をゆずってくれ、だと。

馬鹿げた話だ……。俺はこの遠征に参加するために、家庭も仕事も犠牲にしてきた。出世はとっくにあきらめてるし、マイホームの夢は遠のいたままだ。生活をかけてるシェルパにいわれたんならともかく、エリート警察官にそんなことをいわれる筋合いはない。給料もらって税金で山をやってるくせに、何が日本人は金持ちだから、だ」

視線に気づいて、加藤はふり返った。意味ありげな眼で、久住がみている。お前が何を考えているか、俺はちゃんと知っているぞ、そう彼の眼はいっていた。

冷静なのは、彼らだけだった。興奮した隊員たちは、延々と不満を口にしている。そしてそれが出つくしたのをみはからって、隊長がいった。

「たしかにやり方はルール違反だが、ネパール側の主張も理解できないわけではない。

だから我々が第二次攻撃をおこなうまで、転進は待ってくれといっておいた。我々は総力をあげて登頂をめざすが、もしも失敗すればそのときはルートを明け渡す。そういうことに決めたいと思う。もちろんこのことは、須藤リーダーも同意している」

テントの中が、奇妙な静寂でみたされた。その言葉の意味が、さまざまに解釈できたからだ。隊長はさらにいった。

「おそらく我々が次のアタックに失敗した場合、態勢をととのえて三度めの正直をねらう余裕はないと思う。それならジェット気流が吹き荒れる以前に、ルートをネパール側にゆずるべきだと思う。もちろん登頂の日程を決定する権利は、我々にある。ネパール隊には我々が登頂をおえてベースキャンプに集結するまで、キャンプ1より上の行動はおこなわないと約束させた。

それでは具体的な話を、須藤リーダーにしてもらう」

須藤は全員の顔をみまわしていった。

「登頂予定日は、いまから一週間後とする。ただし全員登頂の原則はいまもかわっていないから、もしも最初の隊が登頂すればサポート隊が二次登頂をねらうことにする。さらに三次登頂もできる態勢だけはととのえるが、実際は最初の隊の一発勝負だと考えてくれ。

そういうことだから、隊としての登頂を優先にしてローテーションを組み直した。この遠征に参加するために苦労してきたみんなには悪いが、これ以外に遠征が成功する可能性はない。その点を、理解してほしい。

それでは各攻撃隊のメンバーを発表する。一次隊は久住と加藤。二次隊は俺と――」

全員が、黙ったまま須藤の言葉をきいていた。加藤と久住は、なんとなく顔をみあわせた。こんなときには、どんな顔をすればいいのかよくわからなかった。迷惑そうな顔をするわけにはいかんだろうな、と加藤は内心で考えていた。

5

攻撃予定日までの一週間は、総動員態勢で登頂の準備がすすめられた。自力で歩ける隊員だけではたりず、隊つきのドクターや低所ポーターまで動員して支援態勢はととのえられた。だが隊員以外の行動は、キャンプ1以下に限定せざるをえなかった。

それより上部では、隊長以下四人の隊員だけが支援活動をおこなった。加藤と久住は体力を温存するため休養に専念した。ルートの整備や雪に埋もれたテントの修復には、くわわらなかったのだ。

だから全員登頂をめざすとはいっても、実際には彼ら二人以外の登頂はのぞめなかった。よほど条件がそろっていなければ、二次以降のアタックは断念せざるをえないだろう。加藤と久住が登頂するころには、支援隊員は疲れきっているはずだ。

加藤と久住がベースキャンプを出発したのは、登頂予定日の三日前だった。キャンプ3までの高度差二〇〇〇メートル弱を、三日かけて登行していくことになる。支援隊員は彼らより一日先行してルートの整備と荷揚げをおこない、二人がキャンプ3に到着する日にはキャンプ2に下降することになっていた。キャンプ3に支援隊員を収容する能力はなかったし、食糧や燃料も集積されていなかった。

そして予定どおり三日めの午後おそく、加藤と久住はキャンプ3に到着した。そこまでのルートはすでに整備されており、通過が困難だったナイフリッジにもロープがフィックスされていた。支援隊員のうち隊長ともう一人は、最後の荷揚げをおこなったあとキャンプ2にくだっていった。二次アタック隊の須藤たちは、キャンプ3をこえて上部のルート整備にあたっている。彼らも今日のうちにキャンプ2へくだるはずだった。

キャンプ3で登攀装備をときながら、加藤は雲間にみえかくれする頂稜に眼をむけていた。天候は回復するきざしをみせているが、明日は確実に晴れるという保証はない。もしも天候が思わしくなければアタックを延期せざるをえないが、それも二日が限度だった。高所滞在による消耗はともかく、食糧や燃料が先に底をついてしまう。最終キャンプからピークまでの高度差は七〇〇メートルあるから、アタック終了後の予備食糧も必要だった。

――我々の隊は、天候の予測に対する配慮が不充分だったのではないか。

稜線を乗りこえていく雲塊をみながら、加藤はそんなことを考えていた。もちろん正確な予測ができたとしても、前回のアタックが成功していたとは思えない。しかし全般的な行動を、もうすこし無駄なくおこなえたはずだ。明日以降のアタックが天気まかせなのだから、たとえ登頂できたとしても反省すべき点はのこる。もしもこの次があれば、充分な対策を講じた上でのぞみたかった。

そこまで考えたあと、急におかしくなって加藤は笑った。いつの間にか彼は、次の遠征のことを考えていた。それも無意識のうちに、小規模な隊の遠征を想像していた。余力がほとんどない小人数の隊の場合、登頂の可否は天候を正確に予測できるかどうかにかかっている。登頂に執着しないといいながら、「この次」を考えている自分がおかしかった。

すぐにはテントにはいる気になれず、加藤は稜線にそって上昇する雲の動きをみていた。渦をまきながら上空にのびあがる雲の形をみていると、気流の速度と方向は簡単に読みとれた。ここでは風の動きを雲の形として、眼で追うことができる。

そしてみまもるうちに、ふたつの黒い点が雪稜上にあらわれた。上部のルート整備にでていた須藤たちが、行動を終えてくだってきたようだ。

加藤は久住に声をかけて、彼らがもどってきたことをつげた。先にテントにはいっていた久住は、入り口から顔をつきだしていった。

「あんな上まで登ったのか……。無理をしなくていいのに。この分だとキャンプ2につくころは、真っ暗になっているぞ」

それだけいって、ふたたびテントに引っこんだ。次に顔をだしたときには、手にテルモスと人数分のカップを持っていた。そのころには、須藤たちもテントに到着していた。久住はテルモスの茶を彼らに手わたしながら、上部の状況についてたずねた。須藤は淡々と「思ったほど状況は悪くない」といった。それから眼を細めて茶をのみ、詳細にルートの状況を話した。

その間、加藤は何度も出かかった言葉をのみこんだ。本当は須藤にいかせたかった。須藤を登攀要員としてここにのこし、自分はキャンプ2にくだりたかった。登頂に執着できない自分がのこるより、その方がずっといい。だが、どうしても言葉にならなかった。須藤からどんな返事がもどってくるか、きかなくてもわかっていたからだ。

おそらく須藤はいうはずだ。自分は高所にそれほどつよくない。だが、加藤はちがう。順応のはやさばかりではなく、高所における登行速度は群をぬいている。そして久住は、それを支援できるテクニックがある。明日の主役は加藤なのだから、交代するわけにはいかない。自分のできない登頂を、お前がかわりにやってくれ、と。

須藤は隊の中で、もっとも登攀経験の豊富なクライマーだった。だが、高所ではどうしても実力を発揮できないタイプだった。彼のような例は決してめずらしくない。技術的に困難なルートを次々に完登する実力をもちながら、ヒマラヤでは決してサミッターになれないのだ。ヒマラニストではなくアルピニストと呼ぶべき須藤のようなクライマーは、加藤の知るかぎりでも何人かいた。

ヒマラヤははじめての経験だが、須藤はそのことに気づいていた。だからこそ、加藤を登頂隊員に推したのだろう。自分にはないものを、加藤にたくして。

須藤はゆっくりと茶をのみほしたあと、上部の稜線をみあげていった。

「登頂は無理でも、せめて七〇〇〇メートルラインをこえてみたかったな……。もしかしたらいくかとも思ったんだが、さすがにキャンプ2から一気は無理だった。俺の生涯最高到達点は、六八〇〇メートルあたりか……」

　そういったあと、おかしそうに笑ってつづけた。

「なさけない話だよな……。八〇〇〇メートルを無酸素で登頂してしまうクライマーは、最近ではめずらしくもないというのに……。わずか七〇〇〇メートルの高度にこだわっても、意味がないのはわかってるんだが」

「明後日には登頂できますよ。明日は我々がしっかりとルートをのばしておきますから、天候さえ安定していれば充分に可能です」

　我慢できなくなって、加藤はそういった。須藤は最初おどろいたような顔で加藤をみたが、すぐに冗談をいうなといって笑ってみせた。それから無言のまま、加藤の肩をかるくたたいた。加藤は唇をかんだ。思いを言葉にできないもどかしさで、自分が腹だたしかった。

「加藤のいうとおりかもしれない……。天候とルートに不安がなければ、二次登頂も無理ではないと思いますよ。もしも一次隊が、ルート工作をやってくれれば」

　それまで黙っていた須藤のパートナーが、ふいにそんなことをいった。須藤は急にけわしい顔つきになっていった。

「おかしなことをいうな。二次登頂どころか、いまは一次登頂さえあぶない状況だろうが。自分も登りたいなんて助平根性をだして、一次隊の足を引っ張るんじゃない」

そういったあと、加藤たちに眼をむけていった。

「俺たちのことは、気にしなくていい。だから今は、登頂のことだけを考えろ。ルート工作をやったせいで登頂できなかったなんてぬかしたら、ベースキャンプから追い出すぞ。いいな」

それだけいって、足もとのザックをかつぎあげた。そして暗さをました稜線を、足早にくだっていった。

「あんまり心配させるなよ。お前が妙なことをいいださんかと、横ではらはらしながらみてたんだぞ」

遠ざかっていく二人をみながら、久住がそういった。加藤はなんとなく割り切れないものを感じたが、それについては何もいわなかった。それから二人は、前後してテントにはいった。

6

彼らの期待に反して、その夜からふたたび天候は悪化した。吹きつのる風でテントは夜どおし波うち、やがて飛雪がテントをたたく音がきこえはじめた。予定では夜明け前に行動を開始するはずだったが、この悪天ではそれも不可能だった。そして予定時刻にキャンプ2の隊長と交信した結果、とりあえず明るくなるまで待つことが決まった。

中途半端な気分のまま、加藤と久住は朝を待った。そして明るくなってから外をみた二人は、失望の声をあげた。霧は昨日よりもさらに濃く、眼の前の稜線がまったくみえないほどだった。視界は数メートル先でとぎれており、白い風が間断なく通りすぎていった。ルート上の踏み跡は完全に新雪で埋まり、あらたな降雪がその上を舞っていた。

しばらく様子をみたが、その日の行動が不可能なのはあきらかだった。視界の悪さばかりではなく、たえまなく吹きすぎる強風が稜線の通過を困難にしていた。とりあえずアタックは延期と決まり、彼らは一日の待機をしいられた。この天候ではキャンプ間の移動も不可能だから、各キャンプは孤立した状態で天候の回復を待つしかない。降雪と強風がつづく中で、彼らは待機をつづけた。だが時間がすぎても天候は回復するきざしをみせず、降雪量は時間とともに増大した。稜線上のわずかな平地に建設したキャンプ3は不安定にゆれ動き、ときおり吹きすぎる突風にあおられて何度も飛ばされそうになった。

結局、その日はテントを掘り起こす作業以外に何もできなかった。天候がわずかに回復した隙《すき》をねらってルートを偵察しかけたが、強風のために断念せざるをえなかった。下手に行動するよりは、体力を温存する方がまだましだった。そのまま天候が好転しなければ、翌日もアタックは不可能になるかもしれない。さらにつづくかもしれない待機にそなえて、食糧や燃料を節約する必要があった。さもなければ最悪の場合、登頂どころか下山さえ不可能になる。

彼らは落ちつかない気分でその日をすごし、翌日の好天に期待をつないだ。そしてながかった一日が終わり、夜になった。だが夜半をすぎても、風と降雪はおさまる気配をみせなかった。彼らは寝つかれないまま次の朝を待った。そして次の朝、彼らはふたたび失望の声をあげた。天候は回復するどころか、さらに悪化していた。

停滞は二日めにはいった。さすがに加藤と久住は、言葉をかわす元気を失っていた。

おそらく須藤らが苦労して整備した上部のルートは、雪の下に埋没しているだろう。明日になって天候が回復したとしても、その日の登頂は困難なはずだ。新雪のラッセルで時間と体力を消耗し、行程のなかばで時間切れになるのではないか。ビバーク覚悟で突っこまないかぎり、登頂はできても下山は不可能だろう。

キャンプ間の交信は陰鬱《いんうつ》になりがちだったが、加藤は内心ですこし安心していた。須藤らのおこなったルート工作を、利用することが釈然としなかったせいだ。献身的なサポートには敬意をはらうものの、できることなら自力で登頂したかった。もちろんキャンプ3までサポートされて登った事実にかわりはないが、アタック隊に対する支援なら自分もやっている。だから翌日の天候がある程度まで回復すれば、無理をしてでも行動したかった。

もっとも彼らには、もうあとがなかった。三日めに天候が回復しなければ、登頂をあきらめて下山するしかない。食事を切りつめたせいで一晩くらいのビバークは可能だが、それにしても下山中は食糧なしで行動しなければならない。

停滞が二日めにはいったときから、キャンプ2で待機していた隊長の組は下山していた。食糧と燃料を節約するためだ。キャンプ2には比較的体力に余裕のある須藤らがのこり、引きつづいて待機する態勢をとった。そしてキャンプ3とキャンプ2に四人が釘《くぎ》づけになったまま、停滞二日めがすぎた。

悪天をついて下山した隊長らは、その日の夕方になってベースキャンプに帰着した。そして彼らは、気になる事実を知らせてきた。すでにネパール隊の一部が、ベースキャンプ入りしていたのだ。それを知ったとき、上部にいた彼らは精神的な余裕まで失った。もう一日の猶予もなかった。彼らにのこされたのは、次の日一日だけだった。

不安な状態のまま、停滞二日めの夜がすぎた。のこりすくないガスを気にしながら、加藤はわずかな量の食事をつくっていた。それをみていた久住が、陰気な声でいった。

「お前、いま何を考えてるんだ。まさか登頂できなかったことを、喜んでるんじゃないだろうな」

どことなく、言葉に刺《とげ》があった。頂上を目前にしながら待機した二日のうちに、久住の心もささくれだっているらしい。しかも久住にとっては、これが二度めのアタックになる。前のときは戸谷が故障したために、途中で引き返していた。

加藤は食事をつくる手をとめて久住をみた。粉々に砕いた半個のラーメンが、コッヘルの底でのたくっている。ガスを節約したために、今夜も生煮えのラーメンを食うことになりそうだ。久住はさらにいった。

「お前はどう思ってるかしらないが、俺は登頂したいんだよ。七〇〇〇メートルをやっとこえる程度の手垢《てあか》のついたピークでも、俺にとっては処女とおなじだ。いまさら引き返したくないんだよ」

そういって、加藤を睨《ね》めつけた。まるで二日間の悪天が、加藤のせいだといわんばかりだった。加藤は黙ったまま、コッヘルの中味をかき回した。それから、言葉すくなにいった。

「明日は無理だが、明後日は登頂できるよ。それも四人で」

「なんだと……」

久住は絶句した。加藤は、なんでもないようにいった。

「もしかしたら、三人かもしれない。がんばってラッセルをやるから、俺は途中でつぶれる可能性がある。そのときには、お前たちにまかせる。だが、できれば全員で登頂したいところだ。これは俺にとっても、はじめてのピークだから」

久住は黙りこんだ。それからながい時間をかけて、ようやく言葉をはきだした。

「……悪かった」

「ラーメン、できたぞ。先に食うか」

加藤はそういってコッヘルをさしだした。久住は照れ笑いをしてコッヘルをかかえ込んだ。それから派手な音をたてて汁気の多いラーメンをすすった。きっかり半分だけ食ったあと、手の甲で口のまわりをぬぐいながらコッヘルを返す。加藤の食事も一分とたたずに終わった。久住はききとりにくい声でいった。

「明日は晴れそうな気がしてきた」

「明日じゃない。晴れるとしたら、明後日だ」

加藤がいった。久住は笑いながらいった。

「馬鹿みたいな話だな。たった二日の停滞で、いらつくなんて。もっとひどい停滞なら、北アルプスで何度も経験しているのに」

加藤は笑っていった。

「大丈夫、明後日にはきっと晴れるさ」

7

三日めの朝が明けた。天候はあいかわらず思わしくなかったが、登行できないほどではなかった。夜明け前に交信したときには、須藤らはもうキャンプ3にむけて登りはじめていた。登頂のサポートというより、撤退にそなえて加藤らの下山をたすける意味もあった。途中のルートはかなり荒れているから、サポートなしで下降すると時間がかかりすぎるのだ。

みじかい交信のあと、加藤らは予定どおりアタックを開始した。途中でビバークすることは、昨日のうちにつたえておいた。携行している野営具は、ツエルト一枚だけだ。食糧はわずかな量のラーメンと乾燥食品、それに飴玉《あめだま》が数個とチョコレートひとかけらだけだ。高所用のガスストーブも携行するから、なんとか夜はこせるだろう。

すでに夜は明けきっているはずだが、太陽はその姿さえみせていなかった。それでも天候は時間とともに回復し、降雪も次第に弱くなっていった。やがて氷雪をまとった岩峰が視界の奥にみえかくれするようになり、稜線をこえていく雲が密度をうすくしていった。青空がみえるほど回復はしないだろうが、これくらいなら行動に支障はなさそうだ。

予想どおり、キャンプ3をでた直後から新雪のラッセルがはじまった。だが加藤は躊躇《ちゅうちょ》することなく、強引に雪をかきわけていった。セカンドの久住は何度か声をかけたが、ほとんど交代しないまま登りつづけた。久住がトップにたったのは、危険な場所を通過するときだけだった。そして周囲が暗くなるころ、彼らは前回の最高到達点に登りついた。

前に久住と戸谷が登ったときにくらべると、登行時間はかなり長かった。だが加藤と久住は、すくなくない量の新雪をかき分けながら登行をつづけていた。しかも雪に埋もれた固定ロープまで掘り起こしてきた。須藤がきいたら怒るかもしれないが、そのせいで自分の登頂が可能になったとしたらどういうだろう。

前回の最高到達点からすこし登ったあたりで、雪稜上に突出した露岩をみつけた。快適な夜をすごすのは無理にしても、岩かげならとりあえず風と雪をしのげそうだ。すでに季節は冬にうつりかけているが、寝袋なしでもなんとか夜をこせるだろう。出発時にくらべて風はかなり弱まっていたし、雲の切れ間から暗さをました青空がみえることもあった。今夜は星空になるかもしれない。

「須藤リーダーの組も、キャンプ3に到着したよ。明日はサポートついでに登ってくるそうだ。固定ロープを掘り起こしたことについては、ぶつぶつ文句をいってたが」

キャンプ3と交信を終えた久住が、ツエルトをひろげていた加藤に声をかけた。暗くなりはじめたときから気温は急速に下降していたが、まだ二人ともツエルトにはいる気はなかった。加藤はシートがわりのロープに腰をおろして、空をみあげた。それから、視線を空にむけたままでいった。

「晴れそうだな、明日は」

「今夜は寒くなりそうだが、明日のために体力はのこしておこう……。須藤リーダーに、先をこされたくないから」
久住はそういって笑った。雲の切れ間から最初の星がみえたのは、その直後だった。

頂稜
スカイライン

1

前進ベースキャンプに帰着するすこし前から、周辺の視界がひろがりはじめた。それまで林立する氷塔《セラック》のあいだをぬっていたルートは、そのあたりで比較的ひらけた氷河上に抜けだしている。いまにも倒壊しそうなセラック群と錯綜《さくそう》するクレバス帯の通過で神経をすり減らしてきただけに、安定した氷河上のルートは何よりもうれしかった。

その安心感から、いくらか緊張がゆるんだのかもしれない。

加藤武郎は足をとめて背後をふり返っていた。巨大なセラック群の上に、北東稜《りょう》がその優美な姿をみせていた。群青色《ぐんじょういろ》の空を切り取る稜線《スカイライン》は、次第に高度をあげながらピークへとつづいている。

スカイラインはたおやかな曲線のつらなりだった。岩と氷で鎧《よろ》われた側壁こそ悪絶な様相をみせているが、その最上部を天と分ける頂稜《スカイライン》はたとえようもなく美しい。

その美しさは、はじめて眼《め》にしたときとかわっていなかった。

ところが実際にその場所を登行したいまでは、おなじスカイラインがまるでちがったものにみえた。以前は気にならなかった小ギャップのひとつひとつが、苦闘の記憶とともに思いだされる。突破に二日をついやした稜線上の雪壁になると、まるで城壁のように大きくみえた。

陽光のまぶしさに顔をしかめながら、加藤は頭上にのびあがるスカイラインを眼で追った。それからサングラスをとって、何度か眼をこすった。スカイラインの形が、記憶とは微妙にちがっている。地形そのものが変化したのではなく、空と雪稜の境が曖昧《あいまい》になっているようだ。

最初は疲労のせいかと思った。七〇〇〇メートルをはさんだ高度で、一週間あまりもハードな登攀《とうはん》をつづけてきたのだ。眼底出血などの症状はでていなかったが、視力が一時的に低下している可能性はある。

立ちどまっていたのは、ほんの数秒だった。気がつくと、先行していた久住も足をとめていた。ロープは結んでいないが、気配で加藤の足どりに気づいたらしい。不思議そうな顔でふり返り、どうかしたのか、というように首をかしげた。

加藤は久住に近づきながら、北東稜をアイスアックスで指し示した。そのときには、異変の原因がわかっていた。すでに氷河上でも、かなりつよい風が吹きはじめている。

「吹きだした……。荒れそうだ……」

加藤がいった。さすがに呼吸が苦しく、言葉はとぎれがちだった。この高度には順応しているはずだが、やはり疲労は隠しようがない。久住も肩で息をしながらいった。

「ああ、荒れるな……」

会話はそれで終わった。もう何年もペアを組んでいる二人には、それ以上の言葉は必要なかった。加藤は久住にうなずいてみせたあと、ふたたびスカイラインをふり返って眼をこらした。

氷雪をまといつかせた北東稜の最上部には、絹のような雪煙がたなびいていた。その雪煙が白い稜線をおおいかくし、群青色の空にまでひろがっている。つまり強風が雪煙を巻きあげて、空と雪稜の境を曖昧にしていたのだ。雲がわきだして、雪稜をみえにくくしているのではない。

一〇日前に前進ベースキャンプを出発したときは、こんなではなかった。雪稜は純白にかがやき、群青色の空はどこまでも深かった。空と山は一本のスカイラインで厳然と区切られていたし、その明瞭《めいりよう》さはみていて痛みを感じるほどだった。

それがいまでは、曇り硝子《ガラス》をとおしたかのようにかすんでみえる。北東稜全体がぼやけているのではなく、スカイラインだけが滲《にじ》んでみえるのだ。北東稜の側壁は細部まで鮮明にみわけられたし、雪煙の影響をうけない上空には群青色の深い世界が広がっている。

おそらくスカイライン全体が、風の通り道になっているのだろう。ロープが水平に吹き流され、体を飛ばされないために非常な努力を必要とする強風が、稜線上をのりこえていく。そのような光景を想像して、加藤は慄然《りつぜん》とした。ただでさえ微妙なバランスをしいられる痩《や》せ尾根の通過に強風が襲ってきたら……。

加藤は身ぶるいした。それは背筋が寒くなるような光景だった。安全地帯に抜けだしたいまでさえ、そのことを想像すると陰鬱《いんうつ》な気分になった。こんなときには、登山という行為がいかにも馬鹿《ばか》げたものに思えてくる。

自分を呼ぶ声に気づいて加藤はふり返った。久住が先をうながしている。はやくキャンプにもどろうと、その顔はいっていた。加藤も無言のままそれにしたがった。

すでに太陽は西にかたむきかけていた。陽光が真横から射《さ》しこみはじめた側壁には、美しいヒマラヤ襞《ひだ》があらわれている。太陽が西の稜線に没するまでまだ時間があるが、明日からの行動を考えればのんびりしている余裕はない。二人は足ばやに氷河をくだりはじめた。

2

ＡＢＣ（前進ベースキャンプ）が視界に入ったのは、北東稜から派生した支尾根の末端をまわり込んだときだった。ＡＢＣといっても、テントが二張りだけのささやかなものだ。それでも実質的に二人しかクライマーのいない彼らの隊では、ＢＣ（ベースキャンプ）につぐ大きさがある。

そのテントのひとつから、だれかが顔をつきだしていた。二人の帰着に気づいて、大きく手をふっている。ベースキャンプ・キーパーの田嶋だった。彼らの帰着にあわせて、下のキャンプから登ってきたのだ。さっきから彼らを待っていたらしく、靴をつっかけるようにしてテントを飛び出した。

なおも手をふる田嶋にこたえるために、加藤と久住はアイスアックスを頭上でふりまわした。田嶋は登攀に参加しないメンバーだったが、おなじ隊の同志であることにかわりはない。一〇日ぶりに顔をみたことで、それまでの疲労が急にうすらぐような気がした。あるいは安全な場所にもどったことを、それで実感できたのかもしれない。

キャンプに到着した二人はアックスを雪面につきたて、投げ出すようにザックをおいてその上に腰をおろした。さすがに口をきくのが億劫《おっくう》で、すぐには足ごしらえをとく気にもなれなかった。

田嶋もそれを察したのか、何もいわないままテントに上半身をつっこんだ。次に顔をだしたときは、両手に湯気のたつマグカップを手にしていた。何もいわないまま、二人にそれをつきだす。

手にしたのは、甘いミルクティーだった。極度に疲労した体には、甘くて温かい飲み物がありがたかった。胃の腑《ふ》に落ちた液体が、たちまち全身にひろがっていくのが感じられる。二人は白い息を吐きながら、むさぼるように茶を飲んだ。

「いやな雰囲気ですね……。上は」

時間をかけて茶を飲みながら、久住がつぶやくようにいった。田嶋は北東稜をみあげながらそれにこたえた。

「ベンガル湾に低気圧が発生しているらしい……。その影響だろう。だが、悪天はそれほどながつづきしないはずだ。たぶん二、三日で回復する。モンスーンがはじまるまでには、まだ余裕がある」

「それは……インド隊むけの情報ですか?」

加藤がたずねた。田嶋はうなずいた。近くの山域に入山しているインド隊には、デリーの支援組織から気象通報が送信されている。それをベースキャンプの田嶋が傍受したのだ。ネパール側では無線機の持ちこみは比較的簡単だから、運がよければこんな情報も入手できる。彼らのような小登山隊が、特定の山域の気象データを入手できたのは幸運といってよかった。

「だから君らの判断は、ただしかったわけだ……。あのまま突っこんでいたら、途中でまちがいなく悪天につかまっていた。登頂どころか下山もできなかったと思う。それに七〇〇〇メートルの高度で一週間も行動したんだから、疲労も蓄積している。どう考えても、あれ以上の行動は無理だった」

なぐさめるように田嶋がいった。それから二人の顔をみて、下山したのはただしい判断だった、とくり返した。

加藤と久住は黙ったままだった。なんとなく居心地の悪い思いで、たがいの顔をみあわせている。予定ではABCから一週間の行動で、ピークを落とすはずだった。それができなかったのだから、これは事実上の敗退にちかい。すくなくとも二人は、そう考えていた。そしてそれだけに、田嶋の言葉は彼らにとって心の負担になった。

客観的にみれば、彼らの下山は敗退といえるほど惨めなものではなかった。ピークこそ落とせなかったものの、未踏の北東稜をトレースしてその核心部を突破できたのだ。登頂の可能性をのこして下山したのだから、充分な成果をあげたといえる。

だが速攻で未踏のルートを突破するつもりだった二人には、それがなんとも物足りない結果に思えた。北東稜にでてからの登攀に予想以上の日数をついやして、かつぎあげた燃料と食糧が底をついてしまったのだ。ルートの難易度をみあやまったのは失敗だし、意気ごんでいた二人は出鼻をくじかれた格好になった。

二人が沈黙している理由に気づいたのか、田嶋は念をおすようにいった。

「とにかく今夜は、ゆっくり休養することだな。明日になれば、また元気がわいてくるさ。俺が若かったころには、一晩寝れば山がちがってみえたものだ。いまはもう、そんな元気はないが」

それでようやく、二人の顔がほころんだ。田嶋は加藤が最初に所属した山岳会の古参会員で、海外遠征はこれがはじめての経験だった。国内の山では二人の先輩格にあたるが、今回の遠征では最初から裏方に徹している。登攀をこなすごとに成長する二人の後輩を、バックアップすること自体を楽しんでいるようだ。

気がつくと、加藤はまた頭上のスカイラインをみあげていた。両手でマグカップをつつみこみ、残った茶をすこしずつ流しこみながら稜線を眼で追っていく。この位置からの北東稜は、いくらみてもあきることがなかった。

——遠征のきっかけは、あのスカイラインだった。

なつかしさとともに、加藤はそのときのことを思い出していた。最初は写真だった。過去の隊がシッキム側から撮影した写真に、偶然あの稜線が写っていたのだ。しかし最初は、あまりそのことを気にとめなかった。美しいラインだとは思ったが、その先にそびえるピークに魅力を感じなかったからだ。登行意欲をかきたてられるのは、ピークであってラインではない。

そのピークは未踏峰だったが、あまり登山の対象にはなっていなかった。山容が地味すぎる——というより、独立したピークとは考えられていなかったからだ。すぐ南側にそびえる八〇〇〇メートル峰のせいで、なんとなく影がかすんでいたのだ。

実際に山域全体の写真をみれば、そのことはすぐにわかる。そのピークは八〇〇〇メートル峰から北にのびる稜線上の、顕著な突起でしかなかった。七八〇〇メートルの高度があるのに、固有の名前さえあたえられていない。堂々たる山容の八〇〇〇メートル峰を主峰として、その北峰と称されていたのだ。だから加藤自身もピークに魅力を感じなかったし、北東稜を登りたいとも思わなかった。

ところがそのような認識は、ネパール側から撮影された写真をみたとき一変した。前の写真とはちょうど反対側の位置からみる北東稜は、おそろしいほどの秀麗さでその姿をさらしていた。地形や光線の状態が微妙にちがうせいか、反転したスカイラインはまるで別物のようにみえた。そしてそこには、シッキム側からはみえなかった美しさがあった。

写真を手にした加藤は、いくぶん興奮気味にそれを久住にみせた。そしてこのラインをたどってピークにたってみないか、と持ちかけた。もちろんライン自体の美しさだけからそんなことをいいだしたのではなく、それなりの計算もあった。ネパール政府が解禁したピークの中に、その山がはいっていたからだ。ところがピーク自体に魅力がないせいか、どの隊も登山許可を取得していなかった。

たぶんネパール政府が登山料による収入をえるために、重箱の隅をつつくようなピークまで解禁したのだろう。だが加藤と久住には、それほど悪くない話だった。八〇〇〇メートルにたりないとはいえ、その高度なら次の遠征のためのトレーニングにはなる。シンプルなスタイルで八〇〇〇メートル峰の速攻登山をおこなうのが、二人の目標だった。

手の中で、マグカップが次第に冷えていく。すでに加藤は茶をのみほしていた。茶をのんで落ちついたせいか、さっきまでの陰鬱な気分はうすらいでいる。田嶋のいうとおり、明日になれば登行意欲は回復しそうな気がした。

考えようによっては、これは幸運なのかもしれない。以前からあこがれていた稜線に、二度も攻撃をしかけられるのだから。加藤はそう思うことにした。

「そうだ。ベースキャンプで連絡官《リエゾンオフィサー》が、妙なことをいっていた。アメリカ隊がルートのことで、情報をおしえてほしいといってきてるらしい。俺はABCより上には登らんから、こたえようがないといっておいたが」

ふいに田嶋がいった。加藤と久住は、そろって首をかしげた。おなじ山域に入山しているアメリカ隊と彼らの隊は、半日行程ほどの距離をへだててベースキャンプを設営している。ずっと上部で行動していた二人には顔をあわせる機会はないが、ベースキャンプの田嶋は何度か訪問をうけたといっていた。

だがアメリカ隊と彼らの隊は、登頂ルートも目標とするピークもちがっている。ルートの情報を知りたいといわれても、その意味がわからない。

「だれだい、あれは」

急に久住がいった。加藤は背筋をのばしてそちらをみた。ベースキャンプにつづく氷河上のルートを、だれかが下から登ってくる。ハイポーターにはみえなかった。ベースキャンプから、だれかがくる予定もない。人かげは着実な足どりで近づいてくる。

3

接近するにつれて、それが白人だとわかった。灰色の髪をした髭面《ひげづら》の大男だった。ザックはかついでおらず、アイスアックスだけを手にはやい足どりで登ってくる。

三人は黙ったまま顔をみあわせた。状況からしてアメリカ隊の隊員としか思えないが、それにしてもABCまで登ってくるというのは妙な気がした。ベースキャンプからABCまでは、高度に順応した者でも丸一日かかる行程だった。

彼らの困惑をよそに、その男はキャンプまでやってきた。そして陽気に笑いかけながら、くせのない英語で挨拶《あいさつ》した。予想どおりアメリカ隊の隊員で、ボレスラフ・スヴィエクだと名乗った。だが、あまりアメリカ人のようにはみえない。外国人のことはよくわからないが、もしかするとスラブ系かもしれない――加藤はなんとなくそう思った。

三人が返事をしないものだから、スヴィエクは話すきっかけを失ったようだ。あいかわらず微笑をうかべたまま、なんとなくこまったような顔をしている。しかたなく加藤が三人の名前を順におしえた。スヴィエクは大きくうなずきながら、三人の名を口の中でくり返した。

「まさかここに泊めてくれ、なんていうんじゃないだろうな。ここには余分な寝袋などないぞ。食糧や燃料だってかぎられている」

加藤が紹介をおえると同時に、田嶋が二人の方をむいていった。日本語だった。口を開きかけたスヴィエクは、それでまた黙りこんだ。田嶋はスヴィエクを無視するようにつづけた。

「それに俺だって、もう下らないとな……。いそがないと、途中で真っ暗になってしまうから」

加藤も困惑したように田嶋を見返した。田嶋のいうとおりだった。加藤と久住の寝袋は、稜線上のキャンプ2に置いてきたままだ。予備の寝袋は二人分しかないし、物資もぎりぎりの量しかのこっていない。最初の予定では、いまごろ登山活動は終わっていたはずだからだ。連絡と荷揚げのために登ってきた田嶋でさえ、今日はベースキャンプにもどらなければならない。空荷で登ってきたスヴィエクを、泊めてやる余裕などどこにもなかった。

久住は黙ったまま加藤をみている。外国語が苦手というわけではないが、スヴィエクと話す気はないようだ。そういえばさっきから、うさんくさそうな眼でスヴィエクをじろじろとみている。

気まずい沈黙がながれた。間がもてないまま、加藤は手の中のマグカップを雪の上においた。いまさら茶をふるまうこともできなかった。田嶋の方は知らん顔をしている。遠来の客を、もてなす気にはなれないらしい。

どう切り出すか加藤が迷っていると、黙っていたスヴィエクが丁寧な口調でいった。

「連絡官《リエゾンオフィサー》には話しておいたのだが、上部のルートについていくつかおしえてもらえないだろうか。その……できれば今日のうちにベースキャンプまでもどりたいので」

「ベースキャンプ……というのは、君たちの隊のか?」

怪訝《けげん》そうに加藤がたずねた。いまからアメリカ隊のBCにもどろうとすれば、どんなに急いでも到着は深夜になる。ここから日本隊のBCまで下りで三時間、そこから氷河本流にうつって半日行程のぼったところがアメリカ隊のBCだった。日本隊が登路にとった氷河は、本流から派生した支氷河になる。

——それともスヴィエクは、日本隊のベースキャンプに野営するつもりなのか。

そんなことを加藤は考えていた。だがスヴィエクは、こともなげにいった。

「もちろん我々のベースキャンプだ。時間さえ無駄にしなければ、日没までには帰着できると思う……。君たちのベースまでは一時間半、そこからさらに二時間というところかな」

三人はおどろいて顔をみあわせた。たしかにさっき登ってきたときは、かなりはやいペースだった。だがそれにしても、三時間半というのははやすぎる気がする。

田嶋は立ち上がっていった。

「何にしても、俺はもう下りるよ。俺の足だと、いますぐ出発しなければ明るいうちにベースにもどれない」

足ごしらえをととのえながら、田嶋は何度もスヴィエクに眼をむけた。それから久住に体をよせて、小さな声で「気をつけろ」と耳うちした。しかしその声は、加藤にまできこえた。久住は無言でうなずいている。

スヴィエクはそれを気にする様子もなく、加藤の顔をじっとみている。せかされるようにして、加藤は話しはじめた。北東稜にとりついてからピークにいたるルートの詳細を、できるかぎり正確に説明していく。

だが加藤にはまだ、スヴィエクの真意がつかめなかった。アメリカ隊がめざしているのは氷河本流の最奥にそびえる八〇〇〇メートル級の主峰で、加藤らのねらっているのはその北峰だった。

ふたつのピークは直線で三キロほどはなれているが、いくらなんでも日本隊のルートが彼らの登路になるとは思えない。もちろん加藤らのたどっている北東稜から北峰に登頂し、さらに主峰をめざすという戦術《タクティクス》もありうる。

しかし北峰から主峰にいたる稜線の縦走には、とてつもない労力と危険がともなう。最初から相当な準備と覚悟をしてかからなければ、成功するわけがなかった。氷河本流から主峰をめざしているアメリカ隊が、同時に北峰からの縦走をめざすとは考えられない。

かといってスヴィエクが、次の遠征にそなえて状況をたずねにきたとも思えない。行動がいかにも性急すぎるし、だいたい遠征の最中にやることではない。

スヴィエクは北東稜の状況を、詳細にたずねている。そして稜線上の概念をつかんだあと、最後にひとつだけ質問をむけた。

「するとルート上には、固定《フィックス》ロープはまったく張られていないのだな」

質問の意味がすぐには理解できず、加藤はとまどっていた。常識的に考えて、二人しかクライマーがいない彼らの隊が固定ロープなど使用するはずがない。ルート上の危険な場所に固定ロープをセットするのは、大規模な登山隊——それも荷揚げで何度もルートを往復するといった古典的な包囲法登山を採用する隊にかぎられる。二人だけの隊でそんなことをしていたら、登頂する前に体力をつかいはたしてしまう。

だがそんなことは、スヴィエクも知っているはずだ。真意がわからないまま、加藤はいった。

「もちろんだ。上部の登攀は我々だけでやる予定だったから」

「だが君たちは、ハイポーターを雇っているではないか。彼らは整備されていないルートを、荷揚げしているのか？」

詰問するような口調でスヴィエクがたたみかけた。加藤は辟易《へきえき》してこたえた。

「彼らが荷揚げをおこなうのは、このキャンプまでだ。本来なら自分たちで荷揚げするつもりだったが、時間を節約したいんでシェルパを何人かハイポーターとしてやとった。それだけだ。本来なら、ここをベースキャンプにしたかったんだが――」

「要するにここピークとのあいだには、まったくロープが張られていないというのだな」

加藤がいい終わらないうちに、スヴィエクが次の質問をむけた。最初にみせた愛想笑いは、いまではすっかり消えていた。加藤は言葉に窮した。実をいうと、張られたロープが皆無というわけではない。

「そういえば……残置ロープなら何本かのこっている。ただし、固定ロープではない。もういちど登るつもりで、回収しないままのこしてきただけだ。稜線上のキャンプ2までに一本、その先の雪壁に二本のこしてある。フィックスしたわけではないから、登頂をはたせば回収しながら下ってくることになるだろう」

「残置したままでも、いいのではないか。残置ロープを回収しなければ、登攀できないわけではないのだろう？　君の話では、最高到達点から先に危険個所はなさそうだから――」

「そんなことは、我々が決める。他人の指図をうける気はない」

ふいに久住がいった。スヴィエクばかりではなく、加藤までがおろどいて久住をみた。久住はスヴィエクをにらみつけて、おなじ言葉をくり返した。

「我々の行動は、我々が決める。そのときの状況を検討した上で」

一瞬の間があった。それからスヴィエクは、もとの笑顔にもどっていった。

「君のいうとおりだ。私はただ登頂をはたしたあと、ロープを回収しながら下降するのは馬鹿げていると思っただけだ」

どこか後ろめたそうな口ぶりだった。久住は表情をかえることなく、スヴィエクをみている。スヴィエクは時計をみながら立ち上がった。

「さて……そろそろ下るべき時間だな。有益な情報をありがとう。いい登攀を」

それだけいうと、スヴィエクはもう下りはじめていた。彼自身がいうとおり、その速さは常人ばなれしていた。

「いったい何ものだ、あいつは」

遠ざかるスヴィエクをみながら、加藤がぽつりといった。久住はしぶい顔でいった。

「あいつの名前、どこかできいたことがあると思った。もとはポーランド隊のナショナル・チームにいた奴だよ。実力は若手で一番だったらしい」

「ポーランドの？　アメリカ人じゃなかったのか」

「つてをたよって、もぐり込んだんだろうな。ポーランドがあんな状態だから、国にいても遠征に参加する機会はない。仕方がないので、あちこちの外国隊をわたり歩いてるという話だ。

要するに昔のソ連が、オリンピックのために養成したステート・アマみたいなものだ。実績のないまま派遣母体がなくなったものだから、待っていても遠征の機会はやってこない。自分を売りこんででも、外国隊の世話になるしかない」

「そんな人間が、なんで俺たちのルートをたずねにきたんだ」

「たぶんアメリカ隊で、何か悶着《もんちゃく》をおこしたんだろうな。実力はあるがやり方が強引すぎるんで、どの隊でも顰蹙《ひんしゅく》をかってるみたいだ。奴としては今後のこともあるから、どんな手をつかってでも登頂を果たしたい。だが外国人がそんなことをやれば、トラブルをおこすのは目にみえている……」

加藤はうなずいた。田嶋が久住に「気をつけろ」といったわけが、それでようやく理解できた。稜線上の固定ロープに、スヴィエクがあれほどこだわった理由もだ。もしかするとスヴィエクは、単独で北峰から主峰へ縦走するつもりなのかもしれない。だが、加藤にはどうも釈然としなかった。久住の言葉を、そのまま鵜呑《うの》みにする気にはなれなかった。縦走登山が物理的に困難だからではない。スヴィエクのみせた邪気のない笑顔が、どうしても久住の言葉とかみあわないのだ。

加藤は頭上の北東稜をふりあおいだ。わずかな時間のうちに、雪煙がさらにはげしくなったようだ。頂稜の上部では、もう雲がわきだしている。

——たぶん明日は風がさらに強く吹くだろう……。

そしてわきだした雲が、スカイラインをつつみかくす。そんなことを、加藤は考えていた。

4

予想どおり、天候はその日のうちにくずれはじめた。

頂稜上にあらわれた雲は次第に高度をおとし、日没までに周囲の視界を白く閉ざしていた。夜半をすぎるころから降りだした雪は、夜が明けてもやむ気配をみせなかった。キャンプの周辺ではそれほどでもなかったが、稜線上ではかなりの強風が吹いているようだ。氷河をおおった霧のむこうから、悲鳴のような風音がきこえてくる。

のんびり休養するはずだった加藤と久住は、終日キャンプの維持に忙殺されることになった。わずかでも油断すれば、テントが降雪の下に埋没してしまうのだ。数時間ごとに雪の重みでつぶされそうなテントからはいだし、吹きよせられた雪をかきわけては補強する。そのくり返しだった。

本来ならその日はベースキャンプまで下降するべきだった。消耗した体力を回復させるには、すこしでも低い場所に降りて体を休める方がいい。それをしなかったのは、時間を無駄にしたくなかったからだ。往復に要する時間の割には、ベースキャンプとこの場所の高度差はそれほどない。それならこの場にとどまって、装備の点検でもしていた方がいい。そう思った。

そのために苦労することになったが、二人は前進ベースキャンプにとどまったことを悔やんでいなかった。もしこのキャンプを無人のまま放置していたら、積雪で埋没するのは目にみえている。再建するだけでかなりの時間が必要になるし、ひとつまちがえば遠征そのものが失敗に終わる。

雪がやむ気配をみせないために、ベースキャンプからの荷揚げも中止せざるをえなかった。予定では再アタックにそなえた物資の荷揚げが、今日からハイポーターによっておこなわれるはずだった。しかしこんな状態では、氷河上の荷揚げは危険すぎる。回復のきざしをみせない空をみあげるうちに、二人は次第に暗鬱《あんうつ》な気分になった。この状態がつづくと、動けないまま食糧が底をつきかねない。最悪の場合は、装備をすててベースキャンプに脱出するしかなかった。しかしそれは、遠征そのものの失敗を意味する。

おそらくこの分では、稜線上のキャンプ2も埋没しているだろう。キャンプ2どころか、そこにいたるまでのルート自体が崩壊しているかもしれない。それを考えると、いいようのない焦《あせ》りを感じた。だが、二人にできることは何もない。

雪はとぎれることなく降りつづいた。夜になっても降雪量はかわらず、空の底が抜けたかのように降っている。時間とともに風がつよくなり、ときには強風でテントが吹き飛ばされそうになった。そして次の日も吹雪で明けた。

待つしかなかった。天候の回復を待つ以外に、できることは何もなかった。すでに雪は三六時間も降りつづいている。いくらなんでも、もう雪がつきるのではないか。加藤と久住は、そんなことを考えていた。実際はさらに降りつづくこともめずらしくないのだが、二人ともそれは言葉にはださなかった。そしてその日の夜も、雪は降りつづいた。

それでも三日めの昼前には、いくらか天候が回復してきた。雪はあいかわらず降りつづいているが、一時期ほどの勢いはない。風だけが飛雪をのせて、ごうごうと吹きすぎていく。

なんとか行動できると判断した二人は、準備をととのえてテントをでた。

すでに彼らがいたテントの周囲には、かきわけた雪の塊がうずたかく積み上げられていた。地形の影響で雪が吹きよせられるのか、その量はみただけでうんざりするほどだ。まるで大穴の底に、テントだけが沈みこんでしまったかのようだ。風でテントが飛ばされる心配はないものの、油断すれば飛雪だけで埋没する危険もあった。

稜線にむけて行動するのは、まだ無理だった。しばらく様子をみないことには、上部にむかうのは危険すぎる。それに行動用の食糧も、ほとんどなくなっていた。

さらさらと吹きすぎる雪の中を、二人はベースキャンプにむけて下りはじめた。今朝の交信では、数人のハイポーターが荷揚げを再開しているはずだった。だがルートが雪に埋没した状態では、とても一日で荷揚げは終わらない。加藤と久住がルートを整備しなければ、貴重な何日かをさらにロスしてしまう。

結局、その日はベースからの荷はキャンプにとどかなかった。途中までかつぎあげたものの、時間ぎれで荷を残置《デポ》してベースにもどってしまったのだ。田嶋がハイポーターに先行してルート整備をおこなってくれたが、積雪量がおおくてそれ以上の行動は無理だった。

二人は重い足どりでキャンプにもどった。すでに食糧ばかりではなく、燃料もとぼしくなっていた。軽くなった最後のガス・カートリッジにバーナーをセットし、食事の用意をはじめる。明日も荷を回収できるとはかぎらないから、今夜の晩飯は二人でラーメンが一袋だけだった。しかもガスの残量が心ぼそく、生煮えのまま食うことになりかねない。

氷河の側壁から丹念にあつめたつららをクッカーに放りこみ、熱を逃がさないよう注意しながらゆっくりと加熱した。行動中に氷がみつかったのは幸運だった。しまりのない雪をとかしていたのでは、ラーメンができる前にガスがなくなるかもしれない。

それでも二人は楽観していた。明日になれば、天候はさらに回復するだろう。田嶋の手にした気象情報も、それを裏づけている。もし回復しなくても、このキャンプにいるかぎり危険はない。そんな気がしていた。

久住が口をひらいたのは、加藤の手にしたクッカーから湯気があがりはじめたときだった。久住はききとりにくい声でいった。

「お前……どう思ってるんだ。あのポーランド人のいったことを」

加藤はゆっくりと顔をあげた。久住はじっと加藤の手元をみている。すでにテントの中は暗くなりかけていた。バーナーの炎に照らされて、久住の顔は妙に青白かった。そのせいばかりではないが、久住はいらだっているようにみえた。加藤はいった。

「残置ロープのことか?」

「ほかに何がある。あの野郎は俺たちの残置ロープを利用して、稜線をトレースするつもりだ。支峰だけを往復するつもりなのか、それとも一気に主峰を落とす気なのかはわからんが」

不機嫌そうに久住はいった。加藤は湯の中にラーメンを放りこみながらいった。

「主峰まで縦走するとは思えないな……。たぶん次の遠征のために、偵察でもやるんじゃないのか」

「そんな話じゃないんだよ! お前はどう思ってるのか、それをきいてるんだ。奴のいうとおり、核心部にロープを残置するつもりなのか? 俺たちの開拓したルートを、黙ってくれてやるつもりなのか」

言葉はとげとげしいが、久住の口ぶりはどこか不安そうだった。加藤と意見が対立するのを、おそれているかのようだ。加藤はちいさく笑っていった。

「山にゴミを残すのは感心しないな……。たとえ使用ずみのロープでも」

ほんの一瞬、久住は沈黙した。加藤の言葉が、すぐには理解できなかったようだ。

それから急に、顔をほころばせていった。

「つまりあの野郎のために、ロープを残しておくつもりはないということか」

加藤は顔をあげた。結果的にはそうだが、久住は勘ちがいをしている。そう思った。

加藤は言葉をえらびながらいった。

「あの稜線《スカイライン》はいいルートだと思う……。すっきりとしていて、クライミングに専念できる。危険なことはたしかだが、いやらしい危険さじゃない。しかも、スカイラインの形が奇麗だ。

だから……次にくる奴の楽しみをうばうべきじゃない。苦労して稜線にとりついたら古いロープが残っていた、なんてのは興ざめだからな。すっきりした場所は、すっきりした状態で残してやりたいんだよ。

だからロープにかぎらず、クライミングの道具はすべて回収してくるべきだと思う。あの男が何をいおうと、それは関係ない。俺はそう思っている」

久住の表情が微妙に変化した。怪訝そうな顔で、じっと加藤をみている。それから、意外そうにいった。

「お前……ずいぶん変わったな……」

言葉の意味がわからずに、加藤は首をかしげた。久住は笑っていった。

「お前と俺が組みはじめたときは、そんなことをいったりしなかった。とにかく登るのに精一杯で、あとからくる奴のことを考える余裕なんかなかった。それがいまは、何も残置したくない、というんだから」

「余裕が……あるとは思えんな。いまでも危険な場所を通過するときは、怖くて仕方がない。お前がいなければ、とてもじゃないが登る気になれないだろう。高度順応には自信があるんだが、クライミングの方はまるで駄目だから」

そういったあと、久住の顔をみてつけ加えた。

「いっておくが、お前一人に危険を押しつける気はないからな。回収するといった以上、俺もリスクは負うつもりだ」

「いちいち念をおさなくてもいい。それくらいのことは、いわれなくてもわかってる。それに俺だって、お前のサポートが必要だ。そうでなければ、単独でやってるよ。妙ないい方をするんじゃない」

久住は鼻を鳴らしたが、機嫌が悪いわけではなさそうだった。だが久住は、すぐ深刻そうな顔になっていった。

「だが奴の考えは、俺たちとはちがう……。ルートを奇麗なままにしておいてほしいとは、思っていないようだ」

加藤はクッカーの蓋《ふた》をあけた。火力をおさえたせいか、ラーメンはまだ生煮えの状態だった。だが、食えないほどではない。食っているうちに、やわらかくなるだろう。

加藤はバーナーを消した。

「なんとか持ったな……ガスが。この分だと、明日の朝も茶くらい沸かせそうだ」

それから加藤はクッカーを久住にさしだして「先に食えよ」といった。久住は黙ったまま、クッカーをかかえこんだ。暗くなったせいで、久住の表情が読みとりにくくなっている。無意味にクッカーの中味をかき回しながら、しきりに加藤の顔をみている。しばらくそうやっていたあと、ようやく久住は口をひらいた。

「何にしても、あのルートは奴一人のものじゃない。お前のいうとおり、ロープは回収するべきだ。次に会ったら、俺がそういうよ。みんな回収してきたとな」

それから久住は、勢いよくラーメンをすすりはじめた。

5

翌朝は久しぶりに視界が回復した。晴れ間がみえるわけではないが、雲の底がかなりたかくなっている。前日までは霧でかくされていた北東稜も、側壁の下部までは姿をあらわしていた。風はまだおとろえていないものの、天候は着実に回復しつつある。

二人は夜明けとともに行動を開始した。ベースキャンプにむけて、黙々と下っていく。降雪は夜のあいだにとだえていた。あらたな積雪がないために、昨日の踏み跡《トレイル》を歩くのに苦労はしなかった。気温はかなり下降していたが、それだけに雪面はかたくしまって歩きやすい。

風にのって吹きつける氷粒にうたれながら、二人は黙々と下降をつづけた。踏み跡《トレイル》の末端に達したあとは、深雪をかき分けながらのラッセルになった。予想していたほど雪は深くなかったが、雪にかくされたクレバスの横断には神経をつかった。

それでも昨日のうちにルートを整備しておいたせいで、昼前のはやい時間に前日の荷を回収することができた。ベースキャンプとの補給線が確保できたことで、二人はようやく安心した。二人でかつぐには重すぎる荷だったが、前進ベースキャンプにもどる彼らの足どりは軽かった。

ガスや食糧の心配をせず昼飯がつくれるというだけで、沈んでいた気持ちが明るくなった。とりあえず午後からは、上部ルートの整備にかかるつもりだった。ルートの修復というのは気の重い作業だが、それがあまり気にならない。そしてたっぷりした昼飯をとるころには、雲間から太陽がみえることも多くなっていた。

ところが氷河にそって一時間も登らないうちに、二人の意気ごみは打ち砕かれることになった。セラック帯をぬけたところであらわれた北東稜への登路は、三日のあいだにすっかり変化していた。単に積雪がルートを埋めているのではない。降りつもった雪が、地形そのものをかえていたのだ。

「こいつは……最初からルート工作をやり直すしかないぞ……」

久住が茫然《ぼうぜん》としていった。それほど積雪による変化はおおきかった。たとえばルート上の目印になるはずの顕著な岩峰が、どこにもみあたらない。最初は流れる霧が、岩峰をかくしているのかと思った。ところがみえかくれするルートを根気よく眼で追っても、それらしい岩峰はなかった。そして記憶と地形をつきあわせていくうちに、よく似た形をした雪のドームがみつかった。昨日までの降雪が、岩峰を雪のドームにかえていたのだ。

岩峰があの様子では、その下を通過するルートは相当なラッセルをしいられるはずだ。それどころか雪崩《なだれ》の危険さえあった。実際にルート上の何カ所かには、小規模な雪崩の跡もみえた。そのような危険をさけようとすれば、ルートそのものを変更しなければならない。

久住は意見をもとめるように加藤をみている。技術的な困難が予想される稜線上ならともかく、取りつきでしかない側壁下部がこの状態では意気があがらないのだろう。げっそりしたというより、登行意欲そのものをなくしてしまったかのようだ。

加藤は黙ったままルートを眼で追っている。霧のせいで、視界はあまりよくない。時間をかけて観察しなければ、ルートの全貌《ぜんぼう》はみえてこなかった。

キャンプ2にいたるルートは最初のうち北東稜の側壁基部を斜上しながら高度をあげ、北東稜から派生した支尾根をからむようにして上部へのびている。支尾根自体は登行の困難な岩稜だったが、側壁を構成する雪壁とのコンタクトラインは比較的安定していた。そのラインを丹念につたっていけば、それほど苦労せずに北東稜まで達することができそうだった。

加藤は動かなかった。吹きつける風の中で、ルートを丹念にみていく。ときおり霧が視界をかくすとき以外は、まばたきすることもなかった。

しばらくそうやっていたあと、加藤はゆっくりと足を踏みだした。埋没したルートをたどるのではなく、見通しのきく場所をさがして位置をかえているだけだ。

歩きだしたとたんに、腰までもぐる深雪になった。この付近の高度は六〇〇〇メートル程度だが、それでも腰までのラッセルは体力をひどく消耗する。しかも午後になってから、雪がゆるみはじめていた。だが加藤は立ちどまることもなく、強引に雪をのりきっていく。

最初のうち久住はとまどっていたが、やがて黙ってあとを追ってきた。加藤は周囲の状況に注意をはらいながら、さらに先へすすんでいく。さすがに息切れがひどかったが、それほど遠くまで移動する気はない。

側壁基部の露岩をまわり込んだところで、いくらか視界がひらけた。上部の地形も、微妙にちがってみえる。加藤はしばらく地形を観察していたが、やがて久住をふり返っていった。

「下部のルートを変更した方がいい。あのドームを上に迂回《うかい》して、支尾根の中間あたりにでよう。いまの状態なら、その方が合理的だ。明日から二日かけて整備すれば、前のルートにつなげることができる」

久住はため息とともに同意した。クライミングのセンスはいいのだが、久住はラッセルが苦手だった。もっともこれまでの山行では、厄介なラッセルはたいてい加藤が引き受けていた。久住はあらたなルートに眼をむけながらいった。

「下部ルートの整備に二日、キャンプ2までの荷揚げが一日。そこからピークまでさらに二日だな……。北東稜の核心部を一日で抜けたとしてだが」

「もうひとつ。キャンプ2が被害をうけていないとしてだ。もしテントを発見できなければ、ABCからテントを一張り持ち上げるしかない。もちろん、寝袋もだ」

つまり条件がすべてそろったとしても、ピークに到着するのは明日からかぞえて五日後になる。その日のうちにキャンプ2まで下降できたとして、すべての荷をまとめてベースキャンプに撤収できるのは一週間後のことだ。だが予想外の事態が発生すれば、キャンプ2にも達することなく遠征は終了するかもしれない。

「一週間も天気が持つかな……」

陰気な声で久住がいった。それから時計をみながらつぶやいた。

「そろそろ時間だ……」

ベースキャンプの田嶋と、午後の交信をおこなう時間になっていた。久住はザックからトランシーバをとりだし、それを手にして周囲を歩きはじめた。セラック帯をぬけて側壁に登ったのだから、感度は氷河上よりもいいはずだ。ところがきこえてくるのは、雑音ばかりだった。

久住は舌打ちをしながら移動をくり返した。そして田嶋の声は、唐突にながれだした。だが加藤には、それがききとれない。

「モンスーンが？」

久住がいった。加藤は耳をそばだてた。もうモンスーンがはじまる時期になっていた。そして東部ヒマラヤのこのあたりでは、モンスーンのはじまりは登山期間の終了を意味する。ベンガル湾から吹きだす季節風は、大量の降雪をヒマラヤにもたらす。それはわかっていたが、久住の言葉はいかにも唐突だった。まるで登山の終了を、一方的に宣告されたような気がした。

久住が交信をおえた。それから、抑揚のない声でいった。

「ベンガル湾の沿岸では、すでにモンスーンの影響がではじめているそうだ。このあたりにまで吹きはじめるのは、はやくて一週間後だ……」

「一週間……」

「アメリカ隊も最終的なアタック態勢にはいったみたいだな。あっちも昨日までの悪天候で、かなり苦労していたみたいだ。だが人数が多いから、ルートの整備にあまり時間がかからんようだ。たぶん俺たちとおなじか、それよりはやく登頂するんじゃないかっていっていた」

久住は言葉をきった。それから、独り言のようにいった。

「なんにしても、モンスーン以前にあの野郎がこのルートを登ることはないわけだ……」

加藤は黙ったまま、その言葉をきいていた。もうスヴィエクのことなどどうでもよかった。それよりも明日からの行動の方が気になった。

6

翌日の行動は、腰まで没するラッセルの連続だった。

ある意味でそれは、クライミングにもっとも遠い行為だった。ときには技術的に困難な場所もあらわれたが、それ以外はひたすら雪をかきわけるだけで終始した。露岩の点在する緩斜面の雪田を、あらかじめ設定したラインにそってじりじりと高度をあげていくだけだ。

意気のあがらない登行だった。それ以上に、精神的な苦痛をしいられた。前回それほど苦労なく通過できた場所を、迂回しながら何倍もの時間をかけてラッセルしていくのだ。高度順応が終わっていたからいいようなものの、そうでなければ彼らはつぶれていたかもしれない。

もともと前回のルート選定は、安全性よりも登行速度に重点をおいていた。何度も往復する予定はなかったし、アタックも一度で成功させるつもりだった。だから二人が最短時間で稜線に抜け出せることだけを考えて、ラインを設定した。大量の雪が降った場合の危険は、最初から無視していた。

そのルートが、大量の降雪でつかえなくなった。実際に小規模な雪崩が、いくつも発生しているようだ。原因は悪天候を予想できなかったことにあるのではない。一度めのアタックが失敗した時点で、最初のルートは価値がなくなっていたのだ。

だから彼らの設定した新ルートは、最初から不合理なものだった。ルートの上半分をいかすために、下半分だけをあらたに設定し直したのだ。木に竹をついだようなちぐはぐさは、どうしてものこる。

そのような矛盾を、加藤は強引なラッセルでのりこえようとしていた。久住も交代はするが、実質的にルートのほとんどは加藤が開いていった。そしていつの間にか、久住は先行する加藤の支援に終始するようになった。加藤はみえない何かにつき動かされるかのように、ひたすら登行をつづけている。

だが二人の果敢な行動にもかかわらず、ルートは予想したほどのびなかった。さすがに高所での連続したラッセルが、体力を消耗させていたようだ。そして時間だけが、容赦なくすぎていった。

丸二日をかけても、あたらしいルートは支尾根にとどかなかった。その間、彼らは疲れきった足どりで前進ベースキャンプとルートの先端を往復した。口にはださないが、二人とも遠征の失敗を意識しはじめていた。一度は核心部である北東稜を通過できたのだから、ピークにこだわることなどないではないか——そんなことさえ加藤は考えていた。だが、久住にそれを話すことはできなかった。

最初の二日間は登攀用具だけの空身だったが、三日めは完全装備で前進ベースキャンプをあとにした。先のことを考えると、どうしてもこの日のうちにキャンプ2にはいる必要がある。すこしくらい無理をしても、稜線上に登ってしまうつもりだった。天気は小康状態をたもっていたが、いつ崩れだすか予測はできなかった。もしも天候が悪化すれば、そのときは即座に下山しなければならない。

意気ごんで出発したものの、その日も彼らは支尾根に達することができなかった。かつぎあげた荷をルートの最先端にデポし、もういちど前進ベースキャンプに引き返した。さすがに二人とも、口をきく元気をなくしていた。だが、まだ可能性がないわけではない。翌日のうちにキャンプ2に入ることができれば、ぎりぎりで登頂できるかもしれない。

加藤が重い口をひらいたのは、その日の晩飯を食いおわったときだった。

「どうするつもりだ……」

それだけいった。久住は不機嫌そうに息をもらしたが、加藤の問いにはこたえようとしなかった。疲れきっているのか、顔をあげようともしない。

明日は夜明けの二時間前に出発する予定だった。何度も往復したルートだから、暗いうちからでも充分に行動はできる。だが行動時間をながくしたところで、明日はキャンプ2にはいれるとはかぎらない。

ながい時間のあと、久住はようやくいった。

「どういう意味だ……。ここまでやったんだから、ピークはあきらめて下山しよう、天候も体力も思わしくないから下山したい、そういいたいのか?」

加藤は口ごもっている。久住はゆっくりと顔をあげていった。

「お前、俺を信用してないな」

胸をつかれたような気がして、加藤は久住の顔を凝視した。ライトの光で、久住の眼が異様に光っている。久住はつづけた。

「冗談じゃない……。お前が思っているほど、俺はやわじゃないぞ。ラッセルはお前に負けるが、稜線にでればこっちのものだ。俺の出番がくる前に、引き返されてたまるか。自分一人でラッセルやりやがって……」

いつの間にか、久住の眼に笑みがうかんでいた。加藤はほんのすこし安心した。それから、余計なことをいったと後悔した。久住はぼやくようにいった。

「だいたい……あのロープをどうする気なんだ。ここで下山したら、残置するしかないんだぞ」

加藤は息をのんだ。そのことを、すっかり忘れていた。

「……悪かった」

ようやくそういった。それから二人は、寝袋にもぐり込んだ。

7

キャンプ2の跡地に到着したのは、四日めの夕暮れちかくになってからだった。

残照のピークをのぞむ跡地にたって、二人は茫然としていた。文字どおりそこは跡地でしかなかった。稜線上に設営されているはずのテントが、どこにもみあたらない。

あたりは一面の雪原になっていた。

雪に埋もれたテントを、いまから探すのは不可能だった。日没とともに気温は急下降し、風にたたかれた雪面はコンクリートのようにかたく凍結する。専用の道具をつかわないかぎり、テントの発掘はできそうにない。

こうなることを、予想はしていた。非常用のツエルトと予備の寝袋は、ザックの奥にしのばせてある。だがツエルトの居住性は、通常のテントにくらべて格段におとる。さらに北東稜上部に設営するはずの最終キャンプは、この場のテントをそのまま持ち上げるつもりだった。二晩、あるいは三晩連続してツエルトだけで夜をこせば、体力はかなり消耗する。

だが、選択の余地はなかった。あきらめきれず何度か雪面にアイスアックスをつきたてたあと、二人は風のあたらない斜面に移動した。テントを掘り返すはずだったスコップで、黙々と雪洞《せつどう》を掘りはじめる。この場に雪洞をつくっておけば、テントの代用にはなる。

明日はキャンプ3予定地まで登り、ツエルトで不時露営《ビバーク》したあと次の日のアタックにそなえるつもりだった。アタック日のうちに前進ベースキャンプまでもどれなくても、ここに雪洞があれば夜はこせる。

二人がかりで作業した結果、それほど時間をかけずに雪洞は完成した。大きさが不充分で窮屈な部分もあるが、それなりに快適な雪洞だった。吹きさらしの稜線でツエルト一枚をかぶってビバークすることを考えれば、天国のようなものだ。もちろんテントにくらべれば居住性は劣るが、それほど気にすることはない。どのみち日数の余裕はないから、長期戦の覚悟は必要ない。体力が消耗するより先に、モンスーンがやってきて下山せざるをえなくなるだろう。

雪洞にはいって腰をおろすと、さすがに息がもれた。二人とも疲労しきっていたが、気分は悪くなかった。どちらからともなく顔をみあわせて、安堵《あんど》の笑いをうかべる。側壁下部のながくて苦しいラッセルから解放されたというだけで、遠征が成功したかのような気がした。

彼らに必要なのは、あと二日間の晴天だけだった。天候さえもてば、明日は北東稜を通過できる。そして明後日は、ピークを落として下山できるだろう。ピークにつづく最後の稜線だけが未踏だが、前にみたかぎりでは問題はなさそうだった。よほどのことがないかぎり、モンスーンがはじまる前に遠征は完了する。

翌日は太陽が射しこむのを待って行動を開始した。いそぐ必要はなかった。今日の行程は二人とも熟知している。前のとき通過に苦労した雪壁には、二本のロープが残置してあった。側壁下部のように、深雪で悩まされることもないはずだ。稜線上では積雪自体がすくないし、すでに六日前の降雪はしまっている。

できるかぎり荷を軽くしたせいで、北東稜の登行は快適だった。ラッセルのあいまにみあげたスカイラインを、一歩ずつ自分の足で攀《よ》じていく。さすがに七〇〇〇メートルラインでの行動は苦しかったが、そして数日来の連続行動で疲労は蓄積していたが、問題にするほどではなかった。なによりもクライミングという行為そのものが、彼らを興奮させていた。

その日の行動は、残置されたロープをつたって最後の雪壁をこしたところで終了した。そこが前回の最高到達点だった。そこは計画段階でのキャンプ3——ファイナルキャンプの予定地でもあった。

すでに午後の交信時間になっていた。トランシーバを手にした久住は、よろこびとともにファイナルキャンプ予定地に到達したことをつたえた。そしてピークにいたる稜線に、それほど困難な場所はないことをつげた。だがもどってきた田嶋の声は、期待していたほど明るくなかった。

「アメリカ隊が登頂に成功したらしい……」

陰鬱な声で田嶋はいった。なんとなく悪い予感がして加藤は久住の顔をみた。登頂が成功したのに、どうしてこれほど陰気な声で話すのか。だれかが下山途中で死んだのだろうか。しかしそれにしても、いまの彼らに関係があるとは思えない。そして田嶋は、予想外のことをいった。

「登頂に成功したアタッカーのうち、一人は下山しなかった。例のスヴィエクという隊員だ。最初は下山途中で遭難したのだと思われたが、あとになって意外なことがわかった。スヴィエクは主峰から北峰にむけて、単独縦走をはじめたらしい。同行していた隊員の証言も、そのことを裏づけている」

「あの野郎……このラインを下山ルートにつかうつもりだ……。最初からそのつもりで――」

トランシーバをにぎりしめたまま、久住がいった。田嶋からの送信は、まだつづいている。

「それが昨日のことだ。そして今日の午後、二次アタック隊が登頂に成功した。彼らは主峰と北峰のあいだの稜線上に、スヴィエクらしい点が動いているのをみた。移動速度はかなり遅いが、いまも北峰にむけて縦走をつづけているようだ」

二人は同時にピークをみあげた。この位置からみあげるピークは、圧倒的な迫力で天にむかって突きあげている。ピークにいたる稜線のたかまりは、まるで人の存在をよせつけない城塞のようだ。
——あのピークのむこうで、スヴィエクが苦闘をつづけている。

その事実が、ふいに実感をともなって加藤の胸をうった。縦走を開始したのが昨日の午後だとしたら、すでに二四時間以上もスヴィエクは行動していることになる。だが八〇〇〇メートルにちかい高所でのビバークをこなしたあとでは、かなり消耗しているはずだ。

「駄目だな……。いまだに北峰をこえていないんだから、縦走は失敗したとみていい。今日のうちにここまで下ってこないと、かなりやばいことになる……。いくらタフな奴でも、あの高さでもう一晩ビバークするのは無理だ。朝までに、まちがいなく死ぬ」

久住がピークをみあげたままでいった。その言葉には、まったく感情がこもっていなかった。加藤はトランシーバをとりあげていった。

「それでアメリカ隊は……我々に何か要求しているんですか。スヴィエクの救助とか、下山のサポートとか」

それをきいた久住が、じろりと加藤をにらんだ。田嶋からの返答は、一瞬おくれてもどってきた。

「いや……正式には何もいってきていない。単に情報をつたえてきただけだ。実は彼ら自身も、スヴィエクのサポートはおこなわないことを決めたらしい。今日の二次アタック隊を収容したら、全キャンプを撤収するそうだ。モンスーンがくる前に下山しなければ、ほかの隊員たちまで危険にさらすことになるから」

「キャンプを撤収……」

加藤がつぶやいた。久住は茫然としている加藤の手から、荒々しくトランシーバをとりあげた。そして不機嫌な声でいった。

「ほかに連絡することがなければ、これで交信を終わりたいと思いますが」

田嶋からは、みじかい了解の声がもどってきただけだった。トランシーバをオフにした久住は、憮然《ぶぜん》とした表情でいった。

「何を考えている。あいつのことか?」

久住が顔をこわばらせているのは、寒さのせいばかりではなさそうだった。言葉にできない腹立たしさが、ゆがんだ唇にあらわれているようだ。加藤はみじかくいった。

「もう日が暮れるな……」

さっきまでピーク全体を彩っていた残照は、いまは最上部あたりにまで追いあげられていた。ピークにつづく北東稜は色彩と光を失い、淡いモノトーンの世界に沈みこんでいる。それでもピークの肩あたりに頂部をのぞかせる主峰は、まだ残照の最後の光を放っていた。主峰につづく稜線は、この位置からはみることができない。

「はやくしないと、靴が凍りつく……」

それだけいって、加藤は夜をこす準備をはじめた。久住も黙ったまま、それにならった。

8

その夜はつらいビバークとなった。

岩かげにつまっていた氷をアイスアックスで削り、一本だけ携行したロープと空のザックをシートがわりに敷いて二人は腰をおろしていた。寝袋は最初から持ちこまなかったし、防寒具も行動用のものしか携行しなかった。強風と冷気と風を遮断するのは、うすいツエルト一枚だけだ。

気温はじわじわと下降した。日没から数時間もたたないうちにツエルトの内部は霜で真っ白になり、風が吹くたびに霜がはがれ落ちて体に降りかかった。彼らは胎児のように体を丸め、寒さにふるえながらながい夜が明けるのをまった。

それでも蓄積した疲労のせいで、何度か眠りに落ちたようだ。夢もみないあさいまどろみだった。寒さのせいで何度も眼をさまし、たがいが生きていることを確認してまた眠るということをくり返した。それは眠るというより、断続する失神にちかかった。だが体温は維持できていたから、仮死というほどではない。

ようやく周囲が明るくなっても、まだ行動することはできなかった。この寒さでは、とても体を動かせるものではない。体があたたまるまで、爬虫類《はちゅうるい》のように待ちつづけるしかない。

ひとつしかないガス・カートリッジにバーナーをセットして、久住は湯をつくっていた。最低限の行動食しか用意していないが、ミルクティーをつくる程度の余裕はある。バーナーの小さな炎を両手でつつみこむようにして、二人は湯がわくのを待っていた。

「奴のことは忘れろ……」

沈黙にたえかねたのか、久住が低い声できりだした。昨夜ビバークにはいってから、はじめて口にした言葉だった。久住は独り言のようにいった。

「たぶんあいつは、もう死んでいる。俺たちにできることは何もない。昨日の晩だって、何もできなかったんだ。アメリカ隊の連中が見捨てたんだから、俺たちだってどうすることもできない」

加藤は黙ったままだった。久住もばつの悪そうな顔で黙りこんだ。そして湯がわいた。クッカーでつくったミルクティーをのみながら、加藤はぼそぼそといった。

「生きているかどうかは、俺たちが決めることじゃない……。それは奴の問題だ」

久住はぎくりとしたように加藤をみた。それから、勢いよく茶をすすっていった。

「クライマーを残置するわけにもいかん、というわけか」

茶をのんだことで、はく息が真っ白になっていた。久住はことさら陽気な声でいった。

「いまだからいうんだが、奴の気持ちはわかるような気がする……。たぶん奴は焦ってたんだろう。これからというときに遠征に参加する機会を失ったものだから、実力を発揮できる場所を躍起になってさがしていた……。他の隊に自分を売りこむための実績をつくりたくてあんな強引なことをしたんだと思う……。だから、奴のしたことに文句をいうつもりはない。いえないんだよ。俺だって奴の立場に追いこまれたら、おなじことをしてたかもしれん。八〇〇〇メートル級の稜線で単独縦走をやれば、メーカーやスポンサーにも顔がきくようになる……」

加藤はそれにこたえなかった。久住がいつになく饒舌《じょうぜつ》なのは、スヴィエクのことが心の負担になっているからだろう。そう考えていた。だが、それを口にする気はなかった。かわりにいったのは、おそろしく現実的な言葉だった。

「さて、いくか。いそがないと、今夜もここでビバークすることになるぞ」

久住もそれに同意した。それから二人は、手ばやく装備をまとめはじめた。もっとも準備といったところで、することはほとんどない。ツエルトをはじめ装備の大部分は、ここに残置《デポ》していく。トランシーバさえ重荷になるので持っていかないつもりだった。つまり今日の日没までには、何があってももどってこなければならない。

足ごしらえを確認し、装備を点検しただけで準備は終わった。二人はピークにつづく頂稜をたどりはじめた。遠くの山なみからのぼりはじめた太陽が、ひどくまぶしい。風はややつよかったが、問題にするほどではない。稜線の最後の部分は、危険を感じさせない程度に安定していた。

登るにつれて、太陽が雲の中にはいりこんだ。頭上には厚い雲がおおっているが、動きはまだそれほど活発ではない。今朝はやくの交信で田嶋は、あと一日か二日は天候が安定しそうだといっていた。はやい時刻の登頂を確信して、二人は登行をつづけていく。

だがピークにつづく最後の行程は、予想外に手間どった。技術的に困難な場所はないが、疲労が行動をにぶくしていたようだ。おぼつかない足どりで、二人は一歩ずつ体を上に押しあげていった。

時間は容赦なくすぎていった。だが二人とも登頂の断念を考えていなかった。つかれたように、足を前にだしていく。単調な時間がつづいた。そして太陽が西にかたむきはじめたころ、ようやく彼らはその場所に立った。彼らを苦しめていたピークは、そのとき二人の足下にあった。

ピークには立ったものの、そのことに感慨はなかった。それよりも加藤には、主峰につづく稜線が気がかりだった。登頂のセレモニーもそこそこに、加藤はピークから足を踏みだした。そしてそこで、それをみつけた。

ひとめみただけで、それがスヴィエクだとわかった。頂上直下の岩かげに、身をひそめるようにして死んでいる。距離は五〇メートルほどだが、いまの彼らには絶望的なほど遠かった。体力を消耗しきった状態では、往復するだけで一時間はかかるだろう。そしてもちろん、そんな余裕はなかった。いますぐ下山しなければ、彼らもおなじように死ぬ。

「昨日のうちに死んだんだな……」

ぽつりと久住がいった。スヴィエクの死体には、うっすらと雪がつもっていた。加藤は顔をあげた。死体のある露岩の先には、ナイフのようにやせた雪稜がつづいている。そしてそのさらにむこうには、堂々たる山容の主峰がそびえていた。

「次の目標は……あのラインだな……。こちら側からルートを延長して、主峰につなげるんだ。スヴィエクは、いいラインに眼をつけた」

加藤がいった。久住も主峰に眼をむけていった。

「金のかかりそうな遠征だ……。だが、なんとかしたい」

うなずきあったあと、二人はスヴィエクの死体に眼をむけた。気のせいか、スヴィエクもそれに同意しているようにみえた。

それから二人は死体に背をむけて、北東稜を下りはじめた。

七ツ針

——山岳ホラー

二月二八日　記

もっとはやく、記録をのこすことに気づくべきだった。せめて行動記録だけでもとっておけばよかったのだが、いまごろ後悔しても仕方がない。私にのこされた時間はかぎられており、記録すべきことはあまりに多い。時間切れまでに、どこまで事実を記述できるか非常に心配だ。だが、とにかくやってみることにする。これまでの私の行動を、ふりかえる意味においても。

冒頭で記したように、今日は二月の二八日だ。少なくともこの日の日没まで、私は生きていたと考えてほしい。もし明日づけの記録が空白であれば、私は今夜のうちに死んだことになる。生きたまま明日の夜明けをむかえられたら、あらためて記録をつづけるつもりだ。その可能性は、かなり小さいといわざるをえないが。

外はあいかわらずひどく吹雪《ふぶ》いている。この分だと、あと三時間もしないうちに雪《せっ》洞《どう》内は真っ暗になるだろう。時計の針は、この寒さの中でも正確に時をきざんでいる。

たとえ私の死体が氷づけになっても、時計だけは動きつづけるだろう。そのおかげで、私にのこされた時間だけは見当がつく。

とにかく、現在の状況を簡単にかいておく。私がこの雪洞で動けなくなったのは、二月二四日の日没前だった。天候はその日の午後から、ずっとおなじ調子だ。大量の雪が、間断なく降りつづいている。この分では今夜中に天候が回復しても、明日以降の行動は不可能だろう。一週間ちかく降りつづいた雪で、谷すじは雪崩《なだれ》の巣になっている。たとえ雪崩の危険がなくとも、深雪をついて下山する体力はのこされていない。

少しずつ食いのばしてきた食糧は、昨日の朝でつきた。覚悟はしていたが、胃の中に何もない状態で夜をこすのは格段につらかった。手足の先が異常に冷たく、本当に体の端から凍ってしまいそうな恐怖にとらわれた。関節は鉛のように重く、体を動かすだけであちこちの筋肉がひきつった。

昨日の夜は、ついに一睡もできなかった。眠ればそのまま凍死してしまいそうで、眼《め》を閉じることさえできなかった。一晩中、時計の文字盤をみながら夜が明けるのを待った。時のたつのはあきれるほど遅く、時計が故障したのではないかと何度も思ったほどだ。一晩だけならともかく、こんな状態でもういちど夜をこせるとは思えない。食糧ばかりではなく、燃料も底をついた。最後のガス・カートリッジが空になったのは、昼前のことだ。それまでは雪をとかした白湯《さゆ》を飲んで空腹を満たしていたが、これからはそれもできなくなる。食物や水分の摂取が少なくなったころから、脱水症状に似た状態になったのかもしれない。尿が異様に濃くなって、まるで黄疸《おうだつ》にでもなったような色をしていた。

ヘッドランプの電池は、最初の夜に切れてしまった。気が動転していたせいか、電池の保温を忘れるという初歩的なミスをおかしてしまったのだ。雪崩に流されたザックには予備電池もいれてあったはずだが、ついに回収できなかった。ランプの光が徐々に弱くなっていったときの心細さは、たとえようもない。闇《やみ》の中にみえるものといえば、ぼんやりと光る時計の文字盤だけだ。それがまた、私の気分を憂鬱《ゆううつ》にさせた。たった一人ですごす夜は、絶望的なほどながかった。

のこされた時間がかぎられている、というのはそういう事情によるものだ。夜になると、雪洞の中は自分の指先もみえないほどの闇になる。月齢からして月がのぼるのは夜半をすぎてからだし、どのみちこの吹雪では月明かりなど期待できない。今夜中に私の命がつきるとすれば、記録をかくためにのこされた時間はあと三時間ということになる。

これが私のおかれた現在の状況だ。次に、このような状況に追いこまれるまでの経緯についてで記しておく。

ただし私は、具体的な行動記録をのこそうとは思わない。あまり時間がないし、正確な時刻は記憶していない。行動記録に関しては、パートナーである加瀬文彦《かせふみひこ》のものを参照していただきたい。彼の生死については確認できないが、記録が失われてしまうとは考えにくい。用意周到な加瀬のことだ。死体になっても、記録だけはあとにのこるだろう。

二月二二日

鷹栖《たかす》温泉までは、タクシーで入ることができた。除雪された道はここまでだが、その先の林道もそれほど積雪量は多くない。雪もしまっており、踏み跡《トレイル》も比較的しっかりとしていた。タクシー運転手の話によれば、ここ数日めだった降雪はなかったようだ。我々と前後して数パーティが入山していたが、いずれも雨龍岳北山稜《うりゅうだけきたさんりょう》にむかったのだろう。七ツ針山群にむかうのは、我々だけだ。週末でこの程度しか入山者がないのは、アプローチが長すぎるからだろう。

この日の天候は高曇り。雲の底はたかく、林道を少しいったところで雨龍岳北山稜が上部まで完全にみえた。林道はかなり奥でも積雪量はかわらず、行程は予定よりはかどった。ただしトレイルを利用できたのは持越沢出合までで、林道をはずれると人の気配はまったくなくなった。この日は上ノ二俣で幕営。

二月二三日

早朝から行動を開始した。この日も高曇りだが、雲底がやや低くなっていた。風がなま暖かく、陽が射《さ》すとじっとしていても汗ばむほどだ。気象通報によれば、発達した低気圧が接近しているらしい。だが我々は楽観していた。天候が崩れるまでには、充分に登攀《とうはん》を終えられるはずだ。そう判断していた。

上ノ二俣から北俣沢をわずかに遡行《そこう》し、七ツ針山群東尾根の末端にとりついた。支沢をつめて直接五・六の鞍部《コル》にでるルートも考えられるが、我々は末端からの完全縦走を予定していた。山群の主峰である一ノ針まで、末端から七つの岩峰をすべて登攀していくのだ。

最初の目標である七ノ針まで、視界のきかない藪《やぶ》の中をひたすら登りつづけた。下部はむしろ、露出した藪で苦労させられた。上部になると、今度は新雪のラッセルで苦しめられた。だがそれも、七ノ針をみるころにはかなり楽になった。そのあたりまで登ると雪もしまって歩きやすく、快適に高度をかせぐことができた。

稜線《りょうせん》上の突起のような七ノ針をこえて六ノ針直下に達したとき、かすかに雪がちらつきだした。気温も急に下がりはじめたが、とにかく五・六のコルまではいくつもりだった。そこから先の行動は、状況をみて判断するつもりだった。引き返すにしても、そこからならそれほど困難ではない。

五・六のコルに到着したのは、午後のはやい時刻だった。まだ時間的に余裕があったが、大事をとってここに泊まることにした。まだ充分に明るいので、雪洞を掘って夜にそなえる。

今から考えれば、この日の行動は中途半端にすぎたようだ。天候の悪化を予想して行動開始をはやめておきながら、最初の幕営予定地である五・六のコルに到着しても先にすすもうとしなかった。あのとき五・六のコルで停止しなければ、三・四のコルまで行程をのばせていたはずだ。

そうすれば遅くとも翌日の午前中には、七ツ針の縦走を終えて雨龍岳に到達できただろう。下山ルートに予定していた雨龍岳北山稜は、あの日午後からはじまった悪天候下でも充分に下降できたはずだ。今となっては、結果論にすぎないが。

その日の午後から、天候は徐々に悪化しはじめた。ただしそのときはまだ、雪がちらつく程度だった。悪いことにこの日の午後は、気象通報をとりそこなった。雪洞の壁が急に崩れたせいだ。理由はわからないが、雪の中に氷の層か空洞ができていたようだ。

多少の不安はあったものの、我々はまだ天候は前日に予想したとおり推移すると考えていた。だが実際には、その日のうちに気圧配置は激変していたようだ。いまとなっては、確かめるすべもないが。

二月二四日

夜の間に若干の降雪はあったものの、その朝の天候は比較的安定していた。空の色は前日よりも明るく、ぼんやりとだが雲をとおして太陽がみえた。我々はただちに五ノ針の登攀にかかった。ここを越えてしまうと撤退は格段にむつかしくなるが、そんなことも気にならなかった。入山以来、本格的な悪天には遭遇しなかったので、無意識のうちにあと半日くらいの好天を期待していたのだ。事実、五ノ針を突破したあとは、四ノ針、三ノ針とも快適に登攀をつづけることができた。

だが我々の楽観は、二ノ針の登攀にかかったときに崩れさった。このルートの核心部である二ノ針正面壁を登攀中に、いきなり天候が悪化しはじめたのだ。

うかつにも我々は、接近する悪天を前に昼食を食っていた。二ノ針の登攀にかかる前だった。困難が予想された四ノ針の下降や三ノ針のトラバースが、予想以上にうまくいったせいだ。

その結果、我々にとってもっとも悪いときに天候が急変した。そのとき私は加瀬の確保《ビレイ》をうけながら、岩壁を登攀していた。先行した加瀬は、中段のテラスで私を待っていた。今回の山行にユマールは使用しなかった。二人だけのパーティだし、登攀を楽しみたいと考えていたからだ。横なぐりの雪が吹きつけたのは、ピッチを半分ほどすぎたときだった。

始末の悪いことに、それは雪というよりみぞれに近かった。吹きつける雪がジャケットに付着して融け、たちまち衣服を湿らせていった。二〇〇〇メートル級の七ツ針山群では当然予想されたことだが、とっさのことで私はかなり狼狽《ろうばい》した。ずるりと足の先端が滑ったかと思うと、私は落下をはじめていた。

ビレイがききはじめるまでの間に、岩角に左腕をつよくぶつけたようだ。あとで点検してみると、ジャケットのその部分が刃物で切ったように裂けていた。そして気がついたとき、私は宙づりになっていた。ハーネスのせいで衝撃はそれほどなかったが、腕以外にもあちこちに擦過傷《さっかしょう》を負ったようだ。

わずかな時間のうちに、降雪はさらに激しさをました。みあげると、頭上にのびているロープが途中でみえない。ほとんど一枚岩のスラブなのに、加瀬の姿が降雪にのみこまれていた。そして眼前の岩壁が、みるみるうちに雪壁にかわりはじめた。

私は絶望的な気分になった。このピッチは岩のみだと考えて、クランポンを装着していなかったのだ。だが現在の宙づり状態から脱出するには、クランポンが絶対に必要だ。クランポンはザックの外側に固定してあったが、宙づりの状態ではそれを装着することもできない。

大変なことに気がついた。今の時刻は午後五時にちかい。記録をのこすことに気をとられて、時間がすぎるのを忘れていた。あたりが暗くなって、はじめてそのことに気づいたのだ。のこされた時間はかぎられているというのに、何をやっているのだ。

時間がない。最低限必要なことだけをかく。もしも加瀬文彦が救助されていなければ、彼はここから北俣沢に下った支沢か、その先のどこかにいるはずだ。少なくとも、

稜線上で彼を発見することはできないだろう。私としては、彼もまた生存していると考えたい。だが、あのときの状況

だれだ。お前は。
そんなところで、何をしている。
我々の雪洞に、無断で入ってきたりして。
みてのとおり、小さな雪洞だ。
余分な人間が入れるだけの余裕は、どこにもないんだ。
食糧は食いつくしてしまったし、燃料も底をついた。
ここにいたって、死ぬだけだぞ。
何とかいったらどうなんだ。
黙ってなどいないで。
それより、お前はいったいだれなんだ。
何？
何だって？

何をしている、といったのか?
みればわかるだろう。
記録をかきのこしているんだ。
こんなことになった経過を、かいておく必要があるだろうが。
そんなこと、いわなくてもわかるだろう。
いまの状態では、記録以外に起こったことをつたえる方法はない。
私が死んでしまえば、事実が消滅してしまうんだ。
それでは困るだろう。
記録はのこさなければならない。
それが、私にのこされた義務だ。
どうしたんだ。
何がおかしい。
何を笑っているんだ。
なんだと?
何をいってるんだ。
そんなことは信じられない、だと?

どういう意味だ。
お前にはみえないのか？
このとおり、さっきから私は記録をつづっているではないか。
みえないなどとは、いわせないぞ。
お前の眼は、節穴なのか。
え？
本当か？
そんな馬鹿《ばか》なことが……。
なるほど。
いわれてみれば、たしかにそうだ。
こんな真っ暗な中で、文字が書けるはずはない。
たしかに、お前のいうとおりだ。
すると私は、さっきから何をしていたのだろう。
記録をかいていたとばかり、思っていたのに。
それよりも……
お前はだれなんだ。

我々の雪洞に、なぜ入ってきた。
ああ。
そうか。
そういうことだったのか。
それなら理解できる。
つまり、こういうことだな。
実は、お前は私だったのか。
まったく気づかなかったよ。
私が二人もいるなんて。
待てよ。
そうすると、妙なことになるぞ。
お前はたしかに私だ。
そして、私も私にちがいない。
だとすると。
この寝袋の中に潜りこんで寝ているのは、いったいだれなんだ。
たしかこの男も、私だと思ったが。

それとも何か？
私はすでに、死んだということなのか？
寝袋で眠りこんでいるようにみえる男は、私の死体なのか？
どうなんだ。
どうして黙っている。
おい。
お前は嘘《うそ》をいっているな。
お前は私なんかではない。
どうしたんだ。
きこえないふりをする気か？
お前は……たしか……。
お前は……お前は……。

三月一日　記

　ほとんど眠れないまま、朝になってしまった。幸か不幸か、私はまだ生きている。だが、状況が好転したわけではない。雪はあいかわらず降りつづいているし、体力は昨日よりもさらに落ちこんでしまった。寝袋から上半身をつきだして記録をつづるだけで、かなりの気力が必要だ。

　妙な話だが、ついに幻覚をみるようになった。昨夜、記録を書きおわらないうちに暗くなった。仕方なく中断したのだが、その直後に幻覚をみたようだ。状況からして、どうも夢ではなさそうだ。幻覚というより幻聴のようなもので、幻視も多少はまじっているという程度だ。

　念のために書いておくが、私はまだ精神的にはしっかりしていると思う。別に錯乱状態にはなっていない。妙ないい方だが、なんだかずいぶん新鮮な体験だった。神経が異常にとぎすまされた状態で、通常の五感以外の感覚が機能したのかもしれない。不思議なことだ。

　いずれにしても、一度にながい文章を書くのは、もう不可能になっている。指の関節はたえず痙攣《けいれん》をおこすし、油断するとボールペンのインクまで凍りつく。一行ごとに指先をこすりあわせ、ときには口にふくんで温めながら次の一行をかいている。そうしないことには、満足な字がかけないのだ。

そんな状態で夜をこせたのには理由がある。幻覚をみたあと、ポケットの底にローソクの切れっぱしをみつけたのだ。小さなものだったが、それでもカップに二、三杯はぬるま湯がつくれた。何かのときにしまいこんだのを、そのまま忘れていたらしい。おなじ忘れるなら、チョコレートのひとつものこしておくのだった。

ローソクをみつけたとき、ほんの少し戸惑いを感じた。雪をとかして飲めばとにかく体力は回復するが、それが生還につながるとはかぎらない。ただ単に、結論を先にのばすだけかもしれない。気持ちの整理がついていたわけではないが、いったんは覚悟した死を回避することにも躊躇《ちゅうちょ》はあった。

だがそんな戸惑いも、あたたかい湯を飲めるという事実の前には無意味だった。本当ならローソクのことなど忘れてしまいたかったが、夜がふけるにつれて寒さはたえられないものになった。気温はどんどん下がり、手足の先から次第に凍っていく感覚がまたやってきた。私はなかば無意識にローソクに火をともし、雪をつめたカップをのせていた。

雪をとかしていたときは、中断したままの記録のことなどまったく思いださなかった。やっとそれに気づいたのは、ローソクの火が消えてからだった。その気になれば、雪をとかしながら同時に記録ものこせたはずだ。だがそのときの私は、ローソクの炎が実は光源であることさえ忘れていた。ほんのわずかな熱ものがすまいとして、手の平を炎にかざしていた。おかげで灯があったにもかかわらず、雪洞の中はずいぶんと暗かった。

生ぬるい湯を飲んだとき、一瞬だが凍りついていた血がとけだすのを感じた。炎であぶっても手の平が熱くなるだけだが、白湯を飲めば体が芯《しん》から暖まる。夜あけまでにカップ二杯の湯をつくることができたが、それでローソクは完全に燃えつきた。少しでも燃焼を長引かせるつもりで、流れだした蠟《ろう》まで炎に注いでみた。だが、それが限界だった。蠟燭《ろうそく》の炎が湿った音をたてて消えたあと、私はふたたび闇の中にとりのこされた。そしていつものように、朝がくるのを待ちつづけた。

記録にもどる。

二四日の昼のことだ。どのようにして私が宙づりから脱出したか、正確なことはおぼえていない。片腕がつかえない状態だったから、そのまま直上したとは思えない。

かといって、ロープにぶら下げられたまま取りつきまで降ろされたはずもない。墜落したとき体がふりまわされて、足の下には空間が開いているだけだった。ロープをゆるめたところで、宙づりの状態からは脱出できない。

断片的だが、体を横にふってルートにもどろうとした記憶はある。だが片腕がつかえない状態では、たとえルートにもどっても下降はむつかしかったはずだ。もしかするとそれは、三ノ針をこえようとしていたときの記憶だったのかもしれない。とにかく我々は二ノ針の登攀をあきらめて、二・三のコルにもどった。

風はとぎれることなく吹きつのっていた。二・三のコルは風の通路になっているらしく、ひっきりなしに強風が吹き荒れていた。しかも狭くて足場が悪いものだから、油断すると風に吹き飛ばされそうだった。谷の底から吹き上げてくる風は、大量の飛雪をともなって我々の側をとおりすぎていった。風が強すぎてコルの雪は吹き飛ばされていたが、風を遮断する格好になった我々の体にはたちまち湿雪が付着した。

私はてばやく負傷の状況をしらべた。幸いなことに、腕の負傷は単なる打撲だった。ほかの擦過傷は、それほど問題にするほどではない。ただ、破れたジャケットから雪が入りこむのには閉口した。このことがあとで我々の行動力を、おおきくそぐ結果になった。

とにかくこの状況では、二ノ針の登攀など思いもよらない。かといって、二ノ針側壁にルートをとっても結果にかわりはない。風下側の側壁にまわりこめば登攀が多少楽になるが、ルートの難度は格段にたかくなる。普段ならともかく、そのときの状況ではどう考えても無理だった。かりに二ノ針を越えて主峰までいきつけたとしても、その先のルートはあまりにながい。雨龍岳をへて北山稜を下降しなければならないのだ。いずれにしても、二ノ針を越えるのは断念するしかない。

つまり我々にのこされた道は、撤退しかなかった。だがコルから左右の沢筋にくだれば、雪崩の危険にさらされる。それよりは、状況を熟知している岩稜を忠実にくだるべきだった。時間はかかるが、安全だし確実な方法だった。

だが行動を再開したあとも、トラブルはつきまとった。四ノ針の基部をまいて五ノ針の頭にでようとしたとき、雪崩におそわれたのだ。二人とも怪我《けが》はなかったが、加瀬はザックを失った。

本来なら、基部のトラバースなどせずに頂稜を忠実にたどるべきだった。だが消耗しきっていた我々にとって、稜線から突出した四ノ針を登りなおすのはきつかった。下降路にとった場合、五ノ針から先は相当な困難が予想される。だからできるだけ通過時間は短縮したかったのだが、これは大変な誤算だった。

雪崩が発生したのは、四ノ針側壁の岩溝《ガリー》を横断しているときだった。降雪時のガリーの通過には、充分注意をはらうべきなのだ。それは知っていたが、時間はかぎられていた。ガリーの状態を観察する余裕もないまま、危険なのを承知で強引に突破しようとした。

雪崩自体は、ごく小さなものだった。岩壁の上部に付着した雪が、自重をささえきれずに落下したという程度だ。だが、そんな雪崩でも我々にあたえた被害は大きかった。ガリーを伝っておちてきた粉雪は、先行してトラバースしていた加瀬を直撃した。そして不安定な姿勢で岩壁にはりついていた彼を、岩壁から引きはがした。

二ノ針のときとちがって、今度は私がロープに引きずられる格好になった。もちろんビレイはとっていたが、突然のことで対応がおくれた。しかも腕の痛みが、腕力を弱めていた。支点が吹っ飛びそうな衝撃のあと、ずるずると手の中でロープがすべった。そして普通の倍ほども流れたあと、ようやく停止した。

姿勢が悪くて、加瀬の様子はうかがえなかった。だが側壁の傾斜からして、宙づりにはなっていないはずだ。ただし墜落によって負傷している可能性はある。そう判断して、とにかくロープを固定した。加瀬が自力脱出できないときは、下降して救出するしかない。だが私には、それができるだけの体力はのこされていない。

不安に思いながらも、とにかくコールした。もどってきた加瀬の声は、意外にしっかりしていた。負傷の程度はそれほどでもないが、自力で登り返すのはかなりむつかしそうだ。何度か声をかわしあった結果、とにかくザックだけを先につり上げることにした。ダブルロープの片方で加瀬の体を固定し、もう一方でザックをつり上げるつもりだった。

だがつり上げの用意がととのわないうちに、すぐ近くを白い塊が落下していった。瞬間的に雪崩だとわかった。さっきよりも小さな雪崩だが、直撃されればひとたまりもない。コールしようと思った矢先に、加瀬の叫び声がきこえた。

今度こそやられたと思った。だが、最悪の事態だけはまぬがれた。衝撃で加瀬のザックが飛ばされ、北俣沢の方に落ちていった。そして加瀬自身は、一時間後にのぼってきた。怪我はしていなかったが、緊張と寒さで蒼白《そうはく》な顔をしていた。加瀬のザックには、テントと食糧の大部分が入っていた。

結局、頂稜を伝って引き返すしかなかった。事故で手間どったために、五ノ針の頭についたときは午後も遅くなっていた。もう稜線末端までの下降は無理だった。疲れきった体で五・六のコルに降り立ったときは、あたりが暗くなりかけていた。前日に掘っておいた雪洞がなければ、その場で凍死していたかもしれない。

その夜はひとつの寝袋を交代につかって、なんとか仮眠をとった。ところがその夜、私の左腕の痛みがたえられないほどになった。こんな状態では、頂稜を末端まで下降することなどできそうにない。それどころか、途中でもう一晩の不時露営《ビバーク》をしいられるかもしれない。一晩だけならともかく、テントや寝袋も充分にないままビバークするのはいかにもつらい。

協議した結果、加瀬ひとりが先行して下山することになった。私はここにとどまって、救助を待つことになる。トランシーバもない状態では、他の方法はとりようがなかったのだ。

下山ルートは、五・六のコルから直接北俣沢に下降する支沢をたどることになった。もちろん雪崩の危険はあるが、比較的安全だと考えて強行するしかない。加瀬が単独で六ノ針と七ノ針をこえるのは不可能だ。

加瀬は二五日の早朝に下山した。ザックやテントは持たなかったから、いそげば一日で鷹栖温泉に到着できるはずだ。かりに途中でビバークしたとしても、林道でなら夜を越すのに不安はない。河原の流木をあつめれば、盛大な焚火《たきび》ができるだろう。

あれから五日がすぎた。救助隊やヘリコプターがあらわれる気配は、まだない。やはり加瀬は、下山中に死んでしまったのだろうか。それとも、この悪天候で救助隊も身動きがとれないのだろうか。

天候はあの日から回復のきざしがなく、私の腕もあいかわらずの状態だ。やはり私は、このまま身動きできないまま死ぬのだろうか。

なんだよ。

またお前なのか。

ほかにいき場所がないのか。

変な奴だな。

夜になるとあらわれるんだな。

まるで幽霊みたいな奴だ。

そうか。

どうも妙だとは思っていたが。

お前、本当に幽霊なのか？

ちがうのか？

どっちなんだ。
はっきりしろよ。
ふん。
無理に正体をあかすこともないさ。
それにしても。
本当に得体のしれない妙な奴だな。
それはいいが、今日は駄目だ。
お前の相手をしていられないのだよ。
これから、ちょっとやることがあるんだ。
悪いが、またにしてくれ。
実はこれから、死のうと思っているんだ。
体力は落ちこんでいるし、腹も減っている。
それに、どうしようもなく寒くて眠い。
このまま眠りこめば、まちがいなく凍死できるだろう。
ああ。
わかっているとも。

ちゃんと記録は書きおえたよ。
思いのこすことは、何もない。
眠るように、死にたいものだ。
山の死に方にもいろいろあるが、これがいちばん優雅で楽な方法だ。
どうした。
何をそんなに不思議そうな顔をしている。
え？
何だって？
どういう意味だ？　忘れものというのは。
妙なことをいうじゃないか。
いわなくても知っているだろうとは、どういう意味だ。
あれか？
あれのことをいっているのか？　お前は。
ずいぶんと、よく知っているんだな。
この私のことを。
そういえば。

いわれるまで、すっかり忘れていたよ。
たしかにお前のいうとおりだ。
こいつを忘れたまま、死ぬわけにはいかない。
処分したつもりだったが、たしかにこれでは無意味だな。
だとすると、まだ死ぬわけにはいかないのか。
それはいいが。
ひとつきいていいか。
お前、いったいだれなんだ。

三月二日　記

また朝がきた。私はまだ死ねずにいる。皮肉なことに、生きつづけようとする積極的な意志をもたなくなったことが、かえって命をながらえさせたようだ。ただしこれは、私の経験不足によるものだろう。記録を書きつづけていたころには、緊張のあまり夜も眠ることができなかった。凍死するのがおそろしくて、必死で眠らないように我慢した。今から考えれば、それがかえって体力を消耗させていたようだ。

記録が一段落したのは、昨日の昼ごろだったと思う。そのあと私は、また幻覚をみた。もっとも昨日にかぎっていえば、夢をみていたのかもしれない。とりあえず加瀬の下山まで書き終わったことで、気のゆるみがでていたのだろう。なんとなく肩の荷がおりたような気がして、そのまま眠りこんでしまったようだ。

目覚めたとき、すでに雪洞の中は真っ暗だった。時計をみる余裕はなかったが、その暗さで記録を書きつづけるのは不可能だった。何をすることもできないまま、開き直った気分でそのまま眠りつづけた。

昼と夜をあわせれば、おそらく一四、五時間は眠りつづけたように思う。衣服がそれほど湿っておらず、しかも体力がまだのこっていたので生きながらえたようだ。条件さえよければ、疲労の極にあっても熟睡できるというのは本当だった。昨日や一昨日にくらべれば、むしろ体力が回復したような気さえする。

そのせいか、雪洞の中を整理する余裕もでてきた。もっとも、立つ鳥あとを濁さず、などという心境に達したわけではない。ただ単に、食いのこしの食糧でものこっていないかさがしてみただけだ。だが、そんなものはどこにもなかった。そのかわり、気になるものをみつけてしまった。とっくに処分したはずの、登攀記録だ。

二日前に私は、もっとはやく記録をかきはじめるべきだった、とかいた。これは嘘だ。本当は二五日と二六日の二日間、登攀記録をかきのこそうとしていた。結局その時は、最後までかきとおせずにあきらめた。そのような記録は、のこすべきではないと思い直したのだ。その二日間でかいた記録は、あまりにもひとりよがりで感情的なものだった。

そのことに気づいた私は、即座に記録を破り捨てた。少なくとも自分では、そのつもりだった。二七日朝のことだ。ところが冷静さを失っていたのか、記録の一部がのこっていた。おそらく焼却するつもりで、そのまま忘れてしまったのだろう。そのときの心理状態がどうだったのか、まったく記憶にのこっていない。

あらためて眼をとおしてみたが、そのひどさはあきれるほどだ。記録的な意味をほとんどもたない感情的な文章で、加瀬に対する恨みつらみを書きつらねただけだ。今回の遭難は我々二人の不和が原因であり、信頼関係の崩壊は加瀬の性格によるものである、などとかいてある。いったんは破り捨てたとはいえ、そのような文章をのこしたままでは死んでも死にきれない。昨夜のうちに死ななくてよかったと、心の底から思った。

記録を破り捨てた私は、そのあと一日中ぼんやりとすごしていた。もはや何をする気にもなれず、ただ漫然と死を待っていたようだ。じっとしていれば、そのうちに死ねるだろう。そう思って、何もせずにいた。だが二八日の午後になると、そのような状態に我慢ができなくなった。具体的な死を意識したことで、もう一度やり直す気になったのだろう。そのときにかいたのが、二八日づけのこの記録だ。

だが記録をかきなおしたものの、私はまだ迷いつづけている。これでいいのか、かきのこしていることはないのか。そんな思いを、どうしても消すことができないのだ。無論、みつけだした以前の記録は燃やしてしまったし、その行為に後悔はない。あのような記録は、決して他人の眼に触れさせてはならない。そのことに偽りはないが、それでもまだ逡巡《しゅんじゅん》から抜け出せずにいる。

その原因は、はっきりしている。昨日までの記録には、意識して省略した部分があるからだ。それをかかずにいるくらいなら、まったく記録をのこさない方がましではないか。何度もそんなことを思った。

それに事実関係をのこさず記述したとしても、遭難の原因をそれですべて説明することはできない。多少の主観をまじえてでも、起こったことは正確に記すべきではないのか。いまはそう思いはじめている。

もちろんそうはいっても、加瀬個人に対する恨みをかくつもりはない。そのような愚をくりかえすくらいなら、最初から何もかくべきではなかった。そうではなくて、事故の背景を自分なりに考えたいと思っているだけだ。結果的にそれが恨みごととみられても、それをおそれることはない。感情のおもむくままにかかれた文章とは、本質的にちがっているはずだからだ。

おそらく今日の日没まで、私は生きながらえるだろう。いまの状態からすると、明日の朝まで生きている可能性もある。だがそれは、私にとって最後にのこされた時間だ。その最後の時間を、後悔と逡巡で終わらせたくはない。できることなら、身辺を整理した上で死に臨みたい。

だとすれば、結論はでたも同然だ。登攀記録とは別に、嘘いつわりのない私の心情をかきのこすべきだ。だからこれからの文章は、私自身の正直な告白だと考えてもらいたい。これをかいておかなければ、心安らかに死ぬこともできないのだ。

最初に独断を承知でいってしまおう。加瀬は横暴な男だった。チームを組んだ最初の登攀《クライミング》で、私はそのことを痛いほど思い知らされた。そのとき彼は、トップは自分がとると宣言した。単に登攀を先導するという意味ではなく、自分がリーダーなのだと主張したのだ。実際に加瀬は、重要な局面ではすべて一人で判断した。私の意見をきくことなど、一度もなかった。

結果的にそのときの登攀は、途中で中止したはずだ。岩壁のコンディションが悪いことを理由に、加瀬が中止を決めたのだ。私がみたところでは充分にやれそうな気がしたが、彼はさっさと下降を開始した。

私にとっては後味の悪い登攀になったが、そのときはあえて異をとなえようとしなかった。有無《うむ》をいわせぬ気迫が加瀬にはあったし、私には新入会員だという遠慮があった。入会したてで、その山岳会の規則がよくわからなかったこともある。その会では経験や実力を考慮することなく、入会時期だけで順位が決まるのかと思ったのだ。だが、実際はそうではなかった。あとでわかったのだが、加瀬はいつもそんな調子だったらしい。そのせいで加瀬の存在は、会の中で浮きあがっていた。加瀬の独断をたしなめるほど強力なリーダーが、会の中にいなかったのも原因だった。そんなときに私が入会したものだから、自然とチームを組むことが多くなった。会の中に、なんとなく加瀬を敬遠する雰囲気があったせいだ。

おそらく加瀬には自信があったのだろう。自分のクライミング技術に対する強烈な自負が、独善といっていいほどの横暴さの裏にはあったようだ。ただしこれは私の感想だが、彼はそれほどずば抜けたクライマーではなかった。何度かチームを組むうちに、そのことは自然にわかった。そして加瀬自身も、私の方が実力は上だと気づいていたようだ。

ところが自分の実力に気づいたあとも、彼はリーダーであることをやめようとしなかった。あいかわらず岩壁ではトップをとりたがったし、自分の手におえない場所にくると私に交代を命じた。そして難所をすぎると、当然のようにトップにもどった。私は内心で苦笑したが、表面上は従順さをよそおうことにした。加瀬が私の実力をみとめていることは、子供じみた行為の端々《はしばし》に感じられたからだ。

そして何度かそんなことをくりかえすうちに、我々はチームとしての体裁をととのえていった。最初のころ闇雲《やみくも》にリーダーであろうとした加瀬も、やがて私の意見をきくようになった。そして私も、加瀬の行動力や総合的な判断力に一目おくようになった。だが、対外的にはやはり彼がリーダーだった。山行の計画はいつも加瀬がたてたし、未踏のルートを開拓したときはいつも加瀬の名前で記録を発表した。

そんな私に、仲間は忠告してくれたものだ。あんな奴と組んでいないで、もっといいパートナーをさがすべきだと。だが私は、加瀬と登りつづけた。不満がなかったわけではない。加瀬とのチームを解消しようと思ったことも、一度や二度ではなかった。それでもロープを結びあっていたのは、彼の周囲におもしろい人間が多かったせいだ。横暴な男だが、加瀬の周囲には不思議とお人好しばかりあつまっていた。自分がそうだというつもりはないが、粗野な人間には善人を引きつける何かがあるのかもしれない。もっとも加瀬に、人間的な魅力があるというわけではない。なんとなく放っておけない危うさのようなものが、加瀬にはあったのだ。

しかしそのような状態は、ながくつづかなかった。いつのころからか私は、加瀬との登攀に苦痛を感じるようになった。単なる腹立たしさや苛立《いらだ》ちとはちがっている。そんなものなら、いつも感じていた。そうではなくて、憎悪にちかい感情をもつようになったのだ。

直接のきっかけは、加瀬の離婚だったように思う。誤解をおそれずにいうなら、私が加瀬と登りつづけたのは彼女の存在があったからだ。彼女——香穂里《かおり》さんが加瀬夫人でなければ、私はとっくに彼を見限っていただろう。

邪推されてはこまるのだが、別に私は彼女に特別な感情をもっていたわけではない。私はただ、加瀬を思う彼女の健気《けなげ》さが好きだっただけだ。私ばかりではない。加瀬の周囲にあつまった人間は、みなおなじような気持ちをもっていたはずだ。それほど彼女の存在は、我々にとって救いだった。彼女がいなければ、加瀬は友人の何人かをもっとはやく失っていたはずだ。加瀬の横暴さを我々が容認できたのも、実は彼女を悲しませたくないという気持ちがあったからだ。

もっとも加瀬自身は、そんなことに気づいてもいなかったようだが。

クライミング中は加瀬の女房役をつとめた私は、いつも不思議に思っていた。彼らは夫婦喧嘩《げんか》などしないのだろうか、と。加瀬が乱暴な言葉で叱《しか》りつけても、彼女は動じるふうもなくその言葉をききながしていた。私や加瀬よりもずっと年下で、しかも登山の経験もない彼女のみせたあの強さは、私にとって本当に不思議だった。

私がその理由を知ったのは、つい最近のことだ。わかってみれば、簡単なことだった。彼女は加瀬夫人である以前に、母親だったのだ。そう思えば口汚く彼女をののしる加瀬の言葉も、子供が駄々をこねているようなものだ。彼女のような女性でなければ、とっくに音《ね》をあげていただろう。

だから加瀬が離婚するといいだしたとき、我々は本気で怒った。その理由が加瀬の浮気だというのだから、話にもならない。彼女がいなければ生きていけないことを、加瀬はまったくわかっていないのだ。仲間があつまってはさんざん意見したが、加瀬はいっこうにきこうとしなかった。それどころか、逆に我々を罵倒《ばとう》する始末だった。

本当はこんなことを文章にしたくないのだが、あえてかいておく。彼らが正式に離婚する数日前、私は加瀬にもういちど考え直せといった。彼女のようないい奥さんとは、二度と出会えるものではない。今からでも遅くはないから、考え直したらどうか、と。

彼はうすら笑いを浮かべていった。そんなにあの女がいいのなら、お前がもらってやったらどうだ。俺は別にかまわないぞ、と。そのときの私の気持ちは、言葉でいいあらわせない。本当に、たとえ話でもなんでもなく、加瀬に対して殺意を感じた。

登攀記録とは無関係なことを、ながながとかきすぎたようだ。本題にもどる。

今回の登攀は、我々の最後の山行になるはずだった。加瀬には話してはいなかったが、下山したらそのことを切り出すつもりだった。所属していた山岳会はすでに二人そろって退会していたから、のこりのシーズンはひさしぶりに単独行でもやろうと考えていた。その矢先に、こんなことになったのだ。

三月二日　記（続）

ほんの少し、失神していたようだ。そのせいか、ついに昼間から幻覚をみるようになった。もう一人の自分がいて、私の手の中の記録を黙ってのぞき込んでいる。そんな幻覚だった。もしかしたら、私ではなくて別のだれかなのかもしれない。なんだか夢のようにたよりない話だが。

妙なことを書いてしまった。だが、精神的にはしっかりしているつもりだ。できることなら、精神分析医に幻覚の意味をたずねてみたいところだ。ただし、体力は相当に落ちこんでいる。ただでさえ消耗しているのに、ながい文章を一気にかこうとしたからだ。だが、まだ休むことはできない。かくべきことは、まだのこっている。

二月二四日の出来事だ。昨日分の記録では、我々は協議の上で登攀を断念したとかいた。たしかにそれは事実だが、実際はそう簡単ではなかった。二ノ針の登攀を断念するまでに、我々は殴りあい寸前の激論をたたかわしたのだ。

私が腕の負傷を理由に撤退を提案したのに対し、加瀬はあくまで登攀の続行を主張した。彼にとっては、私の負傷などたいしたことはないとうつったのだろう。

加瀬の主張はこうだった。我々は宿願である厳冬期七ツ針縦走の完成を、目前にしている。二ノ針正面壁さえ越えれば、このルートの核心部は終了したことになる。主峰への登りや雨龍岳の縦走に、技術的な困難はほとんどない。だから加瀬としては、私をロープでつり上げてでも縦走を完成させたかったようだ。

普段の私であれば、黙って加瀬の決断をうけいれていただろう。だが、このときだけは、そんな気になれなかった。私は絶対に、自分の主張を引っこめないつもりだった。加瀬が私の怪我を重要視しなかったからばかりではない。それもあるが、以前からの不満が一気に爆発したというのが本当のところだ。

いい争いは、最後に加瀬が折れたことで終わった。いくら強引な彼でも、登る気のない私を無理に引き上げることはできない。結局、それ以上の登攀を断念して下山することにした。だが長時間にわたる仲間割れは、直接的な事故以上のダメージを我々にもたらした。吹きさらしのコルで風雪にたたかれているうちに、すっかり体力を消耗してしまったのだ。

四ノ針基部の事故は、起こるべくしておこった。消耗しきっていた我々は、四ノ針のわずかな登りすら負担に感じるようになっていた。しかも雪崩がおきそうな地形なのに、充分な偵察もなしに横断しようとした。ザックひとつを流しただけですんだのは、むしろ幸運だったといえるだろう。

だが二度めの事故で、我々の仲はさらに険悪になった。加瀬はザックの流失を、私が充分な支援をおこなわなかったせいだと主張した。大事にしていた冬山装備をすべて失った彼は、その怒りを私にぶつけてきた。

もちろん私も、黙っていたわけではない。どうせ山を降りれば、二度とチームを組むつもりはない。それがわかっていたから、私も思いきりいい返した。ザックを失ったのは、お前の未熟さのせいだ。人のせいにするべきではない。それほど口惜《くや》しいのなら、いまから引き返して拾ってきたらどうだ。

こうなると、ほとんど子供の喧嘩とかわりなかった。具体的な問題点があって、いい争っていたのではない。たがいに相手が気に入らないものだから、悪口を投げつけあい、ののしりあっていただけだ。だが感情にとらわれた喧嘩は、単なる論争よりも始末におえないものだ。私はこれまでの不満をあらいざらいぶちまけ、加瀬はいままで従順だった私の突然の豹変《ひょうへん》にいらだち、激高した。

口論は雪洞にもどってからもつづいた。むしろ歯どめがなくなったことで、さらに激しく不毛なものになった。食糧や燃料のとぼしさも、我々を殺伐とした気分にさせた。そのうちに私は、心の底から情けなくなった。このような品性下劣な男に、これまで命を託してきたのだ。それを考えると、顔をみるのさえいやになった。おなじ空気を吸うことにも、たまらないほどの嫌悪を感じた。

あんな状態で、ひとつしかない寝袋をよく交代でつかえたものだ。だが、この点については彼を評価することができる。耳をおおいたくなるほど汚い言葉を投げつけあっても、最低限のルールだけは守る意志があったようだ。もっともこれは、私が先に寝袋をゆずったせいかもしれない。いくら憎しみをもっていても、そのストイックさはおたがいに持ち合わせていた。

我々の口論は、寝袋にはいってからもおさまらなかった。眠るには早すぎる時間だったから、無理もないのだが。それに次の日の予定を、我々はまだ決めていなかった。三月一日づけの記録では、加瀬は救援をもとめるために単独で北俣沢へ下ったとかいた。結果的にはそうなったが、事実はそれほど単純ではなかった。その日は夜おそくまで、我々はこのことを話しあった。

二ノ針で引き返すことを決めたとき、私は当然このまま下山するものだと考えていた。だが加瀬は、薄笑いをうかべながらいった。お前はもう使いものにならないのだから、このまま単独で北俣沢にくだるべきだと。加瀬自身はもう一度二ノ針に引き返して、あくまで七ツ針の縦走を完成させるつもりだともいった。

さすがにあきれて、声もでなかった。加瀬が正気だとは、とても思えなかった。二人がチームを組んでさえ、二ノ針正面壁の突破は困難なのだ。それを加瀬は単独で、しかも悪化する一方の天候の中でおこなうのだという。

しかも加瀬は、寝袋もテントも持っていないのだ。かりに縦走が成功したとしても、七ツ針主峰で立ち往生するだろう。身動きできないまま、凍死するのは眼にみえていた。いくらなんでも、そんな計画は無謀すぎる。

私は漠然とした不安を感じていた。もしかすると加瀬は私の寝袋をとりあげて、縦走を続行するつもりなのではないか。彼の性格なら、それくらいはやりかねない。

さすがに加瀬は、そこまで横暴ではなかった。雨龍岳山頂小屋で、食糧と寝具を入手するつもりだという。たしかに七ツ針主峰に達してしまえば、雨龍岳山頂までの縦走に困難はない。山頂小屋は冬期閉鎖だが——というより積雪で埋められているはずだが、掘り起こして入り口をこじ開ければ中に入ることはできる。夏の間は営業している小屋だから、さがせば寝具や食糧も入手できるはずだ。

もちろん私は反対した。小屋に侵入することの是非は別にしても、計画自体があまりにも危険すぎる。万全の準備をととのえても成功しそうにないルートを、そこまでして突破する必要があるのか。

おそらく加瀬は、冷静な判断ができなくなっていたのだろう。むきになって、リーダーであることに固執しているだけだ。それがわかっていても、私にはどうすることもできなかった。加瀬は私の言葉などきこうともしないし、私自身も感情的になっていた。仲裁にはいる第三者もいないまま、売り言葉に買い言葉の応酬がえんえんとつづいた。

結局、時間が我々に妥協をもたらした。だが、それは妥協といえるようなものではなかった。二人の意地がぶつかりあい、接点をみつけられないまま見栄《みえ》の張り合いに終始しただけだ。加瀬はあくまで縦走にこだわり、私は下山を主張した。両方を満足させる方法は、非現実的な約束ごとにしかなりえなかった。

二五日の早朝、加瀬は出発した。露営具をいっさい持たず、わずかな非常食糧だけで単独登攀を開始した。さすがに雨龍岳から北山稜への縦走はあきらめ、七ツ針主峰の往復だけに目標をきりかえた。七ツ針主峰まで到達すれば、縦走は完成したとして引き返すはずだった。

だが主峰の往復は、雨龍岳を経由して下山するよりも数倍も困難だった。加瀬は一日で往復するといったが、いまの状態ではまず二日はかかるだろう。運が悪ければ、途中で死亡する。そして登攀の条件は、考えられないほど悪かった。

私は加瀬がもどるまで、この雪洞で待つことにした。ただし、二日間だけだ。二六日の夜になっても加瀬がもどってこなければ、私は下山する。そう彼に伝えた。

だが彼は、それを認めなかった。一方的に下山を命じ、寝袋は雪洞にのこしていけといった。私は拒否した。寝袋をおいていけというのなら、私ものこる。ひとつしかない寝袋を、一方が独占するべきではない。下山するときは、いっしょに行動しなければならない。もしも私が雪洞に待機していなければ、お前は死ぬ。そういった。

加瀬はそれをきいて、また癇癪《かんしゃく》を爆発させた。私が加瀬の生命を気づかったことが、我慢ならないようだ。おそらく彼は、命をかけても縦走を完成させるつもりなのだろう。そうすることによって、私に対する優位を確認しようとしているのだ。さもなければ、私の反乱に対する気持ちの整理がつかないのだろう。

もっとも私が雪洞で待機するのも、似たような理由によるものだ。加瀬が命をかけて我《が》をとおすというのだから、私だって負けてはいられない。実際にやるのは待機だけだが、これだってずいぶん危険な行為にはちがいない。

天候はさらに悪化しつつあった。二日間ここで待機していれば、それが命とりにもなりかねない。なんのことはない、二人とも命をかけて意地を張り合っていたのだ。そして我々はたがいに下山しろと命じあい、そして無視しあった。

結局、加瀬は憮然《ぶぜん》とした表情で雪洞をでた。私は黙ったまま、それを見送った。だが、雪洞からは一歩もでる気はなかった。主峰をめざす彼の後ろ姿を、見送る気にはなれない。私は粛然とした気持ちで、彼の後ろ姿をみていた。

あとにのこされた私は、ひとりで記録を書きはじめた。北俣沢に下降するにしても、雪洞にとどまるにしても、かなりの危険が予想される。それなら、これまでに起こった出来事を記録しておくべきだ。そう考えてその後の二日間は、それに没頭した。

本当のことをいうと、記録でもまとめなければ間がもたなかったのだ。実際にあの二日間は、恐怖で身をしめつけられるような思いがした。次第に悪化していく天候を肌で感じながら、じっと待機していなければならないのだ。孤独と不安で、神経がまいってしまいそうだった。そのいらだちが、感情的な文章をかかせたのだろう。結局は処分してしまったが、そのときの文章は憎悪と恨みがむき出しの形で噴出していた。

私は待ちつづけた。予想どおり、天候は一日ごとに悪化していった。そして加瀬は帰ってこなかった。本当は一刻もはやく雪洞から逃げ出したかったのだが、加瀬に対する意地がそれをさせなかった。そして二六日の午後、悪天候は定着する徴候をみせはじめた。この日の午前中が下山する最後の機会だったが、なんとか踏みとどまった。

二六日の夜は、気が遠くなるほどながかった。そして二七日の夜明け前、寝袋をのこして私は荷物をまとめた。おそらく加瀬は、頂稜のどこかで死んだのだろう。もしもまだ生きていたとしても、私には何もしてやれない。それにこれ以上の停滞は、自分にとっても命とりになる。約束ははたしたのだから、とにかく下山しよう。そう結論をだした。

腕がひどく痛んだが、傾斜のゆるいルンゼの下降ならなんとかなりそうだ。そう思って雪洞をでた。そのとたんに、私は吹き倒されそうになった。暴風雪の勢いは、頂点に達していた。ルンゼの下降どころか、コルに立っていることさえ困難だった。それでも下降点を発見しようとして、私は吹雪の中を右往左往した。

しかしこの降雪では、ルンゼ内の下降は危険すぎた。ルンゼの中ではなく側稜よりのルートをとるしかないが、それにはロープ一本だけでは不足だ。普通のときならともかく、片腕だけで側稜をクライムダウンするのは自殺行為だ。ダブルロープが必要だが、一本は加瀬がもっていってしまった。せめて風が弱まれば何とかなるが、この天候ではそれも無理だろう。

暗澹《あんたん》とした気分で、雪洞に引き返さざるをえなかった。この分では天候が回復するのに、少なくとも一週間はかかる。あるいは、それ以上かもしれない。食糧はほとんどのこっていないし、体力も極限まで落ちこんでいる。これは本当に、ここで死ぬことになりそうだ。そんなことを考えながら、雪洞にもどりかけた。そこで、それをみつけた。

こんな吹雪には、不似合いな色だった。鮮やかな原色の何かが、吹雪の中にみえかくれしている。コルの端に突出した露岩の、雪の付着した岩角にそれはあった。まさか高山植物とは思えないし、道標がわりのペンキ印でもない。私は好奇心だけで、吹雪をおして近づいた。

それが何か知ったとき、おどろきのあまり声をあげそうになった。それは加瀬が使用していた補助ロープ《スリング》だった。私は風に吹かれながら、岩角から体を乗り出した。まちがいなかった。そこからルンゼに下るには、ロープをセットして下降しなければならない。加瀬はそのスリングを支点にして、このルンゼを下ったのだ。雪洞を素通りして、私に気づかれることなく。

絶望のあまり、気力が一度に萎《な》えてしまった。あの男がむかったのは、頂稜ではなく下山ルートだった。私はそれを知らずに、二日間まちつづけたのだ。天候の悪化するなかを、孤独に耐えながら。

どのようにして雪洞にもどったのか、正確な記憶はない。気がついたときには、雪洞の奥でみじめに身ぶるいしていた。どうやらその日は日没まで、放心状態ですごしたらしい。そして次の日の朝――二七日になって、ようやく気持ちの整理がついた。

前日までにかいた記録をみて、即座に処分することを決めた。不思議なことに、あの男に対する恨みはなかった。あとにのこったのは、心の空白だけだった。私は機械的に日記のページを破り、一枚ずつそれを燃やしていった。もっとも実際は、処分し忘れたものもあったのだが。

最初の記録は、そのようにして破棄された。そうすることで、ようやく気分が落ちついた。あらためて事実関係だけを書きのこそうと決めたのは、さらに丸一日以上がすぎてからだった。

私のかくべきことは、これで終わりだ。今日はずっと記録についやしたので、さすがに疲れた。まだ日没には時間があるが、これでひと休みすることにする。おそらくもう二度と、この山日記を開くことはないだろう。

念のためにかいておく。これでこの記録は終了する。私自身の生存の記録も、ここで終了した。

日付不明

どうもよくわからない。

私はまだ、記録をかきつづけているのだろうか。

それとも、そんな幻覚をみているだけなのか。

手にしたボールペンの感触はたしかにあるし、こごえる指先の寒さも本物のようだ。

それなのに、どうもはっきりしない。

生きているのか死んでいるのかさえ、よくわからない。

そういえば、今日はいったい何日なのだ。

あれから何日もすぎたような気もするし、ほんの一時間ほど失神していたようでもある。

たしか時計があったはずだが。

時計をどこにおいたのか、思いだせない。雪の下に埋まったのだろうか。


昨夜、またあいつがやってきた。

血だらけで、ひどい格好をしていた。

ジャケットは破れ放題で、まるで乞食のような格好をしていた。

最初にやってきたときには、こんなに血だらけではなかった。

日がたつにつれて、だんだんひどくなるようだ。

顔は死人のように青ざめているし、髪の毛など針金のように凍りついている。

私はみかねて、顔色が悪いぞ、といってやった。

すると奴はいった。

当たり前だ。俺はもう死んでいるんだから、と。
それでようやく、気がついた。
奴は加瀬だったのだ。
この前から何度もやってきたのに、いままで気づきもしなかった。
それにしても、ひどい格好だ。
格好もひどいが、死人のような顔色をしているのだ。
わからなくて当然だ。
加瀬の野郎は、雪洞の入り口にぼさっと立っている。
私はきいた。
死んでしまったお前が、何の用だ、と。
奴は何もいわなかった。
うすら笑いをうかべて、私をじっとみているだけだ。
それから私は、急に気がついた。
加瀬は私に、抗議をするためにやってきたのではないか。
私が日記に真実をかかないといって、抗議にきたのではないか。
そうなのかと、私はたずねた。

本当は私がお前を殺したのだと、日記にかかせたいのか。私がのこした記録には、嘘がまじっているといいたいのか。そうたずねた。

だが奴は、何もいわなかった。そして、すっと消えた。

もういくのか、と私はいった。

もっとゆっくりしていけ、ともいった。

だが、奴は影ものこさずに消えた。私はひとりでとりのこされた。

もうかくことは、何ものこっていなかったはずだ。

それなのに、奴は納得しなかった。あいかわらず、横暴な奴だ。

それならいい。納得できるように、正直なところをかいてやろう。そうしないかぎり、私も死ねそうにない。

いつの間にか、ずいぶん暗くなった。夜がきたのか。それとも、眼がみえなくなったのか。これ以上はまた一日がすぎたのだろうか。それとも夜が明けて、朝になったのか。さもなければ、吹雪のせいで暗くなったのか。明るくなったのは、陽《ひ》がさしてきたからなのか。

また加瀬の奴がきている。いつものように血だらけで、顔色は真っ青だ。わかった。本当のことをかいてやろう。

私はそういった。

奴はにやりと笑った。

そして私が山日記を開くのを、うれしそうにみていた。

正直にかこう。奴はひとりで上に登っていった。二五日だった。いや、二六日だったかもしれない。とにかく、我々がこの雪洞に引き上げてきた次の日だ。

奴は肩をそびやかして登っていった。だから勝手に登って勝手に死にやがれと、私は思った。

そんなに恐い顔をするな。本当にそう思ったんだ。正直にかいているだけだ。かきおわるまで、あっちにいってろ。

ところがその次の日の朝、ということは二六日か二七日の朝だ。どっちでもいいが。

奴はぼろぼろになって帰ってきた。ひどい格好だった。稜線の上で、テントもなしに夜をあかしたりするからだ。手の先は、すでに凍傷になっていた。

私はいってやった。どうした。もう主峰の往復をしてきたのか。不可能なのがわかっているのに、我ながら意地の悪いきき方をしたものだ。

奴は私の言葉を無視していった。すぐに下山するぞ。もちろん私に異存はない。二人して、下降の用意をととのえた。

ルンゼを下降するつもりで、奴は岩角にスリングを固定した。それから凍傷にやられた手で、苦労しながら下降用のロープをセットしようとした。

私はそれを、黙ってみていた。手伝う気はなかった。奴は私が腕を怪我したとき、手助けをしてくれなかった。手が使えないみじめさを、充分に味わったらいいだろう。そう思いながら、みていた。

下降点の下の最初のピッチは、ダブルロープが必要なほどの垂壁になっている。少なくとも強風下では、ダブルでないと無理だ。奴は私のさしだしたロープをうけとると、危なっかしい手つきで自分のロープとつないだ。

それから支点にロープをセットし、私を無視して先に下降しようとした。下降するときまで、自分がトップになりたいらしい。

事故はいきなり起こった。奴が下降を開始した直後に、固定してあったはずのスリングがはじけた。はねあがったスリングの隙間《すきま》から、するするとロープが落ちていった。そして、それでおわりだった。

悲鳴はきこえなかった。そういえば重いものが岩棚にたたきつけられるような音が、吹雪のむこうからきこえたような気がする。それだけだ。

体をのりだして、下の方をのぞき込んだ。だが吹雪が舞っているだけで、何もみえなかった。

どうすることもできなかった。二本のロープは、奴といっしょに落ちてしまった。フリーでクライムダウンするのは、絶対に無理だ。しかもルンゼの方では、雪崩が発生しているようだ。

私はふるえながら雪洞に逃げこんだ。そして、その日はずっと泣いてすごした。

奴の手が凍傷にやられているのを知りながら、手を貸そうとはしなかった。奴を殺したのは、この私だ。一日中、そうつぶやいていた。

そうだった。すっかり忘れていた。奴を殺したのは私だったのだ。どうしてこんな大事なことを、いままで忘れていたのだ。正確な記録をのこすといいながら、こんな肝心なことを思い出せなかったのだ。本当にどうかしている。

どうしたんだ。もう夜なのか？　さっき朝になったばかりなのに。

なんだ。そういうことか、睫毛《まつげ》が凍りついて、眼をふさいでいたか。道理で暗いはずだ。

また加瀬の野郎がきている。やっぱり血だらけだ。あいかわらず、ひどい顔色をしている。

どうしたんだ。何をいっているんだ。

彼女に惚《ほ》れていたのか、だと？　馬鹿野郎。そんなこと、きくもんじゃないよ。

恥ずかしくて、ずっと黙っていたのに。お前の口からそんなことをきくとは、本当におどろきだな。死んでしまうと、人間はそこまで素直になれるのか。

いっておくがな。彼女はお前にはすぎた奥さんだったぞ。

なんだと？　惚れていたのかだと？　馬鹿。おなじことを、何度もきくもんじゃない。照れるじゃないか。

ちょっと待てよ。すぐにいくから、ちょっと待てったら。いくのはいいが、お前みたいな血だらけの面は。

せっかちな奴だな。待ってろ。すぐに用意をするから。
靴ははいたし、クランポンはつけたし、と。
外は寒いのか？　寒いのはかなわんな。
待てったら。すぐにいくから。
何だって？
日記？
置いていくよ、そんなもん。

初版あとがき

加藤文太郎《かとうぶんたろう》の『単独行』をはじめて読んだのは、二〇年ほど前のことだ。この本の存在は以前から知っていたが、手にとって読んでみようとは思わなかった。それまで無雪期の山ばかり登っていたから興味がわかなかった、というわけではない。自分の分をわきまえて、読むのをさけていたような気がする。冬山にいくわけでもないのに、この本から知識だけを仕入れるのが嫌だったのかもしれない。

その状況が、社会人になったころからかわりだした。就職先は大手の建設会社だったが、現場で仕事をしていると休日は月に二回しかない。必然的に山行は単独行になる。しかも勤務地が関東だから、中部山岳地帯には夜行列車で簡単にいける。我流で冬山の縦走をはじめるまで、それほど時間はかからなかった。そしてそのころ、ようやく『単独行』を手にとることができた。

加藤文太郎は昭和初期に数多くの記録をのこした登山家で、昭和一一年一月に北アルプスの槍《やり》ガ岳北鎌尾根《たけきたかまおね》で遭難死した。『単独行』はその遺稿集だが、この本に収録された手記には山行の記録ばかりではなく、加藤の山に対する姿勢や山中での心の動きなども克明に記されている。そのせいかこの本を読みすすむうちにうかんでくる加藤像は、決して超人的な記録をのこした登山家ではなく、ごく普通の人間的な弱さをもった一人の男でしかない。そしてそれが『単独行』の魅力であり、時代をこえて読みつがれている理由なのだろう。

二〇年前の私も、『単独行』につよくひかれた。ちょうど冬山の単独行をはじめた時期でもあり、年齢も当時の加藤と近かった。もちろん私は加藤ほど強くはなかったが、その心情は痛いほどわかった。正月の八《やつ》ガ岳《がたけ》で一人さみしく新年をむかえる加藤や、吹雪の穂高《ほたか》で翌日の行程を考えながら逡巡《しゅんじゅん》している加藤を、自分とかさねあわせていたのかもしれない。

そのような共感は、やがて「この男のことを小説にかきたい」という形に変化していった。もちろん加藤文太郎をモデルにした長編山岳小説『孤高の人』があることは知っていたし、著者である新田次郎《にったじろう》氏の作品は以前から愛読していた。だが『孤高の人』を読んだとき、なんとなく釈然としなかったのをおぼえている。あまりに『単独行』の印象がつよすぎて、新田氏の描く加藤文太郎像になじめなかったのかもしれない。その結果私は、さらに大それた計画をたてる。「自分のイメージ通りの加藤文太郎をかく。実際にかきはじめるのは、加藤の死んだ三〇歳になってから。それまでに加藤の歩いた山々を、すべて踏破しておく。もちろん単独で、おなじ季節に」。まだ小説家としてのデビューさえ果たしていない若造が、そんな決心をしたのだ。

結論を先にかいてしまうと、私はまだこの計画を実行できていない。三〇歳をすぎてさらに一〇年以上も生きつづけているのに、冬の北鎌尾根には足を踏みいれていないのだ。かわりにヒマラヤやアフリカで山登りをすることになったが、なんとなく自分に対する約束を果たしていないようで落ちつかない。それでもいつかは、「加藤文太郎の物語」をかきたいと考えている。

長々とかいてきたが、本書は私の内部で生きつづけている「もう一人の加藤の物語」だといっていい。あるいは加藤文太郎の足跡をたどるつもりで、いつの間にか海外にいってしまった中途半端な男のかいた物語——そう考えてもらっても結構です。

一九九五年二月　小松市で

谷　甲州

ヤマケイ文庫版あとがき

集英社のSさんと会ったのは、もう二七年も前のことだ。Sさんは初対面の挨拶もそこそこに切りだされた。純粋な山岳小説を、書いてみないかと。

私は即答を避けたように思う。前年――一九九〇年の夏に山岳冒険小説『遥かなり神々の座』が出たばかりで、同様の依頼は多かった。ところが書き手としての自分は、量産ができる体質ではない。宇宙空間を舞台にした本格SFばかりを、細々と書きつづけていた駆けだしでしかなかった。よほど仕事を選ばなければ、すぐに立ち往生しかねない。

幸か不幸か『遥かなり――』は好評で、ゆるやかながら版を重ねていた。当時は山岳系の小説を書く同業者が少なかったらしく、各社の編集部から新作山岳小説の依頼が集中しつつあった。よほど覚悟を決めてかからないと、量産による品質の低下におちいりかねない。ただし依頼する方も、そのあたりの事情は承知している。しかも書き手の守備範囲や得意分野――所謂「抽斗《ひきだし》」の存在に敏感だった。

こんなとき、登山経験の有無は関係ない。しかも聞き上手で、著者の知識や経験を自在に引きだしてくる。その上でたくみに組みあげて、新作の概要を提案された。しかも他社の企画とは重複せず、おなじ山岳系の冒険小説でも先行作の『遥かなり――』とは別物が生まれることになる。当時の自分は各社の編集者と共同で、あらたな可能性を追っていたように思う。

たとえば雪質の違いに着目して、既成の小説にはない新しさを出そうとする。日本国内の雪山という点はおなじでも、森林限界の上と下では登攀技術や道具類がまるで違っている。近代登山は木々のない稜線上や、雪壁をフィールドとして発達してきた。ところが世界有数の豪雪地帯である日本海側の山岳地帯には、独自の技術体系と思想を有する猟師集団――マタギが存在する。

マタギを主要な登場人物として、ストーリーを展開した例は過去にもあった。しかし近代登山の経験がある著者なら、日本特有の湿潤な大量降雪を違った視点で描写できるのではないか。そのような発想から『凍樹の森』（九四年刊）が生まれた。そのときの編集者とは別の社にうつられてからも連絡が途切れず、革命直後の極東ロシアを舞台にした『紫苑の絆』（〇三年刊）を書くきっかけになった。

山岳小説を書く予定が、蓋を開けたら山岳幻想小説になっていた例もある。舞台を現在のチベットにしたヒマラヤをめぐる修行僧の物語『天を越える旅人』（九四年刊）を山岳雑誌に連載したのだが、基本概念が「アインシュタイン以後の宇宙論を、仏教の言語で再構築する」というのは別の意味で冒険だったかもしれない。雪山（あるいはヒマラヤ）という共通項はあるものの、あきらかに山岳小説の枠組を逸脱していた。

既成の概念や枠組から抜けだそうとしていたのは、著者ばかりではなく編集者も同様だった。ヒマラヤというよりネパールの屈強な男たちを主人公に、グルカ兵の物語――『サージャント・グルカ』（九四年刊）は書かれた。ここまでくると、山岳小説でも冒険小説でもない。腕のいい編集者にかかると、著者自身も存在に気づいていなかった「抽斗」を全開にさせられる例といえる。

例をあげればきりがないが、次に手がける仕事を編集者と打ちあわせるのは楽しかった。だが当時のことを思いだしても「山に登るだけ」の純粋な山岳小説を、依頼されることはなかったように思う。漠然と山岳系の小説は、冒険小説とか幻想小説などの付加価値が必要だと思いこんでいたようだ。

そんな状況だからSさんの提案は、かえって新鮮に感じられた。最終的にSさんの依頼を引き受けたのだが、この時点ではまだ真意を理解していなかったようだ。小説家としては駆けだしの若造だから、イメージの共有ができずにいたのだろう。四苦八苦して書きあげたのが、本書の末尾に掲載されている「七つ針」の原型となる短編だった。

その後この小説は大幅に手を入れて巻末に収録された。いまから考えれば、この選択は誤りだったのかもしれない。連作の最終作となるのは、加藤武郎と久住浩志によるヒマラヤへの新たな挑戦であるべきだった。たとえば当時としては例の少ないバリエーション・ルートからの登頂、あるいは複数のピークを次々に落としていくヒマラヤの縦走登山。

無論シェルパによる支援は受けず、酸素の供給やフィックス・ロープも採用しない――加藤と久住が次に挑むとしたら、そんなスタイルの登山になると考えられる。しかしそのことに気づいたのは、刊行後かなりすぎてからだった。当時はそのような知恵も働かず、現在の形で『白き嶺の男』は流通している。Sさんは異動され、雑誌掲載の残りと単行本の編集作業はそれぞれ別の方が担当された。

後任の方も本作りにかける熱意では負けていなかったが、当初から関わっていたSさんほど収録作品や著者の能力を的確に把握されていなかった可能性がある。まして中編以上の分量になるはずの最終話は、著者自身でさえ明確なイメージができていない状態だった。刊行を先送りにしてでも追加分を書きおろす時間を確保するといわれたら、かえって困惑していたのではないか。予定していた分量を書きおえたときには、精根つき果てた状態だった。さらに書きおろしを追加する余力など、残っていなかったといえる。

九五年に刊行された時には「七つ針」を大幅に改稿した上で収録したが、連作短編集として読みとおすとバランスの悪さは否定できない。かといって今回のヤマケイ文庫入りを機に新作と入れかえるのも不誠実な気がする。それに三〇年ちかく前の短編集に、これから書き足しても齟齬が生じるだけではないのか。

記憶をたどるまでもなく、本書の刊行で「加藤文太郎の物語」は完結した。『白き嶺の男』の「あとがき」で、当時の心情が次のように語っている。『いつかは、「加藤文太郎の物語」をかきたいと考えている』とした上で『本書は私の内部で生きつづけている「もう一人の加藤」の物語」だ』とも明かしている。ご理解いただけるだろうか。本書は遺稿集『単独行』を自分なりに解釈したフィクションであって、心の内で生きつづけている「もう一人の加藤の物語」なのだ。

したがって刊行された当時は本書『白き嶺の男』こそが谷による加藤文太郎の物語であり、実際には書かれなかった最終話を加えた決定稿が「いつか」「かきたいと考えている」物語だった。なんとなく詭弁めいて恐縮だが、まがりなりにも仕事を完成させたことで気がゆるんでいたのかもしれない。

本書とは別に、加藤文太郎の物語を書こうとは思っていない。しいて書くのであれば最初の方針どおり三〇歳までに、加藤のたどった道筋を踏破するべきだ。中年以上に踏みこんでしまったのでは、加藤の経験した切なさを共有できそうにない。

そう考えた。それで決着をつけたつもりだった。ところが周囲の人たちは、違う受けとめ方をしていた。その結果『遥かなり神々の座』のときと同様の状況になった。記憶は曖昧だが、複数の編集者から「加藤文太郎の物語を書いてみないか」と打診を受けた。

だがそのときには、物理的に引き受けられる状況ではなかった。キャリアだけは中堅作家なみに重ねたものの、あいかわらず仕事が遅く山積みの状態から抜けだせない。一冊を書き終えたら、それに付随する続編の構想が生まれるのだ。話が際限なく広がって、続編を書かなければ収拾がつかなくなる。難儀な体質といわざるをえない。

しかも歳を重ねるにつれて小狡くなって、あらたな仕事を断る手順も上達した。方法は『白き嶺の男』の「あとがき」に明記されている。つまり「(実際の執筆は、加藤が北鎌尾根で遭難死した）三〇歳になってから。それまでに加藤の歩いた山々を、すべて踏破しておく。もちろん単独で、おなじ季節に」の部分を楯にとって、原稿を依頼された編集者に取材を持ちかけたのだ。書くからには、真冬の北鎌尾根をやるべきであると。

　いまから考えれば、罰当たりなことをしたものだ。しかも論理的に矛盾している。現実に即した取材を実現させようとすれば、一月の北鎌尾根で遭難しなければならない。同行した編集者もろとも、春の雪解けまで氷づけになる覚悟がなければ無意味だった。

　無茶をいったものだが、効果は覿面だった。この話を持ちだすと、たいていの編集者は尻込みをする。ただし取材をもちかけた方も、本当にいけるとは思っていない。真冬の北鎌尾根を完全踏破できる実力があれば、とっくに執筆を開始している。

　単に怖かっただけかもしれない――そんなことも、考えた。北鎌尾根が、ではない。一人の登山家に肉薄して、その人物の心情や内面を細大もらさず活写するのだ。手がかりは限られているが、作業量は膨大なものになる。必ずしも成功するとは限らないし、首尾よくやり通せても結果の成否は判定が困難だ。というより、不可能だろう。

　とはいえ他の対応方法も思いつかないまま、錦の御旗に水戸黄門の印籠をぶら下げたかのように「取材だよ」とくり返した。編集者たちは辟易し、潮が引くように去っていった。

ところが一人、あとに退かず斬りこんできた編集者がいた。山と溪谷社のMさんで、その間のいきさつは雑誌「山と溪谷　二〇〇四年一一月号」に触れてある。「――などということを酔った勢いで話していたら、Mさんの眼がきらりと光った。気がつくと冬の北鎌尾根へ取材にいく相談がまとまっていたように思うが、あれは幻だったのだろうか」。

実際には居あわせた人たちの期待にそう形で、のちに『単独行者《アラインゲンガー》　新・加藤文太郎伝』と題される長編小説を書かざるをえない状況になっていた。ほどよくまわった酔いのせいで、Mさんは居眠りしているとばかり思っていた。だが実際には眼を醒まして、しっかり経緯を聞いていたようだ。そして、力強くいわれた。

「わかりました。冬の北鎌ですね」

あ、おい、ちょっと待て。本気にする奴があるか。あれはただの方便で――。

遅かった。Mさんはすっかりやる気になっている。その熱意に引っぱられる格好で、重い腰を上げた。ところが帰宅して装備を点検すると、当然あるはずの道具がいくつも抜けている。ダウンジャケットは若いころネパールで、シェルパにたたき売った記憶がある。他のめぼしい防寒具はタンザニアでキリマンジャロから下山したあと、ポーターのおっさんにチップとして進呈したような気がする。いずれも有り金をはたいてトレッキングや登山をやったものだから、残ったものは片端から売りはらうしかなかったのだ。

ということは、それから真っ当な山登りをやってないのか――そんな単純なことに気づいたのは、最初の驚きから回復した直後だった。主要な登攀道具は残っているが、手入れせずに放置してあるものだから使えないものが多い。アイゼンはひとそろいあると思ったら、右足ばかりで左足がなかった。しかも現存する冬山用登山ブーツと、サイズが微妙にずれている。ピッケルは三本もあるのに、アイスバイルやハンマーの類が見当たらなかった。足りないものを買い足して、使いこなすだけで時間と手間がかかりそうだ。

えらいことになったものだと嘆いたが、いまさら後もどりもできない。ところが帰社したMさんの方でも、騒ぎが起きていた。

「谷甲州が冬の北鎌を、取材させろと言い出してます――」

「正気か?」

たちの悪い冗談としか思えないが、まったく笑う気になれない――そんなぼやきを連発しながら、なんとか計画だけは立てた(らしい)。腕利きのガイドを四人、大至急かき集めて同行させるという。小説家の取材というより、壊れ物専門の引っ越し業者と大差ない。

大雑把な計画では夏道から大槍に登頂したあと北鎌尾根に下降、北鎌平で幕営して往路を引き返すというものだった。山岳ガイド四人の根拠は不明だが、あとになって話をきいたときには落語の「らくだ」を思いだした。大槍のてっぺんから四本のザイルを北鎌側に垂らして、下の端に谷甲州の手足を結びつけておく。あとは操り人形の要領で「アルプス一万尺小槍の上で♪」と歌えば、アルペン踊りでも何でも踊ってみせる——などと考えていたが洒落にならんな、やっぱり。

いくつか困難はあったものの、なんとか装備を揃えてシーズンの到来を待った。といっても、いきなり冬の北鎌尾根は荷が勝ちすぎる。雪壁の経験はあるしトップをとったことも何度かあるが、なにぶんブランクが長すぎる。Mさんと協議した結果、二年計画でいくことにした。最初のシーズンは装備のチェックをかねて八ヶ岳で氷瀑を登攀し、二シーズンめには槍ヶ岳で取材という計画が具体化していた。

当初はあまり乗り気ではなかったが、このころになると気分が一新していた。その上で取材をこなし、加藤文太郎の物語を書く気になっていた。ところがここで、予期しない事態が起きた。ようやく計画が具体化した途端に、同居していた父親が亡くなったのだ。

それまで日程の調整がつかず、中止と延期をくり返した末の出来事だった。田舎暮らしだから葬儀自体が大がかりになるし、喪主の上に地域の役員でもある身だから気が抜けない。取材どころではない状況がつづいて、結局そのシーズンは何もできないまま終わった。

のんびりやるしかない――そう思って、次の冬が来るのを待った。だがMさんからは連絡がないまま、丸二年以上がすぎた。その間は谷自身も仕事が立てこんで、身動きがとれない状態だった。どうやら計画は立ち消えになったらしい――そうとしか思えなかった。

事態が動いたのは、二〇〇七年の初夏だった。山と溪谷社のKさんから電話で、原稿執筆の依頼があった。ただし短いエッセイで、小説の話はなかった。用件自体は、あっさり片づいた。少しばかり焦った。ここで電話を切ってしまったら、加藤文太郎の物語を書く機会は失われる。そんな気がして、Mさんの消息を訊ねていた。

退職されたらしいことは、この時点で見当がついていた。だが事実として認識するのは、また別の話だ。かといって、何時までも先延ばしにはできない。こうなったら、覚悟を決める以外になさそうだ。根性を据えて、切りだした。Mさんと取材山行の約束をしているのですが――。

話を終えて電話を切ったあと、ふと気がついた。Kさんと面識はないはずだが、名前を眼にした記憶はあった。よくある名前というわけではない。かといって、珍しい名前でもなかった。すると同名の別人と、遭遇しただけかもしれない。あとになって、心当たりに気づいた。山岳関係ではあるが、編集の仕事とは無関係だった。少なくとも、同一人物ではありえない。当時は、そう思っていた。

話をもどす。その電話が「山と溪谷」誌に『単独行者《アラインゲンガー》』を連載させるきっかけになった。Kさんとは三月の氷ノ山に登ったが、北鎌尾根には結局いかなかった。厳冬期の槍ヶ岳とは別の意味で、積雪期の氷ノ山も加藤が足しげく通った山だった。結果的に、いい取材ができたと考えている。

三年あまり後に『単独行者』は刊行された。編集作業がすべて終わって本ができるのを待つばかりになったとき、Kさんから長文のメールが届いた。実は学生時代に『白き嶺の男』を読んで、巻末の文章「いつかは、「加藤文太郎の物語」をかきたいと考えている」に一人の読者として心躍らせたこと、そして他ならぬ自分が山と溪谷社に入社して担当になったことなどが綿々と書きつづられていた。

連載の話が決まったときには体がふるえたというが、読んでいるこちらの心までが（別の意味で）ふるえた。もう少しで若者の純粋な心を、裏切るところだった。それを思うと、冷や汗が流れ落ちた。谷の言葉を信じて待ちつづけていた読者は、他にも多くいた可能性がある。言動には気をつけなければならない。くどいようだが加藤武郎と久住浩志の物語を、新たに書きはじめる予定は現時点ではありませんのでその点はよろしく。

もう一点。Kさんの名前に記憶があった理由は、おなじメールで明らかになった。山行記録を中心に、山岳小説などをあつかうウェブサイトの管理人だった。長らく更新が停止していたが、いまから考えればKさんが山と溪谷社に入社したのを機に手を引いたらしい。サイト自体を閉鎖して「なかったことにする」という選択肢もあったはずだが、そうしなかったのはコンテンツを後世に残る書籍と同等にとらえているせいかもしれない。

二〇一八年三月　小松市で

谷　甲州

［解説］白き嶺の男に見出す加藤文太郎の息遣い

加藤芳樹

『白き嶺の男』は、加藤武郎を主人公とする五つの短編と山岳ホラー一編が収められたオムニバス形式の小説である。本編では、加藤武郎だけが毎回登場するが、登山者としての成長に足並みをそろえてあり、ひとつの続き物としても読める仕掛けになっている。短編には、表題である「白き嶺の男」を皮切りに「沢の音」「ラッセル」「アタック」「頂稜《スカイライン》」とタイトルが付く。このタイトルが、それぞれの内容を簡潔に、見事に表現している。

登山は、周囲の状況があり、それに対する判断と行為の積み重ねで成り立つ。この小説には、状況が詳細に書き込まれており、文字を追うごとに、気が付けばその中に我が身を置いていた。目線が、加藤武郎の同行者に合わせてあるから、加藤が何を考え、次にどういう行動を起こすのか、その一挙手一投足から目が離せない。もちろん、判断と行為を正しいものにするためにはそれなりの技量がなければならず、相応の体力も必要だ。加藤はその両方を兼ね備えており、彼の下す判断や行動に「なるほど」とひざを打つ。とはいえ、彼はスーパーマンではなく、一介の登山者として描かれている。そこにリアリティがあり、説得力がある。

作家、谷甲州は、一九八一年には、日本ヒマラヤ協会のカンチェンジュンガ学術遠征隊に参加、カシミールヒマラヤのクン（七〇七七メートル）の頂に立っている。経験に裏打ちされた詳細な状況説明、クライマーの心理描写に、説得力があるのも当然だ。

集英社文庫版の『白き嶺の男』を読んだのは、二十年くらい前だと思ったが、書棚から引っ張り出すと、奥付は一九九八年が初版となっていた。一九九六年の新田次郎文学賞受賞作である。

正直に打ち明けると、あまりに時間が経っているせいもあるだろうが、内容はまったく覚えていなかった。ピンと来なかったことだけが記憶にあった。で、十数年ぶりに再読した。すると、これはどういうことか。あれよあれよと引き込まれていった。あの時は、一体、何を読んでいたのだろうかと、わが読書力を疑った。

この印象の違いは、どこから来るのか。

よくよく考えてみた。そうだ、私が変わったのだった。この十数年で、私の登山の経験値は大幅に上昇した（登山の力量は別にして）。つまり、登場人物たちをとりまく状況を想像し、その判断や行動を理解できる力がついたのだ。線引きするつもりはさらさらないが、山に登るものにしか共感し得ない感情や苦悩や価値観は、間違いなくある。再読することによって、そのことに気付いたのだった。

この小説の舞台は、登山の現場（つまり山）オンリーであり、クライマーたちの、家庭や仕事など、「生活」が潔く省かれている。生い立ちや人間関係や、人生などは、極力語られない。ドラマは、登山という行為のみに収斂し、純化されていく。そして加藤や、彼のパートナーである久住の登山に対する気持が、穢れなく、純心であればあるほど、それが理解できるものには、さわやかな感動を呼ぶ。短編ひとつひとつは、その登山が完結するまでを描かずに、適度に余韻を残しているところも、うまい。

『白き嶺の男』は、加藤武郎という独りの登山者の、長い人生の中の五つの断片である。加藤の登山者としてのステージは次第に困難に、大きくなっていく。しかし、谷甲州の描く、加藤の登山に対する思いは一貫していて、ブレがない。谷は、そのモチーフとして、集英社文庫版のあとがきで、加藤文太郎という実在の登山者に対する思慕を告白しているから、少し加藤文太郎のことに触れないわけにはいかないだろう。

加藤文太郎は、昭和初期に、冬の日本アルプスにたった一人で挑んだ男である。昭和十一年、厳冬期の槍ヶ岳北鎌尾根に、三十二歳の若さで消えてからすでに八十年以上経つが、谷甲州に限らず、ファンは多い。登山者、クライマー、その技量を問わず、登山を知るものにこれほど慕われている人物はいないだろう。

加藤文太郎のイメージは、新田次郎の小説『孤高の人』によるところが大きい。山岳雑誌『山と溪谷』の連載小説で、昭和四十四年に、新潮社から単行本として出版された。新田次郎の小説に関しては、あとで述べる。

加藤文太郎を知るテキストとして、第一に挙げたいのが遺稿集『単独行』だ。数々の山行の記録だけでなく、山や登山に対する思想や考察、情熱を、文太郎の生の声で語られ、一編の文学作品としても胸を打つ。

加藤文太郎は、明治三十八年、日本海に面した但馬の小さな漁村、浜坂に生まれた。現在は、温泉場として、また、ホタルイカの水揚げ日本一で知られ、漁港には、ガラスのホヤをつるした船が幾艘も停泊しているのどかな町だ。

大正八年、浜坂尋常高等小学校高等科を卒業した文太郎は、単身来神し、三菱内燃製作所の製図修業生となった。十四歳の時である。文太郎の登山は、神戸の背山、六甲山に始まり、氷ノ山などの但馬の山々、やがて日本アルプスへと広がり、昭和四年一月の八ヶ岳登山あたりから、本格的な冬山の単独行の世界にのめり込んでいく。昭和六年一月の黒部源流の山々をめぐる十日間の単独行、続いて二月には後立山連峰を八日間かけて縦走する。十日ほど空けて、今度は剣岳・立山を十日間。「不死身の加藤」「単独行の加藤」の名は阪神間だけではなく、関東の岳人の間にも轟くようになる。やがて文太郎は、縦走だけでは物足りず冬の岩壁登攀へと踏み込んでいくが、パートナーが必要となり、昭和九年一月、伊吹山でスキーに来ていた神戸徒歩会（ＫＷＳ）の吉田富久に声を掛けて、ザイルを結ぶことになる。吉田富久の登山スタイルも、基本は単独行であったといわれる。

　二人の単独行者が出会い、パートナーとなってお互いの思いの中で登山をする。これは『白き嶺の男』のモチーフのひとつでもあるが、『単独行』で吐露される単独行者の孤独、山に憑かれたものの苦しみなどの文太郎の心情もモチーフといっていいだろう。文太郎の心をそのままなぞるということではない。山に向かうものの純粋な心といったものである。谷甲州は文庫本のあとがきで「いつかは『加藤文太郎の物語』を書いてみたい」と宣言した通り、二〇〇八年から『山と溪谷』誌上で『単独行者《アラインゲンガー》　新・加藤文太郎伝』の連載を始めた。様々な資料を基に、谷甲州なりに文太郎という一人の登山者に迫ろうとしたものである。


　少し長くなるが、山岳小説というジャンルを少し整理しておきたい。元来、小説はフィクションなのだが、その中でも、大きく、作家の想像だけで作り上げた作品と、歴史的事実や人物をモデルにした作品とに分けられる。

　想像で作り上げた作品とは、たとえば、推理小説で知られる森村誠一が、自身の登山経験をベースに作り上げていった山岳ミステリーの類が代表的なものといえるだろう。山は、ロケーションとしてはオープンでありながら、その場に居合わせた人間しか把握できない密室ともいえる状況を作り出せることを利用したものだ。松本清張も、鹿島槍ヶ岳を舞台とした『遭難』（一九五八年）を発表している。松本清張は、登山経験はないものの、執筆に先立って実際に鹿島槍ヶ岳に登山し、その見聞を遺憾なく小説のなかで発揮している。髙村薫の『マークスの山』（一九九三年）は、北岳で起きた事件をめぐるミステリーで、髙村もやはり執筆の際には北岳に登山をしている。クライマーの友人との雑談が発想のもとだったと聞かせてもらった。

一方で、モデルのある小説は、あくまである出来事や人物をヒントとして、それを扱いながらもフィクションを構築していく小説である。

日本が高度成長期に突入したころに一大ブームを巻き起こした、井上靖の『氷壁』（一九五六年）などは、その代表格である。一九五五年に前穂高岳で実際に起きたナイロンザイル切断事件を題材にしている。井上靖には、それに先立って、登山家・加藤泰安（京都大学山岳部・京都大学学士山岳会で活躍した）をモデルにした恋愛小説『あした来る人』（一九五四年）がある。『氷壁』はそれよりもさらに登山がテーマに深く入り込んではいるものの、内実は『あした来る人』と同じく一種の恋愛小説と考えていい。井上靖は、自分自身が登山に親しんでいたわけではなく、加藤泰安を介して登山の世界に触れ、それを文学へと昇華させていった。

近年、映画化されて再び注目を集めた夢枕獏『神々の山嶺』（一九九七年）は、さらにさまざまな要素が盛り込まれている。ジョージ・マロリーのエヴェレスト登頂の謎をストーリーの軸に据え、伝説のクライマー・森田勝や長谷川恒男らをモチーフにした登場人物らが活躍する。ミステリー仕立てだが、主題は登山であり「なぜ山に登るのか」を問いかけつつ、一級のエンターテイメント作品に仕上がっている。夢枕獏は、山小屋で働いた経験や、登山ではないもののヒマラヤに親しんだ土壌もあり、その作品は、自身の経験に裏打ちされたものと言ってもいいだろう。

小説の世界では、山が舞台となったものは散見されるが、登山そのものを扱ったものは、多くはなかった。登山という閉じられた世界では、文学としての一般性がなかったからかもしれない。

芥川龍之介の小説に、自身の体験を基にした『槍ヶ岳に登った記』(『槍ヶ岳紀行』)があるが、これは一種の紀行文学で、登山をテーマにしたものではない。筆者の把握している範囲では、日本の自然主義文学の草分けである田山花袋が、大正五年(一九一六年)十一月に単独行者の山岳遭難を扱った『山の悲劇』を発表している。モデルとなったのは、同年七月に海軍所属の落合道徳が、南アルプス縦断を目指して行方不明になった事件である。登山者の山(自然)を征服しようという高揚に始まり、道を失い広大無辺の山並みを彷徨し、死に到るまでを描く。まだ日本アルプスでは探検的登山が行われている時代に、登山者の視点で描いた小説は、異彩を放っている。田山花袋は当時の登山界を牽引していた日本山岳会の会員で、初代会長の小島烏水とも懇意であり、本人がどの程度の登山を行っていたかは別として、登山の世界には詳しかったと見ていいだろう。ちなみに、落合の遺体は、この二年後に仙丈ヶ岳藪沢源頭で白骨化して見つかっている。

さて、山岳小説となると、欠かせない存在が、新田次郎の作品群である。事実を元にしてそれをなぞっているので、一見伝記に見える小説が多い。『孤高の人』『栄光の岩壁』『銀嶺の人』『槍ヶ岳開山』『劒岳　点の記』『八甲田山死の彷徨』と、枚挙に暇がない。『孤高の人』は加藤文太郎、『栄光の岩壁』はマッターホルン北壁日本人初登攀の芳野満彦、『銀嶺の人』は女性初のアルプス三大北壁完登者となった今井通子と若山美子がモデルだ。『槍ヶ岳開山』は播隆上人、『八甲田山死の彷徨』は、明治時代に起きた帝国陸軍の厳冬期訓練時の悲劇を描いている。

新田次郎の小説の手法は、事実をなぞりながら、新田次郎が描きたい人間像や物語を構築して、小説に仕上げていく。技法は同じでも、二種類のパターンがある。『栄光の岩壁』も『銀嶺の人』の登場人物は、モデルとなった人物の名前をもじってはいるが、あくまで別名になっている。ゆえに読者が「事実をもとにしたフィクション」と受け止めやすい構造になっている。

一方、実名を使用した小説がある。『槍ヶ岳開山』は、江戸時代後期の僧、播隆を主人公とした小説だが、播隆そのものが実名で出てくる。陸軍陸地測量部の柴崎芳太郎を主人公に据えた『劒岳　点の記』も同様だ。新田次郎作品では抜群の人気を誇る『孤高の人』も、加藤文太郎と、その妻、花子、その娘、登志子のみが実名で登場する。

ここで、読み手である我々は、歴史とフィクションのはざまへ誘われ、彼らの奮闘に、死に、その人生に一喜一憂し、感動へと導かれる。それは、一見歴史的事実を積み重ねたように見える司馬遼太郎の作品群にも言えることである。『竜馬がゆく』の坂本龍馬や『燃えよ剣』の土方歳三ら、幕末の青春群像に胸を躍らせた人も多いだろう。

しかし、作家がそこで表現しようとしているのは、歴史的な真実ではなく、小説の自由さを発揮させることによってのみ表現できる主人公の人間としての真実である。そこがノンフィクションとは決定的に違うところだ。現代の我々の坂本龍馬像は、『竜馬がゆく』によって作られたものだが、歴史的事実は、小説として成り立つように司馬によって手が加えられ、改変されているから、当然、歴史資料にはならない。

『孤高の人』の加藤文太郎にも同じことが言える。筆者の妄想に過ぎないが、新田次郎は、浜坂の町はずれの森にある宇津野神社を訪れた時に、ここはいかにも文太郎と花子のロマンスの始まりにふさわしい場所だと着想したことだろうし、漁村の生まれだから、小魚を行動食にすることもあっただろうと想像を膨らませることもしたかもしれない。単独行者の物語だから、その禁を破り、初めて他人とザイルを組んだことで、悲劇が起こったほうがストーリーとしては面白い。

小説はフィクションであるから、事実よりもストーリーや登場人物の心の動きに重きが置かれるのは当然だ。また、新田次郎作品は、いかにも劇的に作られており、資料を引き合いにする司馬遼太郎作品に較べれば、フィクションであることはよほどわかりやすい。ただし、小説は、作家の手を離れた時点で、その捉え方は読者にゆだねられる。

『孤高の人』では、作品中に、宮村健という名で登場する吉田富久をモデルにした人物がいる。劇中の加藤文太郎は、吉村に引きずられるようにして、死の舞台となる北鎌尾根に向かう。吉村の役割は、主人公を追い詰める疫病神だ。わかりやすく言えば悪役である。事実は、『単独行』に文太郎が、KWS（神戸徒歩会）の会報誌『ペデスツリアン』に吉田が書くように、パートナーを欲したのは文太郎なのだが、小説により、吉田富久の立場が悪くなってしまったことは否めない。

北鎌尾根から東に流れる北鎌沢のなかほどに一つの大岩がある。そこには、吉田富久の職場の仲間たちが、二人の死を悼んで作ったレリーフが埋め込まれている。その時、命を失ったのは、加藤文太郎一人ではなく、吉田富久も同時に若い命を散らせたことを我々読者は忘れがちだ。見方を変えれば、伊吹山で文太郎が誘わなければ、ともいえる。

小説の読み取り方というのは難しい。真実と虚構の間で揺れ動くからこそ面白いのだが、小説には「ここはホント、ここはフィクション」とは書いてくれてはいない。

加藤文太郎については、遺稿集『単独行』か小説『孤高の人』か、どちらに先に触れたかによって、『孤高の人』の捉え方が異なるだろう。『単独行』を先に読んでいれば、すんなりと虚構としての『孤高の人』に入っていけるが、『孤高の人』を先に読んだ人には、そこに描かれた出来事を事実として捉えている人が多いというのが現実だ。それもひとつの読み方だから否定はできないのだが。

私事で恐縮だが、二〇一〇年から六年ほど、加藤文太郎をモデルにした演劇『山の声 ある登山者の随想』に携わった。OMS戯曲賞の大賞を取った戯曲である。作者の大竹野正典さんは、その発表を見る前に亡くなり、公演は、旧知の演劇プロデューサーの相談を受けて実現した。『単独行』をベースに、『孤高の人』のエッセンスをちりばめたような作品で、毎年のように、繰り返し加藤文太郎を演じた。公演数にすれば、ラジオドラマも含めて、都合八回、のべ十数回。毎回同じことをやるわけではなく、回を追うごとに人物像を掘り下げる。つまり、私なりの加藤文太郎を作り上げていった。その点では、谷甲州と同じである。

演じることで気づいたことはたくさんある。最大のものは家族に対する思い入れだ。

浜坂の町の真ん中に、文太郎の墓がある。墓石に戒名が二つ彫られてある。「雄山俊哲居士」は文太郎の戒名。その隣の「花苑智芳大姉」は、妻・花子さんのものだ。彫跡が文太郎のものと較べずいぶん新しいのは、文太郎の戒名が彫られてから、実に五十七年後の昭和五十八年に彫られたからだ。文太郎の死後、花子さんは体を悪くし、相当な苦労をされたらしい。そんな母を見ながら、娘の登志子さんは育った。登志子さんにとって、父は、母と自分を残して山で死んだ人であり、我々読者が憧れるようなヒーローでは決してなかった。それを人伝に聞いた時、ガツンと頭を殴られたような気がした。文太郎の物語は、北鎌尾根で潰えた。読者にとっては、小説という虚構の世界の終わりと同時に、加藤文太郎の物語も終わる。しかし、現実は、乳飲み子を抱え生きざるをえなかった花子さんがいて、父の記憶すらない娘の登志子さんがいる。

人の人生の真実とは、小説では測れないものがある。そして、こればかりは、小説の世界から一歩踏み出さないことには、知ることができないのかもしれない。

加藤文太郎に興味を抱いたのであれば、ぜひ『単独行』を読んで欲しい。そして、どちらも読んで、さらに文太郎のことを知るために、より多くの資料を基にし、事実に則した内容の『単独行者《アラインゲンガー》』を読んで欲しい。

谷は、『単独行』をベースに加藤文太郎という人物を読み解き、『白き嶺の男』でその化身としての加藤武郎を生み出した。そして『単独行者《アラインゲンガー》』では、加藤文太郎そのものを追いかけている。それはおそらく、谷自身がもっと加藤文太郎という人間を理解したかったからに違いない。

（編集者）

『白き嶺の男』は一九九五年四月、集英社より刊行されました。
本書は一九九八年十一月刊行の集英社文庫版を底本としました。

白き嶺の男

二〇一八年七月一日　初版第一刷発行

著者　谷 甲州
発行人　川崎深雪
発行所　株式会社 山と溪谷社
郵便番号　一〇一―〇〇五一
東京都千代田区神田神保町一丁目一〇五番地
http://www.yamakei.co.jp/

■乱丁・落丁のお問合せ先
山と溪谷社自動応答サービス　電話〇三―六八三七―五〇一八
受付時間／十時～十二時、十三時～十七時三十分（土日、祝祭日を除く）
■内容に関するお問合せ先
山と溪谷社　電話〇三―六七四四―一九〇〇（代表）
■書店・取次様からのお問合せ先
山と溪谷社受注センター　電話〇三―六七四四―一九一九
ファクス〇三―六七四四―一九二七

フォーマット・デザイン　岡本一宣デザイン事務所
印刷・製本　株式会社暁印刷
定価はカバーに表示してあります

Printed in Japan ISBN978-4-635-04851-4